民国

武侠小说

典藏文库

平江不肖生卷

民国
武侠小说
典藏文库

平江不肖生卷

拳术见闻录

平江不肖生
著

中国文史出版社

平江不肖生论（代序）[①]

张赣生

在民国通俗小说史上，若论起划时代的人物，便不能不提及平江不肖生，他不仅是推动中国通俗社会小说由晚清过渡到民国的一位重要作家，更是拉开中国武侠小说大繁荣序幕的开路先锋。

平江不肖生（1890—1957），原名向恺然，湖南平江人。他出生于一个富裕家庭，其祖父以经营伞店发家，其父向碧泉是个秀才，在乡里间颇有文名。向恺然五岁随父攻读，十一岁习八股，恰逢清政府废八股，改以策论取士，遂改习策论，十四岁时清政府又废科举，改办学校，于是向氏考入长沙的高等实业学堂。其时正值同盟会在日本东京成立并创办《民报》鼓吹革命，日本文部省在清政府的要求下，于1905年11月颁布“取缔清韩留日学生规则”，镇压中国留日学生的革命活动，引起留日学生界的强烈反对，同盟会发起人之一陈天华于12月8日在日本愤而投海自杀，以死激励士气。转年，陈天华灵柩运回湖南，长沙各界公葬陈天华，掀起了政治风潮，刚刚入学一年的向恺然就因积极参与这次风潮而被开除学籍，随后他自费赴日留学。

---

① 本文节选自张赣生著《民国通俗小说论稿》。

民国二年（1913），袁世凯派人刺杀了宋教仁，群情激愤。向恺然回国参加了“倒袁运动”，任湖南讨袁第一军军法官，讨袁失败后，他再赴日本，结交武术名家，精研武术，这使他成为民国武侠小说作家中真正精通武术的人；同时，他因愤慨一般亡命于日本的中国人之道德堕落，执笔写作《留东外史》。民国四年（1915），向恺然重又归国，参加了中华革命党江西支部，继续从事反袁活动。袁世凯去世后，他移居上海以撰写小说谋生，直至1927年返回湖南，他的主要通俗小说作品均在这十年间先后问世。1930年至1932年，向恺然曾再度在上海从事撰著，但这一时期所作均为讲述拳术的短篇文章。1932年“一·二八”日寇进犯上海，向恺然应何键之请返回湖南创办国术训练所。1937年，抗日战争全面展开，他随二十一集团军转战安徽大别山区，任总办公厅主任，兼安徽学院文学系教授。1947年返湖南，1957年反右斗争后患脑溢血去世。

关于“平江不肖生”这一笔名的来历，向恺然在1951年写的简短“自传”中说：“民国三年因愤慨一般亡命客的革命道德堕落，一般公费留学生不努力、不自爱，就开始著《留东外史》，专对以上两种人发动攻击。……因为被我唾骂的人太多，用笔名‘平江不肖生’，不敢写出我的真名实姓。”此后他发表武侠小说时也一直沿用这一笔名。

至于“平江不肖生”的含义，向氏哲嗣在回忆文章中说：“当时有人问为何用这‘不肖生’？父亲说：‘天下皆谓道大，夫惟其大，故似不肖。’此语出自老子《道德经》。原来其‘不肖’为此，并非自谦之词。”其实这是向氏本人后来提出的一种解释，不一定真是采用这笔名的初意。《老子·六十七章》曰：“天下皆谓我道大似不肖。夫惟大，故似不肖；若肖，久矣其细也夫。”这里的“不肖”是“不像”“不类”的意思。道是抽象的，道涵盖万物之理，而不像某一具体物，从不像、不类、不具体，引申为“玄虚”“荒诞”。这用以反驳某些人后来对《江湖奇侠传》的批评，颇能说明作者的立场；但在创作《留东外史》时采用这一笔名的初意却非如此，《留东外史》第一回《述源流不肖生饶舌，勾荡妇无赖子销魂》中说：“不肖生自明治四十年，即来此地，……既非亡命，又不经商，用着祖先遗物，说不读书，也曾进学堂，也曾毕过业；说是实心求学，一月倒有二十五日在花天酒地中。近年来，祖遗将罄，游兴亦阑。”这段话把“不肖”二字的含义说得很清楚，应无疑义。

向恺然从写社会小说改为写武侠小说，是应出版商之请。包天笑在《钏影楼回忆录》中说：“《留东外史》……出版后，销数大佳，于是海上同文，知有平江不肖生其人。……我要他在《星期》上写文字，他就答应写了一个《留东外史补》，还有一个《猎人偶记》。这个《猎人偶记》很特别，因为他居住湘西，深山多虎，常与猎者相接近，这不是洋场才子的小说家所能道其万一的。后来为世界书局的老板沈子方所知道了，他问我道：‘你从何处掘出了这个宝藏者？’于是他极力去挖取向恺然给世界书局写小说，稿资特别丰厚。但是他不要像《留东外史》那种材料，而要他写剑仙侠士之类的一流传奇小说，这不能不说是一种生意眼。那个时候，上海的所谓言情小说、恋爱小说，人家已经看得腻了，势必要换换口味，……以向君的多才多艺，于是《江湖奇侠传》一集、二集……层出不穷，开上海武侠小说的先河。”这段话有助于我们了解向恺然的武侠小说。

向恺然是由晚清的通俗小说模式向新风格过渡的作家之一。因此，在他的小说中就必然存在着新与旧的两方面因素。从他最初的成名作《留东外史》来看，晚清小说模式的痕迹十分明显。

鲁迅在《中国小说史略》中谈到《官场现形记》《二十年目睹之怪现状》等晚清“谴责小说”时，曾指出：“揭发伏藏，显其弊恶，而于时政，严加纠弹，或更扩充，并及风俗。虽命意在于匡世，似与讽刺小说同伦，而辞气浮露，笔无藏锋，甚且过甚其辞，以合时人嗜好”，是此类小说的共同特征。《留东外史》不仅在内容取材和创作思想上明显地带有晚清“嫖界小说”和谴责小说的痕迹，而且在故事的组织形式上也体现着晚清小说结构松散的时风，缺乏严谨的通盘考虑。我这样说，并非要否定《留东外史》的艺术成就，而是要表明客观存在的事实，《留东外史》是具有过渡性质的民初作品，它不可能完全摆脱晚清小说模式的影响。这是很自然的，《官场现形记》发表于1902—1907年，《二十年目睹之怪现状》发表于1902—1910年，《海上花列传》发表于1892—1894年，《海上繁华梦》发表于1903—1906年，《九尾龟》刊行于1906—1910年；当向恺然在民国三年（1914）撰著《留东外史》时，正值上述诸书风行之际，相距最近者不过三四年，《留东外史》与之实属于同时代产物，假若两者之间毫无共同之处，那反倒是怪事。

从另一个方面来看，《留东外史》之所以能称为过渡性质的作品，还在于它确实提供了新的东西，甚至在某种程度上有令人耳目一新之感。首先是他如实地描绘了异国风情，中国通俗小说中的外国，向来是《山海经》式的，《西游记》《三宝太监西洋记》《镜花缘》等不必说了；林琴南的小说原是翻译，但他笔下的外国也被写得面目全非；再看看晚清的其他作品，如《孽海花》中对欧洲的描写，大都未免流于妄诞。不肖生在《留东外史》中却能把日本的风土民俗写得生动、鲜明，这正是此书出版后大受读者欢迎的重要原因。但是，这还仅是浅层的新奇；更深一层来看，不论作者是否自觉地意识到要运用西方的创作方法，实际上他已经表现出这种倾向，如上所说之照实描绘异国风情，就是西方文学的“写实主义”方法，特别是在《留东外史》的某些段落中还显示了进行“心理分析”的倾向，这些都是从旧模式向新风格过渡的重要迹象。

总之，就《留东外史》总体而论，旧模式的深刻痕迹还是主要的，但不能因此而忽略它所显示的新倾向之重要意义。两方面的因素杂糅在一起，是过渡时期的必然现象。处于洪宪复古浪潮中的向恺然，能做到这一步已经难能可贵，不应对他提出不切实际的过高要求。看一看《玉梨魂》《孽冤镜》等在复古浪潮中极享盛名的扭捏之作，或许更有助于认识《留东外史》的可贵之处。

《留东外史》使向恺然崭露头角，但他之得享盛名却是因为写了武侠小说《江湖奇侠传》。

《江湖奇侠传》当年所引起的轰动，今天的读者或许难以想象得到。这部作品首刊于《红》杂志第二十二期，《红》杂志为世界书局所办周刊，1922 年 8 月创刊，至年底发行二十一期，转年始连载《江湖奇侠传》。1924 年 7 月，《红》杂志出满一百期，改名为《红玫瑰》，仍为周刊，继续连载，至 1927 年向氏返湘，遂由《红玫瑰》编者赵苕狂续写，现今通行的《江湖奇侠传》一百六十回本，自一百零七回起为赵氏所续。

《江湖奇侠传》掀起的热潮一直持续了十年。据郑逸梅《武侠小说的通病》一文说："那个付诸劫灰的东方图书馆中，备有不肖生的《江湖奇侠传》，阅的人多，不久便书页破烂，字迹模糊，不能再阅了，由馆中再备一部，但是不久又破烂模糊了。所以直到'一·二八'之役，这部书已购到十有四次，武侠小说的吸引力，多么可惊咧。"在《江湖奇侠传》小说一版再版的同时，由它改编成的连台本戏也久演不衰，更加轰动的是明星影片公司改编拍摄的《火烧红莲寺》，由当时最著名的影星胡蝶主演。沈雁冰在《封建的小市民文艺》（作于 1933 年）一文中说："1930 年，中国的'武侠小说'盛极一时。自《江湖奇侠传》以下，模仿因袭的武侠小说，少说也有百来种吧。同时国产影片方面，也是‘武侠片’的全盛时代；《火烧红莲寺》出足了风头……《火烧红莲寺》对于小市民层的魔力之大，只要你一到那开映这影片的影戏院内就可以看到。叫好、拍掌，在那些影戏院里是不禁的，从头到尾，你是在狂热的包围中，而每逢影片中剑侠放飞剑互相斗争的时候，看客们的狂呼就同作战一般，他们对红姑的飞降而喝采，并不尽因为那红姑是女明星胡蝶所扮演，而是因为那红姑是一个女剑侠，是《火烧红莲寺》的中心人物；他们对于影片的批评从来不会是某某明星扮演某某角色的表情哪样好哪样坏，他们是批评昆仑派如何、崆峒派如何的！在他们，影戏不复是‘戏’，而是真实！如果说国产影片而有对于广大的群众感情起作用的，那就得首推《火烧红莲寺》了。从银幕上的《火烧红莲寺》又成为‘连环图画小说’的《火烧红莲寺》，实在是简陋得多了，可是那疯魔人心的效力依然不灭。”这是一位极力反对《江湖奇侠传》者写下的实录，我认为他所描绘的这幅轰动景象是可信的。

如此轰动一时的《江湖奇侠传》，它的魅力在哪里？要说简单也简单，不过是把奇闻异事讲得生动有趣而已。

向氏初撰《江湖奇侠传》时，并无完整构思，只是随手摭拾湖南民间传说，加以铺张夸饰，以动观听，用类似《儒林外史》的那种集短为长的结构，信笔写来，可行可止。作者在此书第八回中说：“说出来，在现在一般人的眼中看了，说不定要骂在下所说的，全是面壁虚造，鬼话连篇。以为于今的湖南，并不曾搬到外国去，何尝听人说过这些奇奇怪怪的事迹，又何尝见过这些奇奇怪怪的人物，不都是些凭空捏造的鬼话吗？其实不然。于今的湖南，实在不是四五十年前的湖南。只要是年在六十以上的湖南人，听了在下这些话，大概都得含笑点头，不骂在下捣鬼。至于平、浏人争赵家坪的事，直到民国纪元前三四年，才革除了这种争水陆码头的恶习惯。洞庭湖的大侠大盗，素以南荆桥、北荆桥、鱼矶、罗山几处为渊薮。逊清光绪年间，还猖獗得了不得。”就说出了此书前一部分的性质。

总之，《江湖奇侠传》有其不容忽视的长处，确实把奇闻逸事讲得生动有趣；但也有其不容忽视的短处，近乎于“大杂烩”，它之得享盛名，除了它自身确有长处之外，还与当时的环境条件有关，在晚清至民初的十多年间，中国通俗小说几经变化，公案小说和谴责小说的浪潮逐渐消退，“淫啼浪哭”的哀情小说维持不久已令人厌烦，此时向氏将新奇有趣的风土民俗引入武侠说部，道洋场才子之万不能道，自然使人耳目一新，其引起轰动也就是情理中应有之事了。

向恺然还写过一部比较现实的武术技击小说，即以大刀王五和霍元甲为素材的《侠义英雄传》，这部作品的发表与《江湖奇侠传》同时，于1923年至1924年间在世界书局出版的《侦探世界》杂志连载，全书八十回，后出单行本。或许是由于向氏想使此书的风格与《江湖奇侠传》有鲜明的区别，也或许是向氏集中精力撰写《江湖奇侠传》而难以兼顾，这部《侠义英雄传》写得不够神采飞扬，远不如《江湖奇侠传》驰名。此外，向氏还著有《玉玦金环录》《江湖大侠传》《江湖小侠传》《江湖异人传》等十余部武侠小说，成为二十年代最引人注目的武侠小说名家。

通观向氏的武侠小说创作，无论是《江湖奇侠传》或《侠义英雄传》，都还未能形成完善形态的神怪武侠小说或技击武侠小说风格。当然，对于这一点，我们不能苛求，向氏是一位过渡阶段的作家，他在民国通俗小说史上属于开基立业的先行者，他的功绩主要是开一代风气，施影响于后人。正是他的《江湖奇侠传》引起的巨大轰动，吸引了更多读者对武侠小说的关注，也推动报刊经营者和出版商竞相搜求武侠小说。后起的还珠楼主、白羽、郑证因、王度庐、朱贞木等都是在这种风气下，受报刊之约才从事武侠小说创作的，就这个意义上说，若没有向恺然开风气之先，或许也就不会有北派四大家的武侠名作。另一方面，向氏也的确给予后起的还珠、白羽、郑证因很大影响，只要看看还珠、白羽、郑证因早期的作品，就能发现其受向氏影响的痕迹。所以，向氏在民国通俗小说史上是一位重要的人物，他的功绩不容贬低，不能只从作品本身来衡量他应占的地位。

目 录

拳术见闻录

序　言

余不敏，不克工文艺，唯性喜拳技。然苦其不见于经传，不载于史籍，无所资以佐证其理与法。而世之能之者，又多草茅下贱，强半习而不察，鲜能抉其所以然，余尝恨焉！

癸卯秋，识王子志群于长沙，为余竟日谈，然后知此中理与法之深远，有不可几及者。王子折肱此中廿年，仅得睹其藩篱云；余从王子游才数年，其去藩篱也不更远耶？吁，其艰难哉！

王子尝谓余曰："而与若寝处其中，恶可不知所自，若盍搜其源，拳术家之名在人间者何少也！"余叹曰："古来忠义节烈之士，有史氏乐为表扬，然湮没而不闻者何可胜道？况以拳技之末，复为执政者忘乎，已无著术表彰于世，其不闻于时、显于后也何足言！"王子曰："吾非计夫身后之名也，吾悲夫斯道之将沦胥以亡也。欲求遗真以启后学，若盍成吾志焉！"余曰："是则吾之素愿也。"重以吾子之命，敢不勉力从事，因以暇缀述旧闻成是篇。区区之论，知无当于拳术之万一，然学识浅陋如余，诚不足窥其高远。又以王子之日促从事，其间银根之误，尚在不免，鳞爪之仅得，更何待言。然昔人千金买死马之骨而良马至，余亦只欲是书得如死马之骨。倘海内有道君子，悯其用心之苦，恕其僭窃之罪，进而教之，虽为执鞭亦忻幸无量。

民国元年壬子八月　平江　向逵[①]恺然识

---

① 向逵：平江不肖生名逵，字恺然。

向逵恺然曰：“明戚继光著《纪效新书》中列《拳经》一卷，吾国拳术始有专书。早岁尝一读之，观其所传三十二式，有法无理，有用无体，精技击者阅之，无裨其长；初学者研之，莫发其蒙。当世盖用之以训练士卒，故无取乎妙理焉！其他散见于杂书者，如《武备志》之类，择焉不精，语焉不详；而为小说家言者，又多摭拾夸诞不经之说，以炫其奇，去拳术之真远矣！”

近世朱阜山著《拳艺学初步》一书，盖略能道其径者，而图与说畔，“五合三催”（说见后）之理，似犹未能洞彻。大抵跳窜排挞鲁莽之事，非文人学士之所优为，不能以文章达其所知。抱残守缺，支离灭裂，其由来久矣。

拳术之为物，不多见于经史，莫能道其沿革者，穿凿附会以求之，无益于技，徒多事耳。大抵人类初生，与群动居。飞不如禽、走不如兽，其自卫者，岂徒智哉？盖亦有其技矣！或以群斗之经验，或师鸟兽之特长，以长百物，以雄丑类，而拳术于是乎始。弓矢出，戈矛成，盖后世圣人制之以补拳术之不逮，非械斗起而后有拳术也。

近世战斗之械日精，拳术之用已失。纵使十年练臂，十年练眼，力如贲育，捷若庆忌，以三寸手枪当之足矣！而历观物质文明极辟之邦，尚兢兢研求不遑者，何也？盖近世提倡拳术之目的，与拳术最初之目的殊。古之拳术杀人，今之拳术育人。人之百为，基于其躬。练拳术则身健，身健则魄力雄、意志强；魄力雄、意志强，天下事不足为也。故余之所述者，本诸见闻，求取实用，不张怪诞，以与邦人君子商之。

吾国拳术至杂，省与省殊，县与县殊，人与人殊。一师各传其弟子，弟子各守其心得。其传术之式，变动不居，美恶并见。不能集海内之拳师而合阅之，则不能知其技之所到，与其术之优劣。唯恒人所言者，为内外两家。能内家者如凤毛麟角，余盖未之知也；外家虽杂，大抵分阴、阳劲之二派。阳劲以刚胜，阴劲以柔胜，各臻其极，无所谓优劣也。唯以身体发育而论，则阴劲不如阳劲。阴劲束身以避敌，猴胸短肋，气敛局紧。阳劲挺膊舒筋，发扬踔厉。以今日而倡拳术，实以阳劲为宜。

拳无论阴、阳劲，一身之前后、左右、上下皆有攻守之手，非然则为不完全之拳式。初学必演拳式者，欲其知“五合三催”之理也。何谓“五合”？手与眼合、眼与心合、肩与腰合、身与步合、上与下合是也。何谓“三催”？手催、身催、步催是也。

拳术以避正面攻击，为第一要义。阴劲之“猴胸”，阳劲之“侧身”，皆所以杀敌之正力也。

王志群曰：“敌不动时我不动，敌欲动时我先动。兵法云：‘其静如山，其动如风；守如处女，出如脱兔。’”

拳术贵审势，势之义有二：在己曰“蓄势”，在敌曰“乘势”。初学者，先学蓄势，如鸷鸟之将击，卑飞敛翼；如猛兽之将搏，缩爪张牙。乘势则神定而眼捷，以时敌隙，非老于技击者不能也。

拳术尚弹力，而不取直力。直力者，尽人而有之，弹力则拳术家之专长。直力之及人，猛者能跌人于数丈外，而不能损其脏腑；弹力及人，则人不及跌，已伤其中矣！譬如植玻璃于平台之上，人力中之，则飞碎；枪力中之，则洞一孔焉。

善拳术者，不易出手，出手必用全力；不易校手，校手必见胜负。

拳师有以能受击得名者，盖亦未遇善击之人耳。余尝见有以手横置地上，而驱自动车其上者；见有持石击胸者；见有仰天受舂者，所受者盖直力也。若遇弹力，虽轻必透，脏腑震动。

湖南有谌四者，以善受击名于湘中，咸同间人也。闻陈雅田善拳，访之，遇于山间。谌四曰："愿以身权尊拳之轻重。"雅田拳之，谌四不知其苦，头眩而已。复曰："力尽乎?"雅田再拳之。谌四见萤火无数，绕于睫前，遂衔雅田，欲复之。乃以身倚墓门华表，思侧而创其拳，佯笑曰："君靳力如此，亦浅之乎视四矣。"雅田奋袂而进，四不及避，华表立折。负四归医之，三日而苏，遂为废疾。（雅田与四非校手，故初拳不用全力，与前说无冲突）

陈雅田长沙人也，学拳于罗大鹤，罗大鹤学拳于辰州言先生。言先生少事学问，亦精技击。家贫不能自食，鬻技江湖间，败于河南，归就笔耕。馆旁有园，养鹤其中。一日言先生倚窗而眺，鹤方修翎，一蛇自深草中出，与鹤斗。蛇蜿蜒取势进啮，左右避啄，柔而有力。鹤翅扑咮击，势疾神耸，乃顿悟拳理，手创一技曰"八拳"。

长沙罗大鹤闻其能，知言先生嗜饼，伪为卖饼者，日过其馆以饵之。言先生感其诚，尽传其技。大鹤将行，言先生送之曰："我尝汗漫江湖，大江以南，挟此技往无敌也。中州某师，比尝弱焉，恐更有能者，子其慎之。"

大鹤居长沙十余年，西行入蜀乘小舟。溯三峡，有巨艘，挟急流而下，势如奔弩。小舟当其前，且立碎，舟人大恐。大鹤持锚立鹢首，艘至以锚撑之，瞬息而渺，遂脱险。行川中几遍，无创之者。出剑门，道渭洛，得其师之敌，而告之曰："某言先生弟子，罗其姓大鹤其名者也。"与斗竟日，毙其敌，大鹤大笑，僵如石人。所传四弟子，其一为胡鸿美，早卒；余三人曰杨先绩、曰陈雅田、曰黄胖，皆有名湘中。先绩得大鹤传甚精，雅田多力，微隐其技。胖富，未与人校，亦不审其所到。

拳术之要诀，不外起、顿、吞、吐、沉、托、分、闭八字。起、顿、吞、吐以身言，沉、托、分、闭以手言。

自习与临敌不同。未临敌者，自习虽精，应用必疏。

初学拳术者，最忌多与亲爱之人戏校。戏校者，不出重手，久而成习，其弊为嫩，故不创人。不创人者，不足以为名拳师，其技亦不进。

学拳术者，必使四肢有反射作用，而后足以临敌。临敌时，迅如风雨，不容有用脑之余地。善拳技者之取敌，如常人持箸取馐。持箸之顷，齐之、张之、钳之，五指或拗、或撑，各极其能，固不待思索而能者也。

平江李昌蔓，善破人之名手。初试而败，思之一夕，无不胜者。昌蔓进退矫捷，不可以目。有造访者，自云善骰，昌蔓自数丈外溜步以进，客以骰应之，昌蔓跌出寻丈外。昌蔓曰："客何由能此?"客曰："吾之始习也，植坚木之杙于燥土之上，日往踢之。三年杙应足折，复加松枝于杙，蘸水其上，又日踢之。三年杙折而松枝之水不及着足矣!"昌蔓曰："神哉技也!"使其子坚留而待之。数日昌蔓复与校，客仰而跌。客大惊异，昌蔓曰："客之骰以全力出，以全力入，故神速如此。入而复出，必有所间，吾之初集也。避客之锋而少顿，不中于足者不三寸焉！足入，吾疾乘之矣。"昌蔓著有《拳经棍径》一书，惜不传于世。

往岁余欲设创国技学会于湖南，延而到者数十百人，杰出之英，如欧阳月庵、蒋焕棠、黄其昌者，皆有非常之技。月庵年七十许矣，辛亥革命湘潭杨氏饶于资财，与月庵有旧，坚求护焉。月庵辞以老，杨氏礼愈恭。月庵一往，杨氏有火壁高数丈，月庵跃而上，脱履于地，缘壁行数步，复腾身下，立履中无爽毫发，卒荐湘潭掌教师曾勤圃以自代。至湘，与余同居者十数日，善饭，好弈，未尝言技。日中必假寐，鼾声齁齁然，尝潜往欲捋其须，甫即，则张目笑谢。明日又故扰之，乞哀不达曰："某习此未成，辍之恐得奇菑。"临行谓余曰："子亦知夫剑乎？可珍者利也，不韬且钝矣。"月庵其进技以道者乎。

蒋焕棠，历为孚琦、李准、黄兴卫士，闻王志群能，之湘访之。与余遇，见志群演拳式，焕棠惊曰："二十年来所仅见也！"焕棠老而多力，以硬胜。居南京时，江西兵变，其子戕于乱兵。焕棠大怒且狂，入乱兵丛中，屈两食指击落数十人颔，其友黄某牵之而去，乱兵皆胆裂，无敢鸣枪击之者。

黄其昌有弟子曰林其青，颀然而长，瘦如枯木，矫捷如猿。余素闻其名，不知其师其昌也。其昌年七十有五，至湘抵余寓，饮之酒，尽数斤而后饭。请易盌，尽三四人馔。时林其青之弟子与座，请示余以技，余亦固请。其昌曰："平生游关内外三十年，未有当吾爪者，请试之。"以爪叩椅，椅为坚木，铿然有声，举以示座客，得碎木如凿屑。座客皆挢舌。视其爪亦无他异，唯较常人者似胼胝耳！

林其青湘人也，年三十余，去湘避吏捕，越数年案寝，复归于湘，教拳技。湘俗新拳师立馆（俗名设厂），必拜其地之素负技名者，其青至，初不与人往还，授徒亦不演拳式，唯教之立庄、运步、散手而已。各技师恶其骄，又畏其强，乃谮之于何延广。

延广为杨先绩高足，王志群之师也，时年六十余矣。闻谗病之，乃折柬邀其青，并速湘中诸拳师，欲与之校。其青欲往，其友曰："不可！何延广名满湘中，四十余年未尝一败。且子实无礼，弱于长者何患焉！"其青遂止。邀饮之次日，负荆而往，订交焉。

去长沙百余里，有地曰“高桥”，茶商制茶之所也。暮春三月，士女就之者，达数千人。浏阳、平江、湘阴人至者尤众。其俗皆好斗，茶商往往聘武士以自卫。其青与其弟子游于是间，见茶庄崇门深闭，庄内人声鼎沸，有往救之者，叩扉不得启。其青率弟子至，跃登垣上，弟子不能从，持竹授其青，其青引之而入。启扉牵斗者出，莫敢支吾。

其后以票会事发，严逮之，逻者不知其处，乃拘其青兄。兄曰：“吾弟武勇过人，我能示其所，不能缚其身也。”逻者集二百余人，持戈矛、鸟枪从其兄往曰：“面若弟无汝事矣！”昧爽至一小市，其青犹在梦中，其兄大呼曰：“官人来捕汝，汝无苦我。”其青自内应之，从容理行装。逻者入，其青曰：“释吾兄，吾与汝曹行。”行十数里，得一逆旅，其青索酒食，踞案而饮，旁若无人，逻者环而伺之。食已，其青以手击案，瞥然而出，逻者自后追之，遇一涧，宽数丈，其青越而过，逻者绕梁焉，已不知所之矣。复闻诸其弟子，今尚旅川云。

习纵跳之法，传者甚多。有以砂裹足者，有两手裹砂取势者；有掘阱上蹿，阱深跳高者。林其青之习跳，则直腿不屈，以脚掌撑地取势，自举其身上腾，能距地一尺者。屈足取势，达一丈以上矣。

无人不可以习拳，无人不可以为名拳师。人之不习拳者，恒诿于无力，此大误也。人不患无力，特患其力之不能发挥耳。今使人手持十斤之物，虽至弱者能胜也。人之身至轻者重数十斤，未闻其足之不能自举也。苟以十斤之力，附于手而中于人，人必伤；以数十斤之力，附于足而中于人，人必毙矣！

今人恒曰，某某力重数十斤，某某力重数百斤，此为最粗之评判。实则力之为物，与体积、时间有极大之关系。今以百斤之力论，附于臀者尽人皆有，附于肩者较少，附于肘者又少，附于拳者更少，附于指者则寥寥矣。受之者亦然，受百斤之臂则退，受百斤之肩则跌，受百斤之肘则伤，受百斤之拳则病，受百斤之指，不死必为废疾矣！力之发射也，有以一秒钟能发百斤之者，有以一秒之十分之一能发一百斤之者，有以一秒之百分之一能发百斤之力者，时愈速发射愈难。受之者亦然，一秒钟能受百斤之力者，一秒之十分之一不能受也；一秒之十分之一能受百斤之力者，一秒之百分之一不能受也。

人之肢体能发射之物有二：一曰“力”，二曰“劲”。涩者曰力，畅者曰劲；迟者曰力，速者曰劲；限于局部者曰力，达于全身者曰劲。力方而劲圆，力长而劲短。以力击人者，如引重推巨，支之撑之，为事甚滞，为时甚久；以劲击人者，发其一指，则全身之劲在指端，发其一足，则全身之劲在足尖。其中人也，未中之先无劲，既中之后无劲。中之之顷，疾如掣电，一发便收，是之谓劲。善拳技者，尚劲不尚力。练拳技者，使力化为劲。（前所云弹力即劲也。）

劲有路，不可牵之逆之。牵之逆之者，自杀其劲者也。能破人之劲者，乘人之劲路也。

善拳技者，不当人之劲。若猝不及防，而劲已至，则应之以警劲。警劲者何？敛气竦神，紧以当之，震以杀之，行所无事矣！

恒人每言习一二硬手，便可终身受用，如《纪效新书》所称李半天之腿、鹰爪王之拿、张伯敬之打、千跌张之跌，虽皆以一技享重名，实则拳法悉精。所传得意之技，特其独到者耳。非如世俗教师，百法不通，仅知其一也。且一手之关系，无不与全身相调剂。全身皆劣，而独恃一手一足，正如小儿持石击人，石虽坚，不能中敌也。

校手不可着意安排，安排则有浅见，有浅见则滞，滞者败之道也。此尝闻有以一手破天下敌者，盖不复能笑之矣！

拳术亦有小学功夫，立桩是也！立桩不稳，而遽授以攻守之法，则学者之心，驰骛于高远，不肯下死功，其所到可限量也。此理甚庸，能者绝鲜，譬之秋叶遇微风而陨，以其着枝不牢耳。今之习拳者，立足不住，便欲斗人。手法虽多，一遇大敌，直如摧枯拉朽，甚且至老不悟，良可哀也！

善胜者不弛，善败者不乱，立桩之功也。湘潭邓十六，为郧家拳之健者，有名拳师来访，十六出抢手，拳师执其四指，翘之。十六身悬而桩不乱，如生铁铸成。拳师倒行十数步，投之于寻丈之外，十六立地上，凝神敛气如故，拳师叹息而去。

拳技虽小道，师弟子传授之间，盖不可不择端人。弟子不得师，则技不进；师不得弟子，则技不传。故弟子乐得名师，名师亦乐得佳弟子。世俗拳师，技无所到者，无论矣。即有绝世之术，或靳而不传，或不择人而妄传，皆非善道也。

江西有吴广泰者，长“字门拳”（一名鱼门）。一日游至河畔，见有肩桐油四石者，爱其魁硕，叩之为王金龙，约之至寓谓之曰：“以子之多力，胡不习拳？”金龙曰：“无师奈何！”广泰曰：“即为是也。”金龙试之，立跌，遂师之。

广泰教以字门之第一字曰“残”者，金龙退不知所之。越三年，金龙负钱数十千至，广泰诘之，金龙曰：“欲储钱以谢吾师，且习以验其能否。”广泰使演之，则大惊，且患其强不易制，勒不之教，并戒其弟子勿以技授金龙。其后北省有拳师至江西，与广泰约为兄弟而后校艺，拳师败，遂师事广泰。广泰忘其戒，金龙往学于拳师，一日而尽其技。会广泰与拳师授技于某富室，期尽，富室为酒以饯。金龙至，岸然踞高坐，拳师怒曰：“役夫安得无礼？”金龙曰：“此座无常，唯能者居之耳。”拳师叱之曰：“狂奴学技几日？”广泰闻语大惊，履其足，拳师默然视金龙，目怒意弗善也，不饮而散。

拳师以叩广泰，广泰俱一一告之，且曰："字门拳，诀虽有八，一'残'字已含混无余义。汝我之长，彼迈之矣！"自是金龙为江西名拳师，广泰反出其下。广泰复教一童子以点穴之法。金龙后嗜鸦片，一日横卧肆中，童子袖小铁椎抵之，金龙归，中夜而死。

观人演拳式，欲知其技之优劣，与其式之美恶，此无他法，一衡以拳理耳。式完手备，而劲不畅达者，习之者疏也。反势闭劲，身手相戾，上下相乖者，式之劣也。习劣技者，用功愈久，滞涩愈甚，此不可不知也。

今人观拳式，恒喜讥评之曰，某解何用，某手御何敌，此大谬之见也。拳式之为物，不过合多手以连属之耳。其连属之点，则示人取势活劲，未必即以之取敌。且拳式之手，有变化者，有浑涵者。已见变化之手，形式已具，固可察其优劣。若浑涵之手，变化之祖也，非其人演而拆之，不可妄为论定。

习劲之法，多借助器械，如沙囊、摇床、石滚、桩板之属，不可枚举。窃以为劲之发育，必求其圆满透澈，不可少加障碍。作劲而出，物冲其前。劲有击力，物有抗力，两力相遇，抗力大，则击力朒；抗力等，则击力着而缩；抗力小，则张缩兼，其所长之劲亦仅矣。且其所长者，沾着胶滞，不足以极劲之能事也。初学者，欲速程其效，而器械之用日广，去理远矣。

习劲有最良之器械，空气是也。空气无抗力，亦有极大之抗力。故习功劲者，能尽人官骸之所能而宣之，其发必全，其着必透，且其所长之劲，官骸不败，无有衰退；习器械者不然，如前清武士之举刀石，辍不数日，遽失旧观矣。《虞初新志》所载王先生事，每晨向空奋击数千拳，虽为小说家言，亦不可以其诞而忽之也。

语曰："百打百破，一硬不破，一快不破。"硬者，非身手硬也，劲硬也；快者，非进退快，转侧快也。进退固不能不快，而胜负之数，不在进退，在转侧。盖进短一分，即不及人；退缩一分，即可避敌。远步进退时，与人以可乘之隙，故善拳者，有转侧，无进退。转侧，即进退也。有进无退，进即退也。进即退者，以攻为守也。

习拳者，须自信。自信不强，不能尽己之能，鲜不覆于敌者。敌虽强，可以不与之校，校则视之若寻常人，非骄也。即遇寻常人，亦不可以骄而懈其防。

王老师，清侍卫教师也，道咸间人。少林寺僧海川，以技长其宗，闻王老师名，欲赴京访之。集寺僧而告以行，寺僧请归期，海川曰："归，则少林宗之荣也；不归无复问矣！"遂之京，与王老师校。凡数百手，海川知不可敌，遂乘隙遁去。良久憩于树下，自以为纵跳之技，旷世无伦，王老师不及也。举目偶眺，王老师已立其侧，海川大惊欲走，王老师止之曰："毋恐，我诚爱君，不然殆矣！"使海川自视其背，衣上有数指痕。海川大感服，拜于地，愿师事之。王老师曰："不可！君为少林宗健者，少林之技，超迈等伦，君畔而就我，是宗绝矣！可约为兄弟。"海川泣下，乃自宫为寺人，清宗室贵人中间有能者，海川之所授也。王老师晚年，广传相扑之术，遂得李富东而传其技焉。

李富东，武清人也。少强有力，习技颇精。至保定，与诸相扑者角，莫之与敌。诸相扑者曰："京师多能者，盍一往观？"富东遂至京，角伤相扑者数人，皆王老师之弟子也。王老师自至，富东与校，应手而跌。富东逃，王老师不之逐也。翌日王老师至富东寓，谓富东曰："子伤我弟子奈何？"富东曰："子不亦跌我乎？已相偿矣，尚复何辞！"王老师曰："子归后，尚习技乎？"富东曰："不能胜人，习将何补？"王老师喟然曰："我正以是故来耳！以子之美材，何患不独步海内，昵而就我何如？"富东遽拜之，尽得其技。王老师殁，富东继为侍卫教师，未几归武清，授弟子。富东饶于资，客时盈其座。一日有柳某者来访，负木署曰“天下第一”，自云能胜我者上之，漫游十余年，行南北几遍，无与敌者。至富东家，居数日，与校二百余手，柳稍懈，富东疾进以足踢之，柳腾而上，破承尘立堕炕上，炕为崩，柳遂以木上富东。富东今犹健在，为天津武德会之长，其貌甚恶，鼻柢，江湖人咸称之为“鼻子李”云。

霍元甲字俊卿，天津静海小南河村人也。其父名恩第，于昆弟行次二，尝营镖局，为人慷慨豪侠，喜交游，江湖技士无不知霍二爷者。霍氏家传武技曰“迷踪艺”，有名当时。恩第生元甲昆弟十人，元甲行四，少多病，年十二，与里之八九岁儿角力，辄负。元甲欲练艺，恩第不可曰：“汝弱不胜任，必败吾霍氏名。”霍家有练武室，元甲见摈不得至，然时时自壁隙窥之。宅旁有枣树园，元甲恒夜往其中，习练甚苦，十余年无间辍，家人皆不之知也。乡里习技少年藐之，与校皆败去，乃稍稍知元甲力。居无何，元甲至天津，赁曲店街之怀庆会馆为药栈，怀庆人运药材至津者皆归焉。天津治拳术者甚众，妒霍氏名，欲窘元甲，以辱霍氏。至与之角，辄跌地上，咸莫知其所以致胜者。

景州虎头庄赵氏之徒，伪为力人就元甲佣，诇之无所获。夜起环其寝室，隙壁而窥，亦无所见，以为元甲徒多力而已，颇悔其行。一日三人共肩巨捆牛膝，重可七百斤，上下嘘气为声，唱和而行。元甲见之，蹙额曰：“孱哉孺子!”三人置之地曰：“君自引之何如?”元甲持一巨棒，肩二巨捆以去。力人皆大惊异，顷之十数人夜引二筑衢之石，塞于栈门。元甲晨起，见而蹴之，二石旋去数丈，乃共服元甲能，远近闻风而至者不绝。元甲冲和抝谦，未尝侮人。

庚子岁，义和团匪作，闻元甲有武勇名，欲罗致之。使使馈以礼，元甲惧却之。闻神拳事，大笑曰：“妄哉！安有神附于人者？我即欲与尊神周旋。”使者惭而退，相戒不犯其处。会西教士以危急弃其徒，其徒虞匪至不免，逃且无所之，涕泣载道。元甲闻之，往曰：“君等虽习异教，我不忍视君等骈首就戮，昵就我者，我以身卫。”于是教徒皆求庇于元甲。怀庆栈内，肩摩踵接，比栈而居者甚众。匪酋韩某闻而怒曰：“我以重渠故不之扰，今显护教民，辱我也！不除之，不足以张神威。”或有以和议进者，韩颔之，遂使人赍书元甲曰：“明日巳初，速以教民授我，薄午吾即以千六百神徒取汝矣！”

元甲得书大惊，集众人而告之曰：“某杀君等也。君等不恃某，必逃。逃虽无幸，必有免者。今且奈何？”众皆惶恐无策，元甲曰：“临难而惧无勇也，弃人于危不义也！君等以身就元甲，元甲敢不以身报乎？明日吾将以辰往巳归，幸而克，君等之福也；不幸，则请迟君等于地下。”众皆哭，声闻数里，妇孺莫能举食，彻夜饮泣。元甲危坐达旦，呼侍者备食事，从容栉沐，食已衣轻服，着短靴，毯冠束带，持雁翎刀，绝尘而去。至匪所，则已鸣号集队，骑士列广场左右骋，步者拥其后，举刃如霜雪，群待酋命。酋居幕中，距案而坐，左右手挟二短铳，指挥匪众。元甲瞥然而入，刺酋断其二臂，匪众皆股栗，遂溃。翌日津报详记其事，当此之时，元甲名闻海内，海内豪侠之士，皆以不一见元甲为恨也。

居无何，俄罗斯人有至津鬻武技者，尝仰卧地上，手持百磅铁哑铃各一，二足挟其一，上承巨板。板上置坚木之案，设四雕椅，四人环坐而博，将物事者，上下无患倾侧。登新闻纸广告，自署曰“世界第一大力士”，复为短文以缀之曰：“世界第二大力士为英吉利人，世界第三大力士为德意志人。”元甲恚曰：“外人蔑我国至是乎？”俟俄力士开幕奏技而往，门者拒之。元甲以刺与之曰：“我来与力士角胜负者，胡不纳我？”门者以闻，遂延之入，力士以询译者，译者为述元甲平生，遂受意而出曰：“西人鬻技求食，故张其词以致观者，公何必与人较短长？”元甲曰：“不可！某有二事，愿达之力士，询其一曰：可与某决雌雄？更请其次，则曰：易词宣众谢过而已。”译者唯唯而入，越数日，俄人登报更语而去。

未几，李富东之弟子曰摩霸者，回回人也，游于津，见元甲曰：“吾师敬慕先生，盍往游焉？”元甲以无暇谢之，三请乃许。元甲之弟子某，与摩霸拟其胜负，各崇其师不相下，乃以物为赌注。摩霸贫，署券质其居室。元甲至武清，富东大喜，款洽备至，与元甲观其徒所习技，元甲皆赞赏不置。越数日，与校。元甲年三十有五，富东且六十矣。衣锦袍，偻即曳地。元甲请弛衣，富东笑而不答。格斗良久，富东少却，元甲进抵以肘，富东后格于炕，大呼曰止。元甲复留数日而归。摩霸与兄共居，患无以赎券，自缢而死。元甲初未之知也，闻其死往吊，哭之甚哀。

逾数年，有英国大力士至上海鬻技，腹上能承铁磴重八百斤，能曳自动车倒行。元甲由津之沪，则力士已赴南洋矣！力士盖佣于人者，鬻技所得之赀，悉以授之主者，而月受其给焉。时主者犹在沪上，元甲延译士往见之，欲与之角，期以明年三月，赛金三千元。至期不角者，罚旅赀五百元。元甲倩电灯公司西人平福为证。次年正月元甲即至上海，闻力上已至自南洋，又如汉口矣。

顷之有白人与黑人至，皆自命为力士，角技鬻券，观者塞广幕。元甲与其友二人往观，阍者索券，元甲曰：“我与力士较力者，亦须券乎？”叩其姓氏，知为霍元甲也。肃之入坐，睹其技曰：“易与耳！是亦以技鸣于我国，国人羞死矣！”遂请角。黑人方克其敌，许之，约以明日。元甲延张园之主张叔和为证人，死于敌不索偿也。次日逾午，黑人偕数西人至，律师与焉，谓元甲曰：“子毋足踢，毋首触，毋拳击，毋肘摧，毋指掌中人，即与子斗耳！”元甲笑曰：“然则使我卧而承之乎？惧我即窜去上海可也，安得为此无理之言？”数人大惭而退。元甲遂赁张园设擂台一月，以俟英大力士。为各国文，发传单、登报纸宣言曰："世讥我国为病夫国，我即病夫国中之一病夫也。愿天下健者从事，有以一拳一足加我者，奉金表、金牌各一，事以为纪念。"

两旬余有东海赵其人者，请与元甲校。元甲曰："我欲为国人雪耻也。在理子宜助我，胡转与我争强弱？"东海赵曰："子设擂台，我扑擂台耳，乃惧而恬我乎？"元甲不得已，虚与周旋。半日推之堕台下，身亦随之，作而曰："胜负平分，可以休矣！"东海赵曰："不可！必跌其一。"元甲又起与斗，不敢尽其技，曳赵足使之卧，赵愤懑而去。

英人知元甲能，以力士遁，电灯公司之西人平福亦不知所往。欲索罚金，法无证者，诉不得直，惋惜而已。一日有来访者，自称为张文达，蹙然问曰："所谓大力士者，谁也？"元甲肃之坐曰："某为霍元甲，不名大力士，客得毋误耶？"文达曰："即若是矣！若几死我弟子，可与我决死生？"元甲曰："君之弟子为谁？"曰："东海赵也！"元甲曰："未着微创，安得云死？"曰："忿欲死耳！"元甲具告所以迟英大力士者，且述当日角技状。文达大怒曰："毋多言，惧校者非丈夫也！"元甲曰："我设擂台期满，君续为之可乎？"文达曰："善！"遂至张园，坐广厅上，袒臂怒目大声曰："何物竖子，妄称大力士？当吾张文达一掌者，立跌矣！"沪上诸纨绔子，游张园者甚众，闻斯语，争前视之。见文达躯干魁硕，状貌狞雄，诧为非常人也。争致词曰："公能败霍力士者，吾侪愿延公至家，月奉五百金，执弟子礼。"文达曰："是何难，苦无照会，不能设擂台耳！"诸纨绔子咸乐助之。

越数日擂台成，元甲适有心疾，与其弟子刘振声及友朋数人往观，文达坐擂台上，指名搦元甲，振声起而代之。自午至暮，酣斗未已，张叔和振铃止斗。次日沪上各报论斯事者，皆曰："胜负未可决，唯刘之神气似较张惫耳！"元甲谓振声曰："胡不以某法取之?"振声曰："畏其力，恐为所乘也！"元甲曰："乘则变某法，败之必矣！"振声曰："唯！"遂复往。元甲谓文达曰："昨日吾弟子与君角，幸未败衄，今日西人观者如堵，胡为阋墙以贻外人笑？愿与君言归于好。"诸纨绔子患辍斗，不得纵观，则叱曰："何名为弟子，畏人之强，延能者以为助耳！"文达益出嫚语激之。元甲曰："君今日真欲较胜负，吾弟子当以十五分钟奏捷。"文达曰："我仅识若，不识若弟子。"元甲曰："某虽病，敢与君约，三步外跌君者，我负矣！"跃登台上，一进破文达门户；再进跌文达于胯下。举拳厉声曰："张文达，汝幸为中国人，非然者，吾手下无完躯矣！"环而观者万余人，皆大呼，文达仓皇遁去。

元甲归谓其友曰："吾生休矣！"其友曰："何也?"元甲曰："使我生数百年前，以长矛、短剑杀贼，取侯封如拾芥耳！今科学明，火器出，行阵变，虽有武勇，将安用之?"其友曰："不然！数百年上，人皆以长矛、短剑为能，君能独雄乎？吾国人方病孱弱，君尽所长以广其传，君不死矣！"元甲击案而起曰："善！"遂募赀设精武体育会于上海。

先是元甲有友某，世有牙牒，得专利，以父死丧其赀，求佽于元甲。元甲以万金贷之，复以不善理财而败，无以偿元甲，元甲诸兄弟有间言，元甲遂以殷忧致疾，至是愈剧。其同乡某，时居上海，与日本医曰秋野者相识，送元甲往治疾曰："此吾国大力士霍某也，幸善视之。"日人旅居上海者，设柔道会于虹口，秋野邀之往观，元甲以疾辞，固请，乃偕其弟子刘正声往。日人欲与较，元甲不可，强之，以命振声。日人进扑振声，欲颠之，不得，乃佯卧地上，伸足出振声胯下，振声侧而踢之，伤其股。有继进者，暴怒而前，势甚疾，振声迎而挤之，仰跌寻丈外，其三人乃舍振声，扑元甲，元甲执其手，肤裂骨碎，投之，落地折胁。日人皆盱愕不敢前，与秋野语良久。元甲归，秋野敬之异于他日。翌日薄午，元甲疾忽剧，强舌望阳，手足皆震颤无已，越数日而卒，年四十有二，秋野遁。

近世以来，天下咸重体育，通都大邑，自炫其武者，时有所见。自霍元甲出，外人相戒不入我国门。赍恨以殁，海内伤之。其父今年八十许矣，须发浩然，颜如渥丹，食兼数人，步履轻捷，元甲之友农君于夏间见之云。

跋

逵是书成，有难于逵者曰：“昔人谓‘儒以文乱法，而侠以武犯禁’，夫武而侠也，且不免于犯禁之讥，则不侠者当何如？矧况有言‘论心不如择术’，拳术为杀人之技，吾子之于择术，无乃不审乎？学者挟之以行于不逞，则吾子是书之出也，几何其不为助乱也乎？”

逵曰：“否，不然！在昔圣王贤士，不讳言兵，非不知兵凶战危也！诚以禁暴止乱，不得已而用之，故亦不惜于六伐、七伐。拳术虽为杀人之技，然世不知拳术而杀人者何限，使用之而一当，亦安见不可资以戢事。如惧挟其术以行于不逞也，则曹操曾举孝廉，黄巢居然进士，而后之言恶者必稽焉！其所挟者为何如也，论者将谓其择术不审耶？抑将以昔圣贤人之书为助乱者耶？孔子教人寓射于六艺，论者亦将以射为杀人之术，谓孔子不当教之以助乱耶？子之言是不达于孔子寓射之旨也。虽然，幸子之言之也，逵敢不慎乎哉！后之览者，其毋以逵言为文过之本，以贻犯禁之讥，而为难者所笑，则庶几焉！”

平江向逵

拳术见闻续录

陈荣广伯熙序

向君恺然精武术，间以所得著诸篇，顾不多见。前以参观精武体育会，聆孙中山言是术之关系，慨然为此，此以次刊诸报端，世有识者，固可借广宗风，否亦足存国粹，甚盛业也。第观所述，可得两例，门户见深，一也；授受不诚，二也。凡学囿于家数，不能会通，于群已咸无幸，治拳术者，多各尊所闻，务胜人为快。胜固骄，负或牺所长视为无物，或愤而诡求一逞，两均无所益，而会打必遭凶一谚，遂悬为座右铭。士大夫不复道，流而为江湖卖技之贱业，其极殆如汉武独尊儒术，文化以阻，不仅汉宋之争，尚得一义已也。至师弟之闲，学成后微特不知感，且逆臆所授，欲创师以证业造何许？故师不敢尽其传，有十步留一之说。近代相承，薪传以烬，至今几莫得一名师，即得亦疑为幻诧为神，均此两例，阏其演进，弱种之名，不武之诮，乃轰于国外，转使东邦学者嘉纳治五郎，窃吾北地翻交之余绪，以振其国俗，豪于东方，岂不大可哀也哉！夫拳勇只武术之一翻交又拳术之一，彼得之而效顾若是，吾苟即固有而祧祖师，不必光大，已足呜喑咤叱一世，固非其他持国粹说者，读《论语》半部治天下之夸言，所得概例，向君既罄其见闻而牖世，固媵以是说，聊致缱绻焉！

周正华

周正华，湖北嘉鱼之卖解者也，一女，年十七，名婉贞，娟好如良家子。岁庚戌，正华挈婉贞鬻技于湘潭之学坪，观者逾万人，其技之到，有不可思议者。

余少好事，自长沙往观，正华握枯枝，长丈余，径可一把，植空如小树；婉贞手双剑，侵入秋水，望之起栗，交手从容，礼观者已，回旋而舞，观者既惊婉贞之神彩，复骇双剑之光芒，皆狂呼颠倒。婉贞舞兴方酣，枯枝骤下，剑光顿敛，婉贞已颤立枝头。正华举枝，婉贞乘势跃高丈余，坠地了无声息，剑光复发，枯枝三下而三跃之，不患倾跌，观者挢舌不下。正华弃枝，取弹弓，探手于囊，出三丸示观者，婉贞面正华而立，相距逾五丈，正华发弹，寒星一点，直贯婉贞发髻；更发，锵然激前弹出；三发，而髻中终实一弹。婉贞取之微笑，语观者曰："弹大如栋实，复位置不移，谁不命中？吾父自谓惊人，技实未到。"

正华佯怒，举弓掷向婉贞曰："若试为之，但愿较乃翁贤也！"婉贞受弓，亦探囊出二丸，并实髻中者而三，一纳口中，一扣于弦，力吐之，弹脱口如发于弦，扣弦者亦发，三弹次第相激，火星四射，正华盛气擎枯枝扑婉贞格以弓，弓弦着枝而胶，婉贞身随弓上，及顶始堕，群疑枝为铁，验之良不尔，亦云轻妙矣。

湘潭某纨绔子，艳婉贞色，啖正华以重金，谋纳作妾。正华不可，纨绔子无奈，偶见婉贞顾之而笑，心益惶惑，云不吝二百金，作宵一之聚。正华谋于婉贞，婉贞许之，纨绔子立出金，且治酒招友赏其事，命婉贞侑觞，婉贞姿态横生，座客莫能自主，竞贺纨绔子艳福，纨绔子益自得，念既得定情，明日强谋作小星，当无不谐，席终就寝。

翌晨，纨绔子戚额而起，怒叱正华牵婉贞去。友询纨绔子，纨绔子惭恧不能言，固诘之，忸怩曰："石女耳。"友亦怒责正华，正华但笑谢，出告人曰："吾婿今年十八矣，狡童自薄福，吾女何石焉。"自是不复见其鬻技。

杨先绩

长沙杨先绩，与陈雅田同学拳技于罗大霍，勇名噪一时，先绩咸同间人，至今道其轶事者，犹若目睹。夫名字不见于志载，而入人之深也如此，足征其当时之概矣，述余所闻，或犹足资治技击者之观省。先绩三十始学技，所治为辰州言先生手创之八拳。八拳象龟鹤之斗而成（余著《拳术》及《拳术见闻初录》二书中曾详言其手法），其起顿吞吐之法，不可以常理测。先绩治之六年，能委四肢于地，不屈伸作势，奋登高屋，追逐犬马而迈其前。

湘人喜治技，无与右者，雅田以力闻，而娇捷远逊之，相角辄不得逞。雅田性偏急，以是虽共事大霍，亦阴有门户之见，先绩年事稍长，多所优容之，雅田不知也。大霍死，二人皆蓄徒众数十人，弟子之袒其师者，互相抵牾，甚且纠群而斗。雅田之徒，适有死者，余徒附会之，谓实戕于先绩之手，雅田不胜其忿，要先绩于途，不容致词，遂攘臂而斗。先绩避之田中，田中泥水深及尺，先绩履之才没胫，雅田欲追击，陷膝不能举，先绩以其狼狈，顾之而嘻，雅田益怒，倾家讼先绩故杀其徒。先绩诉不得直，下长沙狱，年已五十矣！

越二年，有力者始为白其冤，先绩出狱，其徒相集，谋复雅田，先绩不许，自是谢徒众，其子亦不令习技，且讽雅田无为与虎狼之徒处。雅田疑其将图己，虑祸甚，而倾轧之心益炽，先绩简出，雅田不得间。

又数年，巴陵江宗海，走函聘先绩教其子，先绩辞不往，使者三反，先绩遂如巴陵。江宗海固巴陵之治拳技有声者也，子五人俱魁伟强力，十年前雅田曾馆其家，未尽技而退。先绩至之日，宗海礼甚优渥，湘俗授技新徒，必与师角，谓之“打入场”，不负不相师也；期满复角，谓“打出场”，不负不奉束修也。一二鄙鲁无识者，导之于前，遂相习不复计道理。先绩谓五人必角，席间不敢饮，宗海曰：“儿辈教导无素，先生清淡，启其茅塞足矣！不烦事手脚也。”先绩方逊谢，五人者各擎石鼓，当筵而坐，石鼓重数百斤，盖示勇于先绩也。先绩夷然笑曰：“多力无裨于技，人重不百斤，数十斤之力，颠之足矣，过此徒自制耳！”五人相顾大笑，先绩曰：“君等疑吾言乎？适言犹未尽，吾意也。习技击者不宜多力，多一分力即减一分技，君等力至数百斤，已无技可言矣！”

宗海请其说，先绩曰：“力能举石耳，于人何与焉。吾体重才数十斤，腿当身四之一，郎君信多力，曷试胜吾腿，宗海次之，力最富，有力无所用之也。”五人皆惭恧，宗海亦失色，先绩曰：“治技贵劲，十斤之劲，百斤力不能胜也。君等全身是力，而无一斤之劲，着于人者几何哉！”

宗海长子善棍，以为平生独到，先绩弗如也。请与较，先绩颔之，以棍授先绩，棍为巨竹，通其中，实以铁砂，重且百斤，先绩不能受，坠地砰然有声，请轻者，亦重数十斤。凡五易，得木棍才数斤，先绩犹病其重，宗海笑曰：“师欲以徒手角耳？”先绩顾室中有竹竿，取之，笑曰：“是足以入剑树刀林矣，请赐教。”宗海长子握固不敢进，恐竹竿之不胜战也，先绩知其意，固请进扑，遂斗。先绩左右避，须臾，宗海长子所持棍，忽坠地，右手拇指中断，血濡衣袖，方共服先绩能。

先绩居月余，五人未尝请益，先绩辞，宗海祖之，实铅于壶，酒酣，伪为奉觞者，卒击先绩。先绩已觉，举臂触壶，壶脱手，中宗海面，坠其二齿，先绩笑谢鲁莽，五子欲以刃加先绩，宗海目禁之。

先绩归，值大风雨，投止逆旅，入暮，有少年至，高颧鹰目，袒其中衣，结纽重叠，炯炯视先绩，若有所思。先绩疑之，方欲启询，少年已趋别室中，先绩闻有声殷殷然，有似步骤。潜起壁窥，少年方奏技于中庭，庭中有铜磬，拳足旋转之风，激磬殷殷而鸣。先绩大惊，念此伧年未三十，技何精到乃尔，出叩其人，为丁昌礼，湖北嘉鱼人，游技江湖，数载未逢敌者。昌礼前访雅田，败之，雅田欲以创先绩，设词激昌礼之巴陵，宗海之聘先绩也，亦出雅田之谋。昌礼至巴陵，适先绩辞宗海，因尾之至逆旅，昌礼之意，但欲觅能者，雅田之谋，固不及知也，觌面遂挑灯共言技，昌礼请较，先绩不可。

昌礼见先绩无惊人之语，轻之，强请一战。先绩无奈，略试即敛手，昌礼已知非敌，顾少年气盛，终疑未尽己长，因先绩逊谢，腾一足攻其无备。先绩大惊，以手格之，昌礼鞋底纳利刃，断先绩一指，而昌礼之趾亦断。先绩詈曰："狼子奈何慢长者，挟区区之技，而以暗刃图人，于人不幸，于己宁有幸耶？"昌礼大惭请罪，先绩裹创，不复以为意，昌礼深服其量，缔交而退。

先绩抵家，翌日，即诣雅田，雅田谢病，先绩必欲见，雅田严备而出。先绩但述往年相切磋事，雅田感动至泣下，先绩亦哭，雅田自是不复寻仇。

先绩见治技击者，示其指戒之曰："谨让如我，犹蒙断指之辱，君等可不慎乎？"

陈广泰

南康陈广泰，习字门拳之技者也，字门拳不尚力，俗谓之阴劲。乾、嘉时期盛行于福建，其创之者不可考，要为一时之俊也。

广泰幼随其父翌园贾于闽，有僧见之，谓有异骨，宜习拳技，日诱至寺，授以方法。广泰性复近技，跳踉无停晷。数月，与诸儿角，皆莫胜，翌园畏之。询得其情，遂诣僧委贽焉，僧名归纳，住锡寺中有年，未尝与人角，无知其善技者。广泰素肥腴，习拳技数年后，瘠若不胜衣，然矫捷如狙狝，以索牢束其体，能缩身如蛇脱。归纳戒无与人角，广泰不能从，卒与长真知善技者角，毙之，翌园因是荡资，寻以忧死，归纳为营葬，广泰早失恃，至是孑然一身，年才十五也。求归纳为之剃度，归纳曰："吾授汝技，诚欲广其传于世人，非为空门求护法也，其暂止吾许，能尽吾所长，无患不能自立。"

复二载，归纳圆寂，寺僧多不善广泰。广泰去之粤，欲授徒博资，以年稚无委贽者，遂鬻技市廛，日获数百十钱，供食宿。有偷儿慕其能，请受教。广泰不知其偷儿也，方虑不得徒而授之喜，为指点月余。偷儿入富室被缚，送邑宰追求同类，偷儿以广泰对，遂拘广泰。广泰力白其诬，邑宰终以褴褛憔悴类贼，痛笞之，监半载始释。广泰忿极，竟思作贼，偷儿复怂恿之。遂以出狱之夕，盗邑宰珠玉值数千金，邑宰比晓始觉，捕治甚急，偷儿得金，衣饰游饮甚豪，广泰戒之，不听，卒为吏捕。

广泰知祸且及，急遁之韶州，仍作贼。广泰能缘壁而行，又能服气，数日不饥，尝卧巨室承尘中，逾月不出以伺便，饥则入厨窃食，因是捕吏无如之何。韶州数月之间，巨案叠出，所失皆至万金，俱广泰所为也。广泰得金，辄穴土藏之，捕吏苦于追比，恒彻夜搜索。

一夜，月色溶溶，捕吏数人，方悄立暗陬。忽闻檐端有声窸窣，疑为鼠，举目偶盼，一人飘然越屋脊而去。捕吏大骇，有能升屋者，视之，已无所见。以情白韶州令，韶州令召大名老捕赵胜至，广泰已入湘，赵胜欲踪迹之，而当时治盗者，皆以邻国为壑，令倦于移檄，广泰遂得从容湘中。湘中善技击如邬把式（湘潭人）、朱八相公（湘潭人）辈，皆服其能，以为非常人，不知其盗也。广泰留湘十年，不为盗，亦不授徒，忽念己为赣人，先人邱墓所在，宜归南康结庐奉祀，遂买舟至南康。登岸，见有以巨挺承油八篓，负之而趋者，油篓重且百斤，广泰骇其多力，就询姓名，为王金龙，年才二十也。

广泰止逆旅，遣人招之，问知技否，金龙曰："富力如吾，宁复须技，始足加人，吾十四与知技者角，未尝败北，知技者安有加于吾哉！"广泰笑曰："汝不知技，以何者与人角？"金龙握固示广泰曰："恃此一对拳耳。"广泰大笑曰："汝能负八百斤，吾谓汝力在肩，乃在拳耶？吾体虽弱，然愿以权尊拳之轻重。"金龙注视广泰，良久曰："九江洪教师，名闻赣北，吾当之亦唯逊避，谓：若能当我耶？吾尚恐若随风飘去，奈何昧昧。"

广泰色怒，牢握金龙腕，金龙若中刀斧，顾忍痛不声。须臾澈心脾如火烈，哇然不知声之出口也。广泰徐摇其首曰："汝力果在肩，胡为欺我？"金龙羞愤，奋拳击广泰，广泰左拳触案，案为倾。

复进，倏不见广泰，旋身，广泰已颠金龙于地，金龙跃起，将一逞而甘心。广泰攫其二臂，笑曰：“知技者果有加于汝否?”金龙跳踯撑拒欲脱，怒目巨吼，广泰徐纳之坐，温慰之曰：“汝毋然，吾诚爱汝，欲以方法相授，不尔何劳颠倒?”金龙俯首若有所思，既而曰：“吾亦愿知技，第不审若果能师吾未也，适间之颠，出吾不意，夫不意而颠，犹夜行者之蹶于石，石岂知技者耶?”广泰曰：“然则吾将何者证吾知技于汝?”金龙曰：“有斗耳。”广泰诺。

二人遂斗，三复而三蹶之，金龙始伏地请益，是为字门拳至江西之始。

王金龙

余既纪陈广泰，不能不纪王金龙，以为陈广泰之结穴。

王金龙者，入室操戈之弟子也。广泰既赏金龙之力，欲授以技击之术，三败金龙于旅邸，金龙伏而受教，广泰授以摇灵手。摇灵手者，字门拳之第一手也，极奇正变化之巧。金龙性固近技，谨识之而退，三月不复见，广泰念甚，欲求之，已杳。

一日，金龙忽负钱数十千而至，广泰喜，询适安往者。金龙曰："某家贫，无所得束脩，一年之力，所获仅此，谨以为贽。"广泰感其语而受之，询摇灵手，金龙曰："不敢忘。"试之，广泰惊曰："即是足轶老拳师矣。"金龙意颇自得，请与广泰角，广泰欣然交手，窥其意弗善，视其眸子，灼灼有凶焰，大惊敛手，而金龙已进扑，广泰唯左右避，金龙不得逞，怒负钱而去。

广泰知其将复三败之辱也，不敢复授以技。南康人多从广泰学，皆相戒勿授金龙。金龙益衔广泰。

越数年，南康富室周某，延北教师廷玉训其子。周某有兄，别室而居，兄弟积不相能，亦延广泰以相抗。广泰自入湘后，恒自省生平，不敢多结仇怨，虑或发其伏，遇廷玉甚谨。廷玉疑其不刚，然以其有盛名也，不敢尝试，相就日谂，于夜静时，私叩广泰所习。广泰尽言无隐，略较，廷玉不能胜，遂相约为兄弟。

广泰以字门拳授廷玉，而忘其戒。会毕业，周某饯廷玉，兼招广泰，方逊坐，金龙昂然而入。周某以其不速，礼数殊减，广泰见其傲岸，亦不礼之。廷玉命之坐，金龙曰："今日之座，能者应首例，二君治技无所底，而来吾赣，强颜为人师，吾深惧误人子弟，故来间今日之席，屈二君于末座，所以警卑弱也。"廷玉大怒曰："竖子习技几日，遽畔其师。"广泰闻言大骇，践廷玉之足，廷玉始不复言，卒以首座逊金龙。金龙据案大嚼，廷玉忿欲踣之，目广泰，若无视然，笑语自若，知广泰必有以复之，遂不动。

席终，广泰阴询廷玉，以何手授金龙，廷玉曰："金龙习技甚敏，从吾只三日，八字尽悉，后即不复来，今始见其至耳。意者其技果足迈吾侪乎，何子惧之甚也?"广泰蹙额曰："恐吾不复能创之矣，以为言前事，且曰：'习技本无难，贵在专耳。'金龙禀数百斤天赋之力，益以字门之拳，复能专习，谁则及之。角而不胜，辱滋甚矣，会当以计取之。"

广泰解馆，廷玉即至广泰家。金龙以能辱二名师，勇名籍甚，从之者数百人。广泰求乡里小儿之聪慧者，使习技。凡数易，始当意，授以点穴之法，使伪从金龙学，伺金龙袒衣纳凉而卧，点之。

金龙觉，已无及，越日，失血而死，其族人拘小儿之官，小儿不能胜榜掠，具道其实，吏捕广泰。

广泰与廷玉走湘中，易名曾耀南。廷玉旋死，广泰娶妻生子，终老湖南，晚年始为密友道其生平，其徒有二王三蒋。二王，王椿年、王习和；三蒋，蒋喜麻子，其二不知名，皆不审其技之所到。

吴剑庵

甲寅三月，余居东京，有为余言凤凰厅人吴剑庵者，善技击。余生平喜闻人谈武事，因友人萧斋见之，其人三十余许，谈竟日，不闻其放言。偶谈技击，亦不审其所自，余但知其非常人，嗣得交其聪角好鄂君，始悉其生平，余深感其能折节也。

剑庵二十时习技击，不承师学，见乡人所习技，反其所为，自作理解。闭户一年，以出角，人莫不披靡，而讶其身手之异诡，然以其不矜才也，虽胜而人犹轻之。

凤凰厅人多喜猎，剑庵亦猎，但入山恒终日无所获，以其徒手无可得禽，遇兽且易逸也。久之，颇怪邻人甲，技恒人而得伙，因以共猎。甲故狡狯，询剑庵何所挟，剑庵言无之，问何所挟而可，甲曰："短刃耳。"剑庵遂怀短刃，甲腰铳而手长矛，将入山，遇猎者乙，素相识也，装束与甲等。剑庵之意，固不在得禽，第思观甲乙猎，以觇其异。

三人相将入山，山路崎岖，至不易行，所为指尖岭者，尤巉岩峻削。三人先后扪萝蛇行以上，及岭，觅飞走俱无见。且下山，忽十余武外有豹，巨如牛，猛趋而至。甲以其大倍寻常也，惧不胜，惊窜下山。乙见甲遁亦将奔，剑庵止之不可，遂夺其矛，转身而豹已至，刺之不中。豹腾且及顶，剑庵挺矛逆之，入其腹，豹坠山半，剑庵亦随之坠，而矛已脱手，豹带矛而奔。剑庵追之，呼甲乙，不之应，剑庵虑丧矛，追益急。

豹方欲入穴，而矛横穴口，血出如瀋，反顾及剑庵，复以爪爬地作势。剑庵趋之，已握矛柄，力刺之，洞腹且陷地，豹痛极而嗥，血流益多，须臾就毙。剑庵徐拔矛，下山招甲乙。

甲乙闻嗥声，已知剑庵毙豹，相将上山。乙取剑庵所怀短刃割豹头，甲与剑庵舁豹躯而归，凤凰厅旧例，猎虎豹，先动手者，得虎豹之头，乡人致贺焉。乙既执豹头，乡人疑乙先刺豹，环观者皆致贺，乙因向众谢，且张大其搏击之状，以示有勇。剑庵闻而哗辩，欲甲实其言。顾甲左袒乙，乡人多不直剑庵，乙笑谓剑庵曰："君挟短刃而谓能杀豹，将谁欺乎？且豹腹为矛所洞，君安所得矛者，矛端有鄙名为识。"因举示观者，以验其言之不妄。

观者哗然，剑庵羞愤无地，旋向观者述遇豹之情景已，谓乙曰："汝实不刺豹，然吾无所得证，汝得豹头，吾亦无辞，但豹无二伤，非有勇者，不足以死之，今请与汝角，负者宜不能毙豹。"

乙踌躇未答，而观者皆谓尤当，乙遂颔首。剑庵握矛在手，谓观者曰："我死不责偿，死者非我，当如何？"观者皆云当如之。

二人遂挺矛而斗，只数合，剑庵之矛已陷乙腹，乙溢肠而毙，剑庵大呼曰："此我刺豹之手法也。"观者愕眙，剑庵回顾，见甲颜色惨沮，乃曰："君非证明刺豹非我者耶，今尚有何说？"甲始自投，谓谋实出于乙，今伏罪矣，于是观者以豹头至剑庵家，相与索饮而去。

乙家人葬乙，不甚哀戚。凤凰厅民性悍犷，蛮争触斗而死者，月有数作，不足异也。然剑庵颇悔于心，自是折节读书。

癸丑秋，湖南考送留学生，遂得东渡，与余居密迩，过从甚数，文章书法，皆有足观，谈次亦略及技击，唯兹事则其所深讳不言者也。

刘三元

河南刘三元，幼从其父贩木于湖南辰州。十余年，其父死，葬湖南，遂落籍为湖南人，善技击，不知其所自学，能以三指夹石臼而舞。

洪杨之役，三元居常德，为发军所虏，乘间夺马而逸。追者至，击杀数十人，幸得免，家资因此荡然，不能继父业。转辗流徙，乱定，始得以力为人佣，年四十矣。

积数载，略有羡余，娶力人女，以技授徒于湘阴，湘阴人轻之。湘阴米贩最悍犷，恒十数为群，以巨车辇米，与行人争道，辄至杀伤。米贩咸知技，又能群，有斗辄胜，行路者侧目视之，而无如何，三元思重创之，以显己长。

伺其大至，借骑故当其道，米贩怒叱三元下，三元不顾，策马疾驰，颠其一车，余人奔突而至，三元急下马谢过，至者环攻三元，三元拱手笑曰："某贱骨不畏颠扑，唯马当怯惊扰，容暂缓。"

须臾，置马于前道："君等数十人，当不虞余之逸也。"言已，以两手纳马腹，捧马越车而跃，数十跃达前道，掘桥石置缰其下，复数跃，返其群，笑曰："劳君等久须矣，我名刘三元，平生乐受人击，唯君等肆击无恪。"米贩皆愕眙，挢舌不能下，三元复言之，米贩各相顾，三元怒曰："人言米贩强暴无人理，其虚语哉！"因举手左右抨击，当者披靡。有跪地号泣者，三元戒之曰："其归善谓尔同类，无以狂暴加行人。"米贩皆顿首涕泣，辇车而去。

自是湘阴人，无不知刘三元，从之者月易数百人，非其技之易精，谓人不敢侮其徒也。乡里老拳师，不敢嫉其名，甚且年输数十千，以刘三元之参师弟子炫于人，以来学徒。三元子金万亦治技，自童稚及成年，无敢与戏较者，其乡人震惊三元之名如此。

一旦三元挈金万山行，有虎卒至，不及避。三元力持其项，金万抉其二眸子，虎盲目无所施其爪牙，引归未终日而毙。三元笑谓金万曰："虎徒有虚声，不足惧乃如此。吾年垂七十，当之不异犬羊，及吾壮时，欬吐之劳耳！"金万以为然。

未匝月，三元居二十里，有山，以其位于邑之西也，因呼之曰"西山"。西山有虎，数杀行人，居民以猎者候之，饮弹无算，而奋疾如故，数日死猎者二人，相惊以神，罢不复猎，近山数里无行人。三元闻而恚曰："纵虎不猎，何异率兽食人？近居咫尺，而有虎患，吾实耻之。"因率金万操械入山。

金万殊不欲，三元怒批其颊曰："孱子乃畏虎逾于汝父耶？"金万不敢违，遂入山。目左右顾，三元盛怒呵叱。移时入稍深，披榛擗葛，茅颖时迷其眼，三元亦有悔意，不欲示其子以不勇，改径而趋。

林木密茂，风吹叶落，勾刺时掣其衣裾，三元中怖，颇欲引还。方伫立凝神，觉丛错中有物而黄，瞩之赫然虎也。大怖，不觉械坠于地，以手遥示金。金万亦弃械援树欲登，三元强拽之。谓虎方鼾，乘之必无患。金万战栗不能成声，三元曰："逃亦无幸，刺之而死，幸也。不幸为所伤，吾能药汝。"

金万不获已，持枪蹑虎后，猛刺之，弃枪而奔。三元已登树杪，见虎僵仆不能兴，蛆虫生其腹下，苍蝇绕其左右，始知为死虎。呼返金万，相与大笑，破虎得弹丸数斤。三元以告人不稍讳，人亦不以是轻三元。

三元所治技名“大练”，练步拳指一种也，尚劲主条达，金万技远逊其父。三元徒众虽多，无过人者，以是湘人习技多大练，而大练中无名手。

张孝思

甘肃张孝思，故家子也。幼读诗书能文，禀赋弱，其父母畏其不寿，为延拳师使习技。拳师天津人姓李，善单刀，人以单刀李称之。年七十余，须发皓然，双眸犹若饥鹰，步趋状者不能及。以太极、形意二拳授孝思，期年孝思大健，因益致力，遂废书。

数年，其父母疾终，孝思挟技游南北，未尝与能者遇。至凤翔，止于逆旅，解装讫，欲事游眺，于山中得兰若，入之。有群儿戏斗于广场，一老僧负手顾之而乐。孝思见斗者分曹，举止皆中法度，审视且精捷无伦，惊礼老僧。老僧合十笑曰："檀越亦乐此乎？"孝思叙述所好，老僧欣然曰："是为空谷之足音矣。"因罢群儿斗，延孝思入方丈，群儿亦趋入。老僧命就大殿，相扑娱客，群儿复斗，有腾至丈许者，孝思自省不若，不敢言技。

斗已，老僧大笑曰："儿戏，儿戏，是戏合儿辈为之耳。尊师何人，檀越清俊之气，溢于眉宇，所治必非等闲。"孝思见老僧和易，颇思就正其所学，作揖而言曰："安敢于师前言技。吾师天津单刀李，吾未能罄其技之十一。"

老僧倾首沉吟曰："单刀李，老衲乃未闻其人，技冠其名，当亦不弱。檀越曷以技饱老衲眼福。"孝思惶悚，逊谢不遑。老僧笑曰："老衲方外人，以技自净身心，不以餙人耳目，抉人肚肠，故所事不在手足，无以娱檀越。将谓老衲有窥探之意，不敢以技自显耶？"

孝思念既欲得其指引，何能终默，计不如略奏以观其挥发，遂解衣敛神，搓手欲作。群儿相顾耳语，孝思犹豫，老僧若阴知其意，叱群儿散，群儿跳踯而去。孝思乃奏技，老僧拊掌曰："佳哉！佳哉！足为名师矣。"孝思闻誉，气稍盛，请正谬误，老僧逊曰："老衲未能知技，如檀越之精洁无瑕，尤所罕觏。"孝思固请，老僧曰："治技之檀越，犹不能目得师耶？创技者亦犹人也，老衲所治为内功，言之无补于檀越。"

孝思请内功之效，老僧曰："是难言，请以物为譬。"言已，于橱出铁柜，纵横各尺许，厚及寸。启之无物，纳玻璃盏其中，严阖之，举手示孝思曰："以此加铁柜当何如？"孝思不审老僧技何等，漫应之曰："碎耳。"老僧笑摇其首曰："檀越曷为碎之？"孝思曰："唯师能为然。"老僧曰："不然也，铁厚至寸许，斧斤不能入，谓手能碎之，殆欺人语，第能碎其中之玻璃盏耳。"

孝思思之欲发笑，玻璃盏受震而碎，理固宜然，初无待善技者。老僧即举柜请孝思，孝思奋拳击之，中有声锵然，老僧启柜，出玻璃屑，目孝思曰："檀越喻未？"孝思沉思曰："弟子所治为外功，兹实未喻。"老僧曰："是何难喻？老衲以铁柜譬治外功者也。治外功者外坚不如铁柜，中脆则更逊玻璃矣，何能受击？内功使内外如一，所为混元一气，无营卫之辨，其效须日修不见其益，且不成无以胜病夫，故治之者少也。檀越少年气盛，方事进取，尤无所用之。"

孝思不敢复诘，退询居人，老僧为广真和尚，善技知易数，行法术，喜养鱼。寺中有池，广八尺，修倍之，深才及膝，蓄鱼数百尾，日负手池畔，玩其穿插。一日忽招群儿曰："吾有事他适，作数日勾留，慎勿盗吾鱼，池中若干尾，损一鳞当责偿汝等也。"

广真去，群儿戏藏其一尾，及归谇群儿曰："奈何不遵吾戒？"

群儿不承，广真笑曰："数给汝等看。"因以杖驱鱼聚池角，投杖池中，戟指向池而画，鱼随指跃杖而过。广真数至若干数，果少其一，群儿大骇，由是凤翔人皆惊其神术。群儿从习技，不责资，唯禁与外人角，角则不复令习。

孝思居凤翔月余，欲侦其迹，不可得，亦异人矣。

孝思遨游江湖，不知所终。其同乡王棣生君，为余言之如此，王亦善技击者也。

蒋焕棠

祁阳蒋焕棠，以善技击名于都中，曾充李准、孚琦卫护。辛亥，黄兴留守南京，焕棠以技请谒，阍人以其野，难之。焕棠怒，将用武焉，黄朗山叩其技，焕棠欣然奏之于庭。朗山不解技，然见其遒劲，复闻其历史，知不弱，问所欲言，但欲得差事。朗山言于黄兴，畀以顾问。

焕棠有子，亦入军籍，会兵变，其子戕于乱兵，焕棠大怒，入乱兵中，以手击落数十人颔，朗山力阻之。始已，后随黄兴入湘，闻王志群能，访之于逆旅，余适在座，观志群奏技，叹曰："二十年来所仅见也。"亦演拳报之。将演时，周堂而走，举步沉重，落足处铺砖尽陷。自言一指之劲无多，可百二十斤，所宗有"嘘唏咳"三字之气功。

焕棠居长沙一月，余及志群往来甚欢，得闻其习技之由来。蒋氏于祁阳为式微之族，祁阳民性悍犷，于蒋氏多所輘轹，蒋氏苦之久矣。焕棠生而荏弱，四岁始能行，然志意坚强。年十五，见地方无赖，频以小故辱其宗人，焕棠耻之，以将治技请于父母，父母意其弱，不许。遂窃资走宝庆，终日觅师。宝庆之老于治技者，莫不悯其志，而悉授以方法。焕棠有所知，但刻苦自励，无所宗祖，数年集诸家之长，融澈贯通，自成一式，卓然名家矣。

归祁阳，适其家与邻人争水。邻人纠群示威，家人正虑斗必无幸，不斗又失水利，聚族谋之，不决，亦不措意于焕棠之归。焕棠主斗，族人目笑之，焕棠曰："不斗则和平，亦愿任和议。"族人问和当奈何，焕棠曰："不战而屈人之兵，则和矣。"族人诮其妄，焕棠知不可辨，酣然就寝。

次日，邻人吸水者大至，族人不敢出，焕棠徐至其处，卒举一人投水中，群惊，焕棠复握一人足，倒提作兵，来回作商羊舞，群不能近。舞已，掷之数丈，大言曰："吾已分抵罪，今日不尽杀汝丑类不止也。"因出袖中流星，急绕以进，当着立踣，族人承之，邻众如兽窜。焕棠止族人弗追，邻人扶伤者去。焕棠告族人曰："吾勇名未立，未足以慑敌也。敌今夜必大至，宜早为之备。"族人皆承焕棠意。

焕棠以巨釜煮石灰，于屋脊制长柄勺十数，谓族人以此加敌，虽善技者不能当也。复植杙于要道，截大竹横系之，力牵其颠而环焉，以族人守之，谓敌至则发。入夜令灭火，焕棠伏伺于门右，邻人果以百余人至，人擎一火，光耀数里，勇敢善技者为之率，及杙，环竹骤发，勇敢者裂腹而毙，伤者数人，群大号，趑趄不敢再进，久之复噪而前。及门，已严扃，方欲破扉，石灰水建瓴而下，当者惊却。

焕棠舞械出斗，族人张声助战，焕棠入群弃械，溜步攒击，邻人不知焕棠所在，但闻呼号惨痛之声。移时皆相率败去，焕棠语族人曰："敌人不敢复以力相向矣，速敛资理讼事，死伤过多，惧成大狱。"族人鬻公产贿当道，事竟和寝。自此乡人见焕棠，拱立避道，焕棠亦和悦不复以技忤人。

癸丑七月，余创办国技学会于长沙，焕棠诸助余教授。今别数载，不知其焉往也。焕棠名永年，于辛亥之年，四十有八矣。

张燕儿

张燕儿，天津人，幼失恃怙，流而为丐。有榜人怜其稚弱，收养之，使学操舟。

一日，附舟有行脚僧，年貌高古，清瘦如瞿昙，腰铎背葫芦，音吐如金石。燕儿时年十四，颀然骨立，把篙不胜，行脚僧屡目之。既济，招燕儿前曰，汝骨相不合操舟，曷从我得方术以自娱乐。燕儿怪之，告榜人，笑曰："是略人口者，乌可从。"行脚僧怏怏自去。

越日，燕儿方踯躅河干，蓦见行脚僧至，以手招燕儿。燕儿如中魔，但随之行。僧止亦止，僧食亦食，中途凡十五宿，抵一山麓。僧禹步戟指，向燕儿喃喃，燕儿遽昏仆。比醒，张目沉黑，无所睹。以手摸索，触石壁而濡，己身卧毛毹，幸不苦浸湿。倾首见星火当前，思起扪捉。转侧而天光忽入，见僧趺坐，合掌瞑目，前植一香，盖所见星火也。

天光从石壁罅而入，室修广不盈丈，草荐毛毹外，葫芦囊铎数事，散错其间。燕儿大惊欲起，顾疲不能举，僧忽张目言曰："孺子醒乎？"言时探囊出饼饵，置燕儿头畔。燕儿正苦饥，就枕啖之，精力顿健，霍然起坐揉目，僧笑曰："饼甘乎？"燕儿颇忆往事，知僧有异行，顶礼膜拜，言甚甘。僧曰："饼中有药，能青神益气，童男服之强筋，吾悯汝孤弱，挈至是间，将授汝方术，觅人世快乐。汝当顺吾意旨，兹室辟自仙人，无缘者不能自入，汝试出观其结构。"

燕儿四顾不得门，罅隘才可容足。就罅窥之，曲折如裂痕，罅外唯睹天日，下视不见所底。触足有物而软，扪之得黑幔，度其修广，盖以障壁罅者也。顾僧瞑目趺坐如故，燕儿徘徊不能出，念入时必有所自，殆密合严谨，未得其隙耳。复四壁摹索，终不可得。

僧曰："孺子抑何騃钝，将谓葬身此穴中耶？室方凡六，而汝遗其二，粗心哉孺子也。"燕儿顿悟，念上过高不得登，道当在下，伏地穷极自身，仍不可得。僧望燕儿而叹，燕儿忽起曰："弟子得之矣。"趋捉僧臂。僧颔首笑曰："汝得之矣。"因亦起，拨草得环。挈之，有方石连环而起，便得暗穴，僧顾燕儿曰："入之。"燕儿趑趄不敢下，僧笑曰："鼠子乃惮穴，事亦奇矣。"遂携燕儿下。

有石级甚整，曲折行数十武，复有光耀前路，僧曰："出矣。"须臾豁然开朗，回顾来径，茅茨满目，洞口已迷。燕儿游目四瞩，白云生其胯下，山川城邑，但略具模型，微如聚米。僧曰："此山人迹罕至，孺子可潜心习技，技成，吾有以命汝。"言已，复携之入洞，授以轻身纵跳之术，饥渴僧自下山将饮食至。

燕儿山居二年，僧一日忽下山不返，燕儿忍饥渴。待至三日，始下山求觅。披榛觅道，时复迷惘，幸二年勤习，健步能追逐飞走。一昼夜始逢行人，询其地知为辽阳，山则帽儿山也。燕儿以乞行遍辽阳，终不与僧遇。后至哈尔滨，为人夫头，所获仅足自活。时以技显于其侪，能于火车行时，抵隙横越而过，其捷盖不可以目矣。

今其人才三十，未有拔之于沉沦者，燕儿自言于人如此。余闻之吾友之至辽阳者，虽其迹近荒诞，然吾国奇才异能之士，实不一其人。且其事亦非绝对不可能者，谨述之于此，好事者倘一存其人乎。

柳木儿

柳木儿不自言其籍，不知何许人。尝负柳木署“天下第一”四字，以技游行江湖，云能者上之。

行数省，经数十载，未尝与能者遇。至天津闻李富东能，登门请教，富东与角二百合，富东进以腿，柳木儿亟以木上富东，订交而去。至今人称李富东为“天下第一”云。

周 贵 堂

周贵堂粤垣之无赖子，谚所为泼皮者也，人无可称，其技有足多者。贵堂自言皖北人，幼聪慧，十岁遇略人口者，携之赴粤，鬻为李氏家奴。李家故豪富，延名教师王春林护其家。贵堂好弄，春林以其活泼，复怜其孤苦，早夜授以技击，贵堂亦能得春林欢。

春林年五十余，无子，欲抚贵堂为己子，请于主人。得诺，贵堂遂父春林，得尽传其技。春林死，贵堂出李氏家，春林遗产数百金，贵堂以设药店，数年略有羡余。无赖诱之博，瞬息荡然，然博术因以大进，遂复诱人，亦破人家无数。

贵堂因出入博场，得识绿林数辈，绿林慕其勇，招之入伙，贵堂遂为盗。然不敢公然劫掠，引线分肥而已。久之事泄，邑令将捕治之，贵堂知被捕必无幸，逃复无所之。方事徘徊，捕者已至，贵堂见来者仅六人，乃曰："公等来何为?"捕者出铁索，贵堂夺之，断而为二，掷地笑曰："我果何罪而以此相见。"捕者骇愕，贵堂已夺门而逸。追之，一跃登屋脊，迅如飞鸟。

捕者还报，邑令以重金购之，一年不得其迹。而自贵堂逸后，盗案重叠，所失皆甚巨，获盗责供，皆及贵堂。

黄沙有私娼，贵堂眷之，虽捕治之急，而夜必宿其家。恃技藐官，捕者无如何也。私娼不知其盗，情好甚笃。一日，私娼谓贵堂曰："子恒自诩多力，究多至何等，能令我知之乎?"贵堂笑曰：

“何不可者，但此间无物足征我力，我力能断铁索，他可知矣！”娼曰：“我则以索缚子，当能自解。”贵堂曰：“然。”娼笑曰：“是真欺妇人孺子之言也，虎豹且不能自解缚，而谓人能之，其信乎？”贵堂权以博娼欢，乃曰：“惜汝无索，不尔当验吾言！”娼沉思曰：“以麻代之若何？”贵堂曰：“铁不足惧，况麻乎？以麻来缚吾手，吾能一举而寸断之。”娼遂于床头出麻一束，牢缚其手，倾水其上，狂奔呼捕盗。

贵堂知为所卖，麻不受力，挣之不断，捕者塞门而入，贵堂以足破窗，捕者拽其裾，贵堂以腿盘旋进击，颠其二人，逾窗而遁。室外荷械而立者，数十百人，见其神捷，皆股栗，举械若不胜。逝远，乃从而追之。

贵堂旋奔旋以口解缚，及河，举二手示追者曰：“若等速来。”追者相顾失色，贵堂曰：“吾不耐久须矣！”遂越河而行。河宽且二丈，追者绕梁，贵堂已杳。

是夜娼失其首。

知非和尚

西安崇德寺主持知非和尚，粗暴不言戒律，兴至，剧饮大嚼，不异恒人。其主持崇德寺，亦以强力得之。先是主持法圆，有相人术，主持兹寺十余年，戒律精严，山门清寂，不染纤尘。知非挂单至，运广长妙舌，法圆不能难，寺僧以其魁梧有异表，群奉为罗汉。

法圆私招群僧曰："异哉！知非之表也，乃与其知识不伦。是合死于妇人之手，不亦奇哉！立根未稳，不可以污佛门清净之地，吾明日当遣之行也。"是夜，方丈忽火，法圆初入定，惊觉火已封门，自疑当火化，即屏虑绝息。须臾，火已燎其须眉，突觉有挈之而升者，震荡移时。闻佛号，张目知非合十于旁，所止乃在旷野，方欲启询，而群僧奔至，惊相问讯。知非谓见方丈火，先惊起，往救。火已及檐，乃破屋瓦，负师腾空而出。群僧罗拜，法圆亦异其行，相将归寺，火已熄灭，自是群僧敬礼知非，逾于法圆。

数月法圆证菩提，知非遂为主持，方丈之火也，实知非察法圆有遣行之意，思有以结其心，故纵火而市恩焉。

知非既得主持，礼经拜佛都废，日诱群僧搏击，自号"金刚禅"，为佛门护法。钟鼓铙罄之属，一易以桩石棍棒，群僧乐为嬉戏，皆相与为蛮争触斗。

一日，群僧相击于殿上，有少年昂然而入，年可十八九，似将瞻礼佛像，见群僧斗，乃负手而观。观已，微哂而行。群僧不乐，争问，奈何见哂，少年曰："尊师何如人？佛门弟子乃事拳脚，将以杀人放火耶？且技止如此，宁不足羞。”群僧怒捽少年，少年还击之，左右披靡，少年大笑。群僧奔告知非，知非盛怒，出攘臂叱少年，少年亦怒，遂斗。

须臾少年不胜，狼狈而逃，知非不追，笑谓群僧曰：“此奴一月合死，汝等蹑尾之行，观其所止，吾当往探之。”群僧中善走者二人，遂尾少年至一村落，有茅屋数椽，背山面野，藤蔓萝衍其表，蓬茸如土阜，编竹为篱，门亦竹为之，少年及门，忽俯身而吐，旋吐旋以足聚土掩其迹。吐已，推扉入，扉即自阖。

二僧趋视吐处，鲜血朱殷，掩土尽湿，归告知非。是夜知非短衣草履，潜入少年之家。见室有火，就隙窥之，少年仰卧榻上，一中年妇坐其旁，以袖掩面而泣。久之闻少年徐徐言曰：“婶母毋怨，儿伤或不至死，适痛似少已。”妇哽咽曰：“恃技者死技，无足悲痛，但金氏血祀，由汝而斩，我罪大矣。汝父母无禄，以茕茕者付我，谓我能育汝以毙其仇，汝乃屡梗我命。今羁处天涯，数年物色，大仇未复，而汝且撄祸及身。”言已，悲号失声。

知非大惊，归匿寺中，不敢出。越月，知非偶出，遇妇于门，欲避已为所见，怒曰：“杀吾侄者亦汝耶？狠哉秃也！”出手箭射知非中颅。知非仆，妇摘知非心，首官。

知非本剧盗，与少年父金耀宗约为兄弟，同劫巨商银数十万，知非独挟之逸，耀宗忧愤以死。死时以孤托妇，妇与耀宗同师，适人数载而寡，养于耀宗家。耀宗死未逾月，其妻亦卒，妇遂抚遗孤。踪迹知非，不知其业剃度也。至西安闻崇德寺有僧，魁梧能武，固已疑之，顾知非既落发作僧装，容体迥异曩昔。妇不多觌知非，未敢必其非误。少年伤后，细询其手法音吐，乃信其然。

一月，少年果死，妇敛葬讫，即觅知非。官感其义，将为减死，妇已自杀于狱。妇与耀宗皆山东人，知非籍甘肃，本姓吴，名洪秃，乾隆时人。山东张惕卿君，为余言之于日本。

潘厚懿

潘厚懿，丁昌礼之弟子，与郭人璋之师郑庆堂同门者也。厚懿幼从村拳师学技，数月，以力败其师，由是村拳师皆惮其力，不敢与角。厚懿自负其勇，设帐授徒，从之者亦数十人，村拳师忌之，而无可如何。

巨室陈某，以重金聘丁昌礼至，村拳师遂共谮之于昌礼，昌礼亦颇欲观厚懿。会昌礼诞辰，巨室为设筵，饮诸村拳师，及厚懿，厚懿不至，盖藐昌礼也。昌礼遣使三数敦促之。厚懿至，见昌礼短小若童稚，益视之蔑如。

席中昌礼谈及技击，厚懿拂然曰："功夫贵能实行，逞口辩非功夫也。"因顾诸村拳师曰："诸君皆我前辈，为教师数年或数十年，何理不曾道破，究之诸君自问，能实行者几手？选一二腾挪躲闪之语，作口头禅，于临阵毫无所补，不值有识者一笑耳！"

村拳师皆目昌礼。厚懿仰天而吁，意若不相属，昌礼颔其首曰："潘君之言是也，但潘君不读书，不识笃学、审问、慎思、明辨之道，四者皆所以实行也。"厚懿愕然顾昌礼，徐徐言曰："谋诚不读书，第习拳何与读书事？君既能书，何为不教书而教拳？"言已愤愤。

昌礼大笑曰："书、拳皆不可教，可教者糟粕耳，谓君所教者为有补于临阵耶？气盛言宜，本无所不可，但无为侵及长者。"诸村拳师相视而笑，厚懿怒起而言曰："子来吾乡授技，不闻以一言相候，何藐我之深也？敢请与子角。"言已，奋其袂。

昌礼谢曰："今日屈尊之意，即以修好，不谓乃撄君怒。彬彬一堂，何如闹杂，必从事手脚，亦太杀风景矣！"厚懿意犹未降，瞋目曰："以言恬人者，无勇耳。子长不满五尺，而好为大言，自视虽高，而人卑之矣。"昌礼曰："潘君无过相辱，吾以不欲忤客之故，任君肆言，非然者吾宁识若。"因以五指据案，案破。案足入土寸许，杯匙尽覆。

厚懿惊疑，亦以指据案，而加力焉，不动毫发。厚懿色挠，诸村拳师大笑而起，各拿巨觥贺昌礼。厚懿羞愤无地，念人安有力多如许者，是必有术，如卖艺者之欺人耳。即大言曰："破案何足多，能者亦破人耳。吾请与汝角，案不能技，何汝角哉！"昌礼曰："子必欲角，即烦赐教。"厚懿曰："此间隘，未便施展，曷诣厅事，以决胜负。"昌礼笑从之。左手把酒壶，旋吸旋示厚懿令进。

厚懿极怒其慢，思一击而碎其颅，或洞其胸，全力以进。昌礼退一步，吸酒如故。更进，昌礼猛迎之，跌厚懿于胯下。厚懿霍然而起，以足擦地曰："砖滑不受力，非汝所能跌也。"诸村拳师窃窃笑曰："人滑不受力，于砖何尤？"厚懿忿，握拳逐村拳师，村拳师避地，而笑益剧。

厚懿谓昌礼曰："敢复角乎？"昌礼笑曰："君所谓不敢者何也，谓我不敢令君跌耶？既已跌之于前，何妨更跌之于后，君欲跌，则但进勿已。"厚懿切齿复进，复仰跌数步外。才及地，昌礼已捉其臂，如提童稚。厚懿掩面遁归，遣其徒曰："汝等真欲学技，其速从丁先生，余人皆诳汝等者也。吾自此亦将从丁先生学。"徒欲留不可，相将散去。

厚懿鬻祖遗，得钱二百千，尽辇以与昌礼，涕泣求赐教。昌礼感其意，返资而授以技，卒成名拳师，其徒多至三千人，卒时年七十五。

其死前一年，余见之于陈寿人家，身高不逾恒人，而壮实倍之。鲁与成其入室弟子也，所传手法，有铁关象、雪里过、山行手等称，全式以力胜，荏弱者治之无所取长焉！

陈雅田

余述杨先绩，已及陈雅田，虽其为人用情偏急，技逊先绩。然其多力，实足令人惊骇，且为述其生平。

雅田有兄弟五人，雅田其四也，乡人皆呼为陈四相公。幼多力而怠于习技，其父于冬日使裸居一室，反扃之，不汗不令出。故其所治多弓劲，而手法因以钝滞。年十九，以第一人及第为武生员，其父张筵于家，以宴亲友。忽来一丐，褴褛鹑结，当门而坐，以阻贺客。畀以钱不受，畀之食不食，力人怒牵之，不动。雅田闻喧声，出视丐，鸡骨支撑，瘦削不可名状，而数人索之如搅岩石。知其炫技者，举投寻丈外，甫即地，一跃复至，迎奉之，丐拱手曰："相公之力殆神授，贱子闻教矣！"躄躠而去，挽之不反。

雅田家设药肆，一日，有客买胡桃，以两指夹之而碎，怒责胡桃朽败不堪食。店伙惊告雅田，雅田笑以斗承胡桃出，倾案上，以掌抚之，皆成齑粉，客惭而去。

雅田耻捷不若先绩，独延罗大霍于家，朝夕请益。常德胡鸿美以技雄湖南，耑访雅田于家，雅田礼之。入夜而角，大霍窥之于门，二百合不决。雅田入询大霍，大霍欣然曰："客殊不弱，汝出手老五分，则败之矣。"雅田复出，一角果败鸿美，鸿美惊曰："当门而窥者尊师耶？曷请相见。"大霍出，鸿美执弟子礼，大霍笑曰："足下与雅田，患病一也，其病为嫩，弊在戏角，足下非日以技求角于人耶?”鸿美大服，立请属为弟子，大霍许之。其技有加于雅田，惜不寿，未数年而卒。雅田力名震遐迩，丁昌礼亦尝访之。

雅田之乡，有湛四者，以善受击闻，久慕雅田，未敢耑访。一日相遇于山中，湛四曰：“闻相公多力，愿以身权尊拳之轻重。”雅田不可，固请曰：“四能受拳，且善医，但拳勿虑。”雅田不得已，略拳之，四微觉目眩而已，因笑曰：“力止此乎?”复拳之，火星四绕，身飘飘如在云雾，拳处如中刀斧。四衔雅田，乃依墓前华表而立，思侧身以刨其拳，强笑语雅田曰：“先生恪力如此，亦浅浅乎视四矣!”雅田惊其顽固，奋拳之四，不及避，华表亦受震而断，四遂晕仆，雅田大骇，负至家医之。数日，而甦，自是四成废人。

雅田居恒喜与人角，治技者皆惮其力。觅牛之喜触人者与斗，久之，牛亦畏雅田，见雅田则奔避。雅田言于贩牛者，物色斗牛一。农家有牛喜触人，扃之三年矣，贩牛者贱价得之，以二竿支其鼻诣雅田。雅田命去其竿，贩牛者恐，雅田自去之。牛植尾怒跃，猛触雅田。雅田执其角，牛进抵雅田，握未牢，伤及左臂。雅田怒，拳牛，折其二肋，复提其足而颠之。牛喘急不能起，二日遂毙。

长沙宋满善棍，满居哀山，名哀山子午棍，人无及之者。洪杨之乱，长沙各乡镇俱练团勇自卫，宋满遂以棍授团勇。雅田往观，相见各有轻意，团勇复双方怂恿之，以棍授雅田，使与满戏角。雅田亦颇欲败之以益己名，遂相交手。雅田举棍，满棍已伤其拇指。雅田惊服，欲辍斗，而团勇纵笑于旁。雅田怒，弃棍骤进，满急避，已为所捉，夺其棍而折之，满笑曰：“吾所能治棍耳，不谋与君斗拳，然吾服君力矣!”自是二人相处甚欢，不复言角。

雅田平生唯畏先绩及丁昌礼。

哀山子午棍，至今犹独雄于湖南，而治之有声者为范庆禧。庆禧学于周三，附记其学棍始末于后。

棍师周三

周三长沙人，居哀山，兄弟四人，皆从宋满学棍，乡人称之为“一针三堵墙”。周大唯善针，能以棍针八寸土墙而通之；余三人尽得宋满传，称之“三堵墙”，盖美之也！然一、二、四皆以斗死，唯周三独存。年七十，余一子，以技授徒他乡，恒终岁不归，媳悍泼无人理。

范庆禧自幼喜习棍，治之数年，自谓有进。或以周三告，庆禧往访，而意不相师也。比至，见其家徒四壁，周三方负楦织屦，絮衣破不被体。恻然悯之，便道相师意。周三曰：“吾棍为人间绝技，必欲相师，当重其贽。”庆禧询需贽几何，周三曰：“能出三千三百文者，便以相授；不若，宁葬技泉壤，不轻授人也！”庆禧益怜其穷苦，笑曰：“即不以技相授，三千三百文，费亦无几，何劳嘱致之也。”周三欣然而起曰：“子平昔亦偶习之否?”庆禧曰：“习数年矣！”周三曰：“无益也，棍非哀山子午棍不足习，习则徒悬受击之的，且甚于不习者。谓我不信，门后有二棍，曷以相较。”

庆禧正欲试其技，乃取棍，以一授周三。视己所提棍，晶莹如象齿，不知经几许摩挲矣。试之灵滑异寻常，周三所持，视己略短，色颇相类。周三以左手持棍，语庆禧曰：“哀山子午棍，有名左手棍也，对敌最宜破人右。他人之棍，右手为多，故吾棍战无不胜，子无虑吾年迈，而留手不进。须知技愈老则愈精，但尽子所长，吾习棍五十余年，未尝遇劲敌。棍端无击痕，其明证也。他人治棍虽善，唯能须人不及其身，棍则受击勿恤；唯吾棍不然，能着吾棍，吾即认负。吾师及吾兄弟皆死，当今之世，无与我为偶者矣！”

庆禧意其夸诞，漫颔之，举棍请教。周三曰：“汝但击来。”庆禧猛劈之，未及下，周三棍已着右臂。方欲挑拨，棍复着胸，转瞬之间，全身皆着。庆禧大惊，弃棍伏拜于地。周三扶之起，遂授以法。

庆禧家距哀山十余里，越日诣周三受教。一日以事不得至，遣人馈食于周三。翌日，周三语庆禧曰：“子后无馈食，吾媳遇吾虐，虽有食不得尝也。”言已大悲。庆禧殊戚动，遂延周三于家，而日进美馔焉。周三每食至泣下，悉以技授庆禧，盖报之也。居庆禧家三年，无疾而没，庆禧为治丧甚丰。

余创办国技学会时，延庆禧至，尝观其与人较棍。其出没实有不可端倪者，吾师王志群亦从习焉。

林氏兄弟

吾师王志群先生尝语余曰："治技贵有恒，初不必问其师承之精到与否，即以意为之，苟能持之久远，亦必有不可及处。"又尝举平江林氏兄弟却虎事，以证其言。谨为吾国治技者述之，或亦有当于万一。

林氏兄弟，幼失怙恃。祖遗有山地数千亩于隐珠山，二人乃支庐其间，种薯植茶以自生活。平江民俗尚斗，二人欲从师治技，苦无束脩，乃窃取一二成法，治之，朝夕不辍。山中石之二三百斤者，兄弟各擎其一，互相投接。夜眠不以榻，支板于壁，委身而眠，足伸终夜不能屈。

隐珠山多麂兔，恒掘食其所种薯，二人患之。日伺无所获，乃藏薯于庭，杂以香饵，夜不闭户，以俟其至，闻声则阖扉举火而歼之，夜有数作以为常。一夕有声响至巨，其弟方潜起，阖扉，忽觉有物来袭，随手得椅迎击之，椅碎而物亦庞然坠地；即闻喘息声，须臾复至，挥以拳，物颠仆数步外。其兄以火出，物突前，烛之，虎也。方惊愕，而火灭，虎遂扑其兄，兄拳之，适与虎爪值，大呼伤臂。其弟趋拳击虎，而迷所在，复举火，则虎已在楼上矣！共以枪毙之。

治技击者，非尽能却虎，林氏兄弟，治技未尝有师，徒窃取一二成法，与投石、强卧，持之久远，其不可及且如此。今之治技者，徒知诩其师为名师，诩其所得之手为名手，呜呼！师何名乎，名手何名乎？名者不可以相授受者也，求于师者知识，求于己者功夫也。一秒钟之知识，终身做之不到，用之不穷，人曷贵乎多师，师曷贵乎有名？且技击小道，理至浅易，苟非无脑之人，莫不能寻思而得其概要。自习不外乎锻炼，对敌不外乎攻守，锻炼五官百骸皆与焉。名家所宗，其道虽多，而体欲其坚实，耳目欲其聪明，一也。斯皆求之于己，无与于人，攻守，奇正虚实之道与焉。攻可以为守也，守不足以为攻也，人无坚甲之卫，一身皆受矢之的，攻则胜人，守则自败。斯亦求之于己，无与于人者也。理至易明，功至难就。

今之学者，多驰骛于虚远，而忘实在功夫。治技数年，所得不过几路拳架子耳，打得五花八门，不值能者一笑。试思对敌如风雨，哪容得许多撑架？戚继光曰："拳打一下，不抬不架。"是真知拳术者矣！

齐　四

成都仁昌典肆，贵州朱仁辅所设也。仁辅少袭祖遗甚丰，以善治技广结卖艺江湖之士，耗其产。卖艺者善谀人，率吾能，即有能，亦深秘以为奇货，仁辅因是荡其产，而技不加进。然自信谓无与侔，家既陵替，而好谀不倦。数百里之解一技者，有所需辄诣仁辅，略奏所长，仁辅即欣然陪演，但称誉之，不问当否。仁辅初若不乐，请角，则佯负以实之，然后白所求，无不典质以应者。

一日，有布客至仁辅家，适仁辅与客角于庭。客三复三败，拱立称仁辅为神人，仁辅大乐。客胁肩与仁辅窃语，仁辅倾首若有所思。须臾微颔首而入，久之易绨袍出，以钱二十千授客曰："辱君枉顾，未审此去将安所之，以何时复戾此间?"客笑曰："某固不他适，事了须当奉候起居。"言未已，布客忽大笑曰："事了何必来，再来恐此绨袍，亦被神人送却。"

客惊顾布客，怒之以目，怏怏欲行。布客要之曰："主人赏汝善败，吾将以败邀主人赏，求败岂不易？第主人衣服有限，将不胜赏。此二十千者，宜以半畀我。"客怒曰："我自假主人钱，何与汝事?"布客无言，攫其钱于怀。仁辅怒斥布客，布客笑曰："先生谓彼真败耶？特败以易钱耳！吾观彼技诚不佳，然过先生远矣！先生以彼辈倾家，至今犹未悟，抑何可怜。"

仁辅未之信，客已弃钱而遁，布客举钱迎仁辅曰："数百里莫不知先生治技，然莫不谓先生无能者。彼辈利先生好谀之心，先生奈何数年不悟?”仁辅不悦曰：“吾治技以次与人角，未尝败北，君安所见而云然也!”布客笑曰：“吾少年时亦尝学技，以耻不若同学，未两月而辍，然以技言，先生尚不及吾十日之效也。先生不信，请略事手脚，不遑为先生辩也。”

仁辅瞋视良久，念布客短小不逾恒人，又治技才两月，奋拳则洞其胸耳。因奋袂曰：“来！吾与汝角。”

仁辅进，布客伸一足，仁辅当之而蹶。布客掖之起，为拂衣上尘，仁辅自疑。布客请复进，仁辅数进而数蹶，布客曰：“先生且休，喜与人角者，其技固不能进也。”仁辅默然久之曰：“君诚能者，然谓彼辈为诈则不然。知技者与人角，求胜以得名，人之情也。彼辈胡为自弱以成吾名哉!”

布客大笑曰：“弱于先生何害焉？且吾闻与先生斗弱而出者，其亲友致贺焉，是可知彼辈之诚伪矣！吾蜀人齐四，闻先生之为人，欲谋一面，以启先生之蔽。”仁辅叹曰：“先生诚仁者也！然先生二月学技，胡遽至此？吾好技之心未死，乞先生以诚相授，先生谓当何如?”

齐四曰：“不以吾为弱，胡不可者？但耑治技不足以给衣食，技成安所用之？计不如营商，以暇及技。”仁辅谓无资，齐四曰：“无虑，吾实不贩布，家有资足供营运。”齐四遂出资与仁辅共经商，复以技授仁辅，数年不能尽其长。

相处凡十稔，得羡余金数万，齐四悉以畀仁辅，仁辅携家从齐四入蜀，设仁昌典肆。

吴大吉

朱仁辅既与齐四相处十稔，携家入川设肆，始知齐四为川中大侠，以治童子功平生未尝近女色，故无家人，孑然一身，营运所得，辄以助贫乏。

朱仁辅入川之年，齐四已六十岁，犹欲奔走江湖，仁辅尼之，遂居仁辅家。仁辅事奉唯谨，不敢略忤其意。齐四性好施舍，日出必携数十金，倾囊而后返，身抱绝世之技，未尝以技显于人。

一日与仁辅共坐肆中，有伟丈夫昂然而入，出典券一纸，钱数百，店友对券捧锡盒出，其人注视良久曰："吾昨日所典非此盒，奈何易吾原物?"店友愕然曰："无之。"其人以掌按盒成饼，牢握之，锡为液，自指缝溢出。店友大惊，其人曰："吾所典为锡盒，此面为之耳。典肆惯欺压异乡人，即此可见一班。"言已，举臂推庭柱，庭柱大合抱，斩然中折，屋瓦都震。

仁辅大怒，欲出拳之，齐四曰："不可，是欲窥吾技者也，吾将有以晓之。"乃从容出揖其人曰："吾齐四也，足下何遽盛怒如此，不亦太自劳乎?"其人亦揖曰："仆诚莽夫，但摧柱奈何?"齐四曰："易耳!"即当命匠完成之。因逊其人入，叩其姓氏，为吴大吉，广平人也。齐四曰："足下之力，可谓至矣！但物毁之易，而成之难，何必毁物以见力？吾言非为人惜物，乃为足下惜福也。吾年过六十，复何心向人诩力，然不能不以锡盒还足下。"言时拾锡盒屑团之，须臾成一盒，厚薄如一，表里略无指痕。

大吉骇其技之神，复服其工之巧，大喜，请与订交。仁辅留之于家，言技终逊齐四，仁辅则不逮之也。

居数月，一夕，邻人不戒于火，且及典肆，齐四惊觉，忽失大吉所在。趋出，见大吉方以絮被瓦屋，上下取水濡之，仁辅相助吸水于旁。齐四见大吉挟水上下，捷如轻燕，忽技痒，以石瓮吸水，双手抱持之，奋登屋瓦。瓦脆薄，不胜，颓然倾覆，遂折一臂。

仁辅惊救，齐四已起，叹曰："好胜一念，吾把持数十年，自谓能免，不意竟以此念贼吾肢体，吾死有余愧矣！"是夕之火，环典肆皆毁，唯典肆以大吉之故，仅焚其一角。

齐四折臂后，终日吁嗟，不自聊，未匝月而卒。齐四死，受其惠而哀悼之者八百余家。大吉助仁辅营葬讫，辞归广平。仁辅感其义，赠数千金，不受，乃为制衣而纳珠于里。

大吉行数月，复至，以珠还仁辅，痛哭于齐四之墓而去。噫，亦义人矣！

余尝言知技贵知道，不知道与猛兽何异？余每见抱高艺享大名者，其接人必恂恂然若不及。非必不获己，必不以技示人。世俗谓为虑人窥窃之者误也！拳师独到之手法，必其平生用力者，宁窥窃之所能得？所为秘传者，特其理之少精者也。庸俗拳师，聪悟不及数年，面壁才得一解，便自以为神会，沾沾自喜，秘不示人。其实此一解亦附丽此手，手用力较多者，其功效止于此手之奇正变化，无能融会贯通之者。余言非武断，能融会贯通，天下之拳，尽此一理，更何所得，理而秘之哉！

癸丑年，余过湘潭掌教师曾勤圃于长沙，是时余创办国技学会，方订期开幕，曾忽以事将他往，辞余曰："吾适有故，须自经营，勾当讫，犹及见先生开幕也。至时吾当以妙手示先生。”余笑曰：“先生之技皆妙，复何妙也？”曾曰：“吾有手能跌人于不觉。”余曰：“受跌者何如人也？”曾曰：“知技者也。”余曰：“能跌知技至何等者也？”曾曰：“普通拳师皆能跌之。”余曰：“先生何手不足以跌普通拳师，而必以此妙手？”曾曰：“他手不能跌者，唯此手能跌之。”余曰：“有非此手不能跌之拳师乎？此手能跌尽天下之拳师乎？”曾无以答。

余曰：“先生曷言此手，何手也？尚劲者耶，尚快者耶？”曾曰：“皆非也。”余曰：“不尚劲，不尚快，是则邪法也？”曾曰：“亦非邪法，所以谓之妙手。”余大笑曰：“吾敢必其无此妙手，曷为见欺？”曾坚谓不然。

曾之徒至者数人，亦哗然袒其师，余至不能耐，乃曰：“吾等争技，何必以口，请以身试先生妙手。”因推案而起。曾色挠，怏怏遂行。

曾年五十余，治技垂四十年，徒以数百计，湘潭人鲜不知其名者，而见地若此，为可哂矣！

刘屠

湘乡刘屠户，以勇名，其实徒多力而猛，技固不佳也。性暴厉，人无敢逆之。有撄其怒者，辄鼓刀相向，然未尝真杀人。非刘不敢杀，人畏避之，不敢与较也。

同邑人朱八相公，治技精到无伦而为人谦抑，与人无所争。屡见刘持刀逐人，亦恶其野，呵禁之，刘反唇相讥，侵朱先生。朱怒夺其刀，刘知不能敌，愤然而归。

朱有子方八岁，刘怀刃伺其出，割其一耳。朱缚刘诣邑宰，痛笞之，下狱一年，复痛笞而释之。刘释未几日，复掌朱子颊于途曰："吾掌汝颊以代笞臀。"子号泣，诉于朱，朱无奈之。

刘自是益骄放，无赖某屡窘于刘，衔刘次骨，乘刘袒衣纳凉，以釜煮油，骤浇其背。刘炮烙几死，数月方能起，操刀觅无赖，已不知所之，闻者莫不称快。刘虽受创，然暴厉之性不稍改。

刘妻略有姿首，刘爱惜备至，未尝忤其意，而其妻视刘蔑如也。会其妻与邻人之子通，邻人之子，深惧事觉，刘妻坚言无患。一日，果为刘所掩执，以椎碎邻人子之首。阴拽之，弃通衢。及明，观者大集，疑刘者皆不敢言。

须臾，刘妻忽披发号啕而至，抚尸大恸。刘自后奔至，强牵其妻归，妻行不数步，以头触石而死。刘哭之甚哀，观者咸嗤笑。

刘屠暴厉之性，独不加于其妻，至于知其私人而不弛其爱，行为亦足怪矣！

朱八相公

湘乡朱八相公，技击家前辈之杰出者也。其遗言轶事，湘人盛传之，至今不绝。兹纪其一事，深足资治技击者之警惕。

朱赋性活泼强毅，年十五，侍父宦宜昌。宜昌有剧盗罗某，捕置之狱数年矣，朱闻其多能，潜入狱，叩以艺。罗自分无生理，深自悔恨，朱许为营救，罗遂以技击之术授朱。朱性殊近技，一年有成，乃窃资畀罗，潜释其镣。今逸，而以越狱闻，然其父坐是罢官。

朱勤于练习，次年以案首第一为武生员。二十，如长沙，下武闱。朱家有大刀，重逾三百斤，朱以担行李。舟抵长沙小西门，小西门之担夫素强悍，无论行李多寡，非经担夫搬运，不许登陆，客商苦之久矣。

朱舟才泊，担夫蝟集斸首，次第搬运已。及朱，病其重，将以数人共舁之，朱少年气盛，欲显己力，必不可曰："吾以一人担来，汝等必欲担，亦必以一人担去。不然，吾自能将入逆旅。"担夫大哗，谓刀重数百斤，附以行李，岂一人之力所能任？朱曰："谁实强汝等任，吾固言自能任也。"言已，以刀承行李，欲行。

担夫环而阻之，朱怒，以手推数担夫于河中，余夫大怒，争以扁担加朱。朱一跃至岸，委刀于地，大呼曰："汝等恃众横行乃尔乎？不令吾前者，请以理相见。"担夫若不闻，丛击朱如故。

朱惧杀人，不敢举刀，袒二臂如雪，以格扁担，无不立折。草潮门担夫各数百人，闻斗，皆持扁担蜂拥而至。一时斗者、观者达千人，呼声震数里，断扁担横空飞舞，历一时许不绝。

朱斗久，渐不能支，思举刀重创担夫，忽见一伟丈夫排众跃至前，以手遍夺担夫扁担，投之河中，瞬息而尽，因为朱负刀及行李。朱愕视，乃宜昌所释盗罗某。但随之行，不敢声。及逆旅，朱谢援拯之雅，罗笑曰："子技诚足观矣！然胡不夺其兵，以致久困，则失算也。子今面色青白，五脏俱受震损，不亟治，恐因此成内伤。"

朱初至逆旅，尚克自支，闻言，顿觉惫甚，若有物块然格于胸臆，亟卧榻以所患语罗，罗于腰间解藤索，长三尺许，授朱曰："细嚼二三寸，当有验。"朱如言，味苦涩而膻臊，问何物不适口如此，罗小语曰："我辈全恃此物作护身，名'全生带'，产于田塍间，冬月叶脱，采之归，纳尿桶中。次年夏至日取出，曝于屋脊，过三伏，以治跌打伤，其效如响也。"

朱服后吐血片大如盅，胸臆乃畅，蘧然卧，积月余，筋力始复。是年武闱因不得入。朱病时，罗日夜护持之甚谨，询其居湘之故，乃逆知朱是年必入武闱，耑候朱来者。是日闻小西门之斗，漫往观之，初不疑为朱也。

朱筋力即复，罗乃从容语之曰："子尚一时之气，贻百年之忧。治技者之举动，诚不可不慎也。数百斤之刀宁恒人之力所能胜者，且数人共舁，于子亦何所损？今如此，所失不既大耶？"朱亦殊愧悔，自是虽遇横逆，亦强自退抑，不敢以力求上人矣！

罗自宜昌逸去，即改行为力人，后卒于朱家。

王志群（一）

长沙王志群，幼读书而敏，年十五，淹博逾耆硕。其居邻平江，平江人多治技者，遂亦治技。初从彭少和学，彭少和者，村拳师之佼佼，未喻乎道者也。少和因强力，即以力教人。治之期年未有当，而力日有加。

杨先绩之入室弟子何延广，年六十，挟技不以授人。志群三数往候，始欣然曰："吾非欲葬技于泉壤也，唯师弟子之间，授受不以诚，吾实耻之。吾不能视束脩之丰约授技，以自侪于市侩，而人复不我知，故宁终默。"

志群从延广学，五年，始罄其长。甲辰、乙巳之交，黄兴与郭人漳，谋复清社，时郭人漳治军广西，黄兴使志群、黄朗山等七人，往依之。七人唯朗山不知技，余皆有强力。

湘潭刘泽勋性尤暴厉，人不敢侮之。一日行过午，始得逆旅，具食，而蔬冷不适口，泽勋将召主人诘责，主妇出对客，村妪粗野，适逢泽勋之怒，掌其颊，乃至晕仆。主人大呼奔出，须臾乡人荷械而至者数十人。泽勋以其众，惶骇不知所措，五人亦相顾失色，志群咎泽勋曰："毙一村妪不足为勇，欲示勇此其时也，奈何恇怯？"六人唯闻志群善技，不知其技至何等，至是皆目焉。

志群示六人食如故，已以身背门而坐，亦举箸，若不知人之大至也者。至者见主妇犹僵卧，皆狂呼勿失凶犯，即有人以铁尺击志群背，志群迎之，铁齿不胜震，脱手飞跃。复以左手者下，志群舍箸夺之，伤其腕，废不能举。余人欲继进，志群握铁尺挥止曰："杀人者抵罪，国家自有法律，无为汹汹相向。若辈数十人，我等才七人耳，必将用武，如我说则可，我等不胜，就拘任所处；幸而胜，则僵卧者不能责偿也。我有术能令僵卧者立起，然须弃若辈兵，若辈自择之。"

逆旅主人惧丧其偶，即弃械而前曰："速起吾妻，罢斗易耳。"志群索凉水，戟指书符其中，以饮主妇，果霍然而起。观者愕眙，六人亦惊其神。志群解囊出二千钱，授主人曰："以此谢主人，祛惊恐。"主人欣笑而谢，其事遂寝。

志群出，朗山叩之曰："夙不闻君有术，且何神也？"志群笑曰："吾有何术，主妇之强，卧伪也。君等自不察方乡人至时，主妇已醒，吾观其眸子微动，知其欲以佯死未乡人藉叩，及斗者不胜，则羞于卒起。故吾得假术以掩饰之，然而悻矣！刘君睚眦杀人，祸至又无以自解，几何不以自累累人，望勿复尔也。"

泽勋惭谢，自是暴厉之性稍减。

王志群（二）

郭人漳性嗜技，左右多能拳。有王姓者失其名，拳技尤精到。人漳有卫士二百人，多辰州宝庆产，率悍犷不近人，王姓者为之长，他人不敢长之也。

王善腿，居恒以坚木为杵，自叩其胫，硁硁然如斧之于石。又尝以尺木植坚土，见其寸颠，举足扫之，随足而发，一足之力，盖无虑数百斤矣！其腹坚实，能仰面受舂。又尝袒腹，令其徒提石锁于寻丈外，奋投，王承以腹，反射之力，激锁越其徒。

王尝观剧，与人争座，剧场设长座，坐数十人。王请逊，不可，乃合掌纳座中，力辟之。左右纷仆，王遂得入座。

王亦湖南人，人漳颇优礼之。志群性沉默，不轻言技，抵人漳月余，无知其能者。志群居室，与王密迩，朝夕不废功夫，王闻声，异之，壁窥大惊，便叩所治。志群无所隐，王喜曰："先生所治，为吾梦寐求之不得之者也。吾幼时闻八拳，名即思用力，顾知者绝少，无所得其理法。偶遇一二习者，亦不过徒事手脚，非真能解此中艰苦者。先生曷为我细演之？"

志群察其无他，遂演之。王愕然，不解手之来去，志群演竟，不复言。王请以手为戏，志群许之，王数进，志群数避之。王命志群进，而忘不及避，抵榻乃已。王询腿法，志群言不知（八拳无腿），王曰："吾以腿与先生易拳如何？"志群曰："固所愿也。"王遂以腿及纵跳之法授志群，而从志群习八拳焉。

其纵跳之法甚简易，但朝夕直腿植立，以全身之力，注于两趾，自举其身上腾，不屈伸作势，一跃能至一尺，作势则一丈有余矣。王言："人谓有轻身术者，谬也！脚有力则身自轻矣。"练脚力之法，朝夕于沙洲纵步，极疲而止，持之有恒，其极能如水上行风，履屋瓦无声，其当然者也。

王治气功，如蒋焕棠，微颓日本北里博士及川合春允之呼吸，殆即道家所为吐纳也。志群与王居数年，所获不一，而八拳之精神，王亦领略无遗矣！王久欲归里，以无能代其职者，人漳不令行。至是以志群自代，人漳初疑志群不胜任，及见二百人无敢枝梧者，始信王知人。

人漳数与志群言技，志群温雅，于人无所可否，人漳益服其学养。后志群见人漳无发难之意，且不甚礼同志，遂辞归湘。时余肄业湖南实业学堂，友人介见志群，志群谓余禀赋不厚，宜习技。余时不审技之功效，漫应之。志群即谆谆授余以站桩之法，久之不得要领，后亦不时晤及。丙午东渡，忽值志群于日本，始得请益焉！

王志群（三）

志群既东渡，何陶、汤松辈慕其技，欲事研习，请于志群。得诺，遂赁屋于大久保。课余，辄相与抨击其中，余亦与焉。

余居与志群最近，得朝夕就正，旋学者颇以为苦，渐越日至，渐竟不至。不辍者二三人，然亦趑趄无勇气，唯余已得此中趣味，体日益充实，一年无或间阻，是年增体重二贯余（每贯约中国六斤四两），效亦云著矣。

李富东之弟子叶云表，治技有年，渡东访志群。观志群奏拳，叹为集南北派之大成，相与往来至数，未尝敢言较。云表创办武进会于天津，李富东为之长，欲致志群主其事，志群以故不果行。寻入讲道馆习柔术，知者怪之，志群曰："柔术皮相，诚无可取，然日本全国无智愚贵贱，趋之若不及，必有足研究者。即不足学，亦何伤于我？"

志群初入讲道馆，但随人俯仰，命之立则立，跌则跌，一月不敢以意出手。柔术师三船者，日本有名之六段，能略解中国拳技，举讲道馆无能敌之。志群日与之颠倒，二月，尽悉其身手。柔术之相角也，必互握其襟袖，游荡其步履，相与伺隙而作。多高桩不落马，故易致倾跌，其不败者，力足自震慑也。志群既尽悉其身手，遂间以拳术与三船角，须臾之间，数跌三船于地。三船惊愕失色，志群虑三船不自安，不复入讲道馆。三船终疑志群，访于志群于寓。

志群告以所学，惶悚而退。

志群语余，柔术即中国之小翻交，翻交法创自蒙古，二十年前翻交场尚盛，设于北京、天津间，有大翻交与小翻交之别。大翻交时投人于十步之外，小翻交则略从容。翻交定有制服，麻结厚分许，殊耐拿攫。着制服斗死者不能责偿。日本柔术服即甚相类，为有识者提倡之，去其粗野之习，而隆其礼仪之节，学者无受戕之虞，而有强体之乐，故全国靡然从风，而无治安上之障碍。若中国聚数百治拳技者于一堂，不日以杀伤闻者，吾不信也。

余之办国技学会也，志群曾止之曰："中国拳术为杀人之技，又门户繁多，各自标异，相见如仇雠，提倡者不思有以维系之，后患将不堪设想。"余虽服其言，而自见之心切，遂不果从。后治技者日集，莫不自以为贲育，言语辄相抵牾，甚且攘臂。至今思之，犹堪嘔噱。

志群谓中国拳术，不谋统一，不能提倡。其见解盖甚确也。志群抱兹主义有年，未审何时得遂其统一之志，余祷祝之。志群今年三十四，字刃生。柳大谧、午亭、陈长策寿人，其入室弟子也。余略窥其藩篱而已。

向乐山

平江向乐山孝廉，生有神悟，胆力绝大。十岁随其兄应童子试，岳州府尹某，贪墨败纪，府试前十名，皆以贿得。怀才不市者，忿怒切齿，时为激越之言。乐山窃闻之，阴怀石以伺府尹，击之，不中，破篮舆，府尹大惊，索贼，得乐山。高不盈三尺，疑不类，而乐山自承，遂拘之于狱。

乐山长兄闵贤，罗慎斋之门人，文名藉甚，当道殊敬慕之，辗转为乐山缓颊，得释，而乐山竟以是年及第。及第后，每自恨力弱，击之不中，贻人羞笑，遂从老拳师习拳。然从习数年，未尝见其与人角。常以绳系发于梁，纵身投仆，人不知其何以治。

举孝廉后，废书事游纵，性益狂放。尝夏日行，夜裸其体，及明，而失其裤，乃伏丛莽中，伺浣衣就曝攘之，为人觉，犹哗辩，而所攘为女裤，狂笑受缚。呼曰："吾实作贼，然唾面则不可。"乡人若不闻，系其发于庭柱，将施唾焉。乐山大怒，大呼断索，发牵柱，柱震撼，屋瓦都簸。乡人大恐，有逃逸而仆者，乐山笑曰："本欲以裤还主人，然吾无裤不能出，且假我须臾。"言已，徜徉自行。

华容巨室某，延拳师训其子，拳师善溜步，一时无及之者，傲岸特甚。乐山故欲撄其怒以窘之，伪为相人，审睇拳师曰："尊貌何太不扬，合是贱种。"拳师果大怒，举拳击乐山。乐山趋避之，拳师追不及，益怒，溜步以进。乐山笑而狂奔，奔时发辫垂若飞鸟之尾，拳师亟拽之。乐山奔不止，拳师半握不释；乐山奔益急，拳师之足遂腾空，释手则患倾跌。乐山旋奔旋笑呼，观者哗然从其后。拳师羞愤，力复不胜，失手而坠，乐山亟扶之，已喘息不能言。乐山命肩舆载之归，拳师懊恼致疾，遂罢馆。

巨室欲聘乐山，误为拳师之争席者也。乐山不却，便相授受。后闻李昌蔓（《拳术见闻录》中曾言其事），以善破人手名，遂往访之，相与流连数月。昌蔓谓乐山全身毛发，皆具绝大气力，至不易破。昌蔓著《拳经》一书，曾载乐山工课。昌蔓死，稿存乐山家，余曾一见之，其论拳分理法用三者，惜不具图，或有图而遗佚之乎，异日当求其稿，为辅成之，亦后学之津梁也！

刘鸿采

清侍卫教师刘鸿采，广东三水县人也，技艺精到，乾隆朝推一时无两。相传其少时从村塾师读，颖悟绝伦。一日，鸿采入塾独早，途中天忽欲雨，抵塾而已倾盆下。见村塾师方从外以手捧石臼入室，臼中贮陈米数斗，已就濡湿，师顾鸿采曰：“拟今日不雨，将以陈米就曝日中，不虞雨乃骤至，且不及易器。”鸿采询师何多力，师禁勿声，鸿采果默坐。

越数日，师遣诸生去，命鸿采后，谓之曰：“汝亦欲多力如我否?”鸿采言甚欲，师颔曰：“汝能终默，当以力授汝。”此后宜早至而后归，便以相授。鸿采如其言，遂得从师习技。

数年，师小语鸿采曰：“速为我购白布数端。”鸿采购至，师惨然曰：“数年之聚，决然分袂，令人无欢。”鸿采惊问焉往，师长叹不言，既而曰：“徒事耿恋何益，后会终有时也！吾有所作，汝不可窥吾室。”言已，吁嗟入室，遂扃其扉。

鸿采木立久之，欲窥室，复不敢忘师戒，须臾，闻裂布声，不能忍，窥之，见师裂布缠腰际，渐裂渐缠而上，及顶而止；复缠而下及踵，两臂互相缠，缠已，以端纳口，仰卧榻上，不言不动。鸿采骇极，不敢声，将破扉入，师已叱于房，乃于室外坐伺之。终夜，但闻鼾声，迟明师榻格格作响，窥之昏不见物，旋有咤叱声甚厉，便觉房壁震动，室中忽漏天光，榻中已失师所在。知彼破空飞去，奔出仰天而观，但见白光如练，殷殷然向西南飞去。

鸿采惆怅移时，入室检其物事，都无所有。唯绨袍一袭，束以韦带，有朱书其上，字画不能辨。方将挈之而归，忽数人奔呼而至曰：“败矣，败矣！今又不知其瞬息几千里也。”见朱书笑曰：“狡奴又施故技，然我辈终无可如何也。”从鸿采取绨袍挈其领，数人聚扪之，出数珠皆大如栋实。数之，适符人数，分怀之。鸿采方欲启询，已长啸而去，良久，犹闻袅袅之声。

鸿采莫测师为何如人，终身亦未尝再见。世传剑侠，行踪相类，殆其流亚欤。

恺然曰：“吾国奇才异能之士，所在皆有如上所述，虽其迹近荒诞，然不可以吾人理解所不及，遂谓为无。功夫本无止境，大而化之谓圣，圣而不可知之谓神。圣、神非不可能者也，视其人之操持如何耳。黄其昌指能入木，余盖目睹之，亦理之不可解者矣！”

黄风奇

湖南黄风奇，曾为清之侍卫教师，其技艺之精，实所罕见，今其年七十矣。

壬子年桃源萧汝霖主笔政于长沙军国日报馆时，因曹典球得识之，精力犹若二十许人云。萧慷慨有雄略，风奇特重爱之，为忘年交，相得甚欢。萧为余言：“其人有文采能书，而简朴如村农老圃，冬日卧不施茵褥，一毛毹而已。”谈论风发，每至忘倦，尝举其却盗一事，以为谈助，谨为述之，阅者足征其所治之精矣！

辛卯九月，风奇南归，无一仆从，囊中数百金，躬自负之。登舟察其载甚重，而舟子皆伟岸，且人数多于常舟，心已疑其为盗。顾急于首途，复不欲示之以怯，遂任之启碇。

舟中无他客，风奇虽无所恐，然非夙日夜伺隙于旁，亦虑为所乘，惴惴不敢安寝。一日逾午，即泊舟丛苇间，风奇登首偶眺，就萎之苇花，飘萧满目。四野杳无人居，但有成群小鸟，飞鸣上下，风奇知舟子必以是夜间图己，故问曰：“今日泊何早也？”舟子应曰：“入夜恐不得泊所。”风奇曰：“此间风景绝佳，对此颇思痛饮，吾瓶中有佳酿，日来心绪不佳，未得纵饮，今可与若辈共谋一醉。”

舟子甚喜，风奇复入舟出钱一千，授舟子曰：“为我购下酒物。”舟子笑曰：“此间去十里无村落，安所得下酒物而购之？”风奇沉思曰：“易耳！若辈可与吾登岸，有绝好下酒物，不须钱买。”舟子漫语诺之。

风奇遂登岸招舟子，舟子数人随之，风奇拾石之大如卵者数枚于手，命舟子亦如之。苇间小鸟飞越，风奇投以石，应手而坠。舟子大惊，奔拾之。须臾得数十头，风奇笑曰：“如此下酒物，讵不佳耶?”舟子拜伏请姓名，风奇告之，舟子相顾曰：“幸得见黄公神技，不然，我等将死无葬地矣!”因以图劫之心告，风奇曰：“吾固知若辈不类，故为是以寝若辈之谋耳!”舟子股栗不敢仰视，归舟。

风奇烹治小鸟，招之放饮。舟子举杯，而酒淋衣袖，风奇慰藉之，示无意发其事，久之，始安。自是舟子奉风奇若神圣，达所如不敢受值。

罗　七

萧子培垓为余言，光绪初年，常德朱云岩孝廉，将囊巨金北上，有所营干。当时，无轮船火车之便，徒行商旅，时虑萑苻窃发，皆结侣荷械以行，复有营镖业者，丰其值以为护持焉。然镖局多设于北道，南方绝少，湖南无有也。朱以物色将护者不得，稽迟不敢就道。

朱有姑，饶于财而寡处，朱偶存其家，道濡滞之故，其姑曰："吾家力佣罗七者，当能任护持，其勇足惊人也！"朱曰："闻萑苻中屡有迈伦之士，非常人之所谓勇者，所能任也。"其姑曰："曾有群盗入吾室，他佣噤不能声，独罗七从容击却之。盗衔罗七，次夜复大至，伏健者于壕，诱罗七往追。及壕而矛发，罗七乃能夺矛，而盗不能逸。罗七获盗，数而放之，自是盗不敢犯，吾谓亦迈伦之士矣！"

朱欣然请见，其人年四十许，长眉覆睫，棱棱然，科头赤足，泥垢满衣襟，其貌盖至不扬也。朱以其多能，立而为礼，罗叉手报之，其姑为道朱意，朱亦殷勤致词。罗曰："若及吾少时，有请，行不遑耳！今弛废已久，诚惧有始无卒，致辱先生命。湘南不乏绝尘之士，曷措意焉？"

朱固请，且言已穷物色，罗沉吟曰："途中脱有他变，能恕吾不卒之罪，则唯命耳！"朱曰："君虑他变者，何谓也？其逆知途中有足为君梗者耶?”罗曰:“不然,是或吾过虑,本无庸早计之,第不敢不预以为请耳。”朱喜,便请就道。

山川跋涉,罗事朱一若仆从,朱屡致不安,罗宴然不以为意。一日薄暮,就野店宿,罗为朱治卧具讫,纳朱安寝。于箧中出青绢长丈许,系圭石其端,复出制钱千数,就灯下审视。朱微睨之,其缘似锐于常钱。罗审视已,一一面壁而掷之,入木震震有声,复取而纳诸囊。朱知即所谓暗器也者,亦不启询。

次日乘骡车朝发,浓雾漫野,数步之外,不能见物,朱惴惴惧不免,罗坚慰无虑。久之,微闻啸声起于远林,罗倾耳移时,令骡夫抑骡,笑语朱曰:“先生若怯,幸勿窥窗。”言已下车,疾驰而去。

朱念果不免,窥窗何害,遂薄窗窥之。重雾蔽目,不能远瞩,但闻诧声四起,骡车惊惧,欲策其骡,朱叱止之。须臾,诧声已,而啸声复作,渐微不可闻,即见罗飘然至车际,手霜刃,狂笑捧腹。朱喜,询却盗之状,罗以青绢示朱曰:“幸赖此君,夺得宝物,此行不为不折阅矣!”朱视其刀,寒光霍霍,侵肌起栗。朱就车中为宝刀行以壮之,忆其末句云“吕虔之刀王览佩,佩得其人物益贵”。罗言不解书,然若深感朱意。

车行过午,罗忽悄然曰:“吾有言,先生无恐,今夕报仇之师必大至,凭区区之技,幸而胜,先生之福也;不幸有他变,则已请恕吾不卒至罪于行日,或不为忤耳。”朱愕然欲询所以,骡忽惊驾,车震撼几覆。罗急顾行箧,已失其一,抽刀大呼,破窗而出,足不及地,已失所在。朱骇汗浃背,视骡夫亦不知所往。自出车周视,觉道旁草间,微有吐息声。求之,乃骡夫,泥首其中而颤。朱曳之,出问何所见,而惊惧若此。骡夫惶惑移时,始曰:“正驱骡车疾行,突觉有风甚厉,中人如刃,骡跳踉踶蹶,若将见攫于异物。方事抑勒,即闻呼声震耳,吾惧遭强人毒手,故潜匿草间耳!”

朱闻言不知所措，念罗屡以他变为忧，所虑殆即为此，脱一去不还者，将何以为怀！悲怆一时许，罗忽自车后跃出，右提刀，左挈行箧。汗被其面，短发若截，蓬松肩际，委行箧于地，挢舌喘息而言曰：“适间我非此刀，业不免矣！吾追贼入穷谷，贼无所匿迹，折而与吾致命。吾戮其一耳，贼方伏而哀免，救者忽至，二人骤出仙人掌（暗器也，以钢为之，状如人手，着物即自牢合），曳吾发，几致颠覆。疾自截其发，始已。”

朱喜曰：“必君所谓复仇之师也！”罗颔首曰：“患方未已，今夜宜早投止，及时急行二十里，能安寝达旦，明晨即无患矣！”言已，掖朱登车，自驱骡疾行。且十里，道旁有旅舍，数人引首门外，睹罗呼曰：“至矣，至矣！”即有抑骡不令行者。

罗跃而下，挥止诸人曰：“勿惊吾主人，吾非怯见曹者。”朱见状，已不寒而栗，强自镇定，齿犹相击有声。罗启车佣朱入室，朱顾行箧，罗蹑其足，纳朱坐于旅室。索酒肉大嚼，壮者数人眈眈于旁，罗举杯笑语曰：“此间非若曹纳命之所，今夜三更时，可于某某处倾巢来候，畏避者非丈夫也！”数人相视良久，无言而去。

罗劝朱进食，朱虑祸甚，强咽不能下。罗食已，略事慰藉，即襆被与朱就寝。朱至三更未成寐，罗已遽然而醒，提刀欲出，朱呼曰：“君将焉往？”罗曰：“先生但安卧，及明犹未归者，已以死报先生矣！”不顾而去。

朱起视之，已无所见，嗟叹就枕，张目达旦。忽闻步履声，有二人舁一物入室，委榻而去。朱急就视，罗也，酒气扑人，已烂醉若泥矣！朱坐俟其旁，日午始醒，醒后为朱道其故。

罗安徽人，十年前与其同学兄某，同为此间盗魁，罗因同党破案被戮者，月有数人，深虑祸及，遂思洗手（盗罢即谓之洗手）。谋于同学兄，同学兄嗤之，乃不告而去。为人佣，将食力以其终身也。

是夕出门，不期与其同学兄遇，相对感念，故致沉醉耳！

送朱抵京后，不知所之。

余去年曾附益其说，为小说二千余言，名其篇曰《皖罗》，售于商务印书馆小说社，兹篇则纪实也，传闻异词，又相去数十载，亦恶能必其不虚哉！著者如是我闻，阅者作如是观可耳。

乔瞬燕

松江朱乾，盐商之子也。天性孝友，读书殊聪颖，年二十时，其父为盗杀于山东，以不得盗名，乃誓戮尽山东之盗，以复父仇。

时咸丰初年，捐例大开，朱以巨资夤缘。数年之间，果得济南府尹，下车伊始，即穷治图圄，无首从皆斩之。募名捕数十名，复躬自易装探访，二年所杀以千计。

一日，有白发飘萧之叟，以杀人自首于朱。朱讯其情，死者为少年，博赌无赖，因丧资将逼嫁其寡婶。寡婶号泣于途，叟因怒杀少年。叟自言姓张，朱感叟义，释不究诘。

越数月，朱将他调。张叟忽至，叩头言感朱见释之惠，将以孙女瞬燕备妾媵为报。时朱已有室，且怪其突兀，辞焉。叟复言瞬燕年十七，颇不陋劣，即以下人蓄之，亦所感激。朱心动，顾虑其妻妒，犹豫未及答，叟若已窥其隐曰："小民衰朽之年，诚虑旦暮委沟壑，不得当以报大德。茕茕弱息，襁褓失怙恃，及小民未就萎为之所，而受恩者知所复，两善之举。小民请以请命于夫人，夫人仁慈，或不以小民之言为忤。"朱许之。

朱妻命瞬燕入见，荆钗布裙，秀娟天成，举动言辞，居然大雅。朱妻颇怜其稚弱，遂留署中。朱辞出，瞬燕殊无恋容。未数日，瓜代者至，朱整装待发。叟复至，以箧畀瞬燕后，附耳小语。移时，朱询瞬燕，若翁适作何语，箧中又何实者。瞬燕笑曰："无他，但嘱妾小心耳！箧中为在家时所御服。”

朱遂与叟兴辞，叟曰：“小民步履匪适，深惮跋涉，不能远送，至深惶悚。瞬燕虽稚，然颇谙行旅之苦，已命其小心奉侍。得达所止，卤薄不惊，公之幸也！”朱疑其言，退询瞬燕，白无有，坚诘之。始叹曰：“公二年之间，诛盗以千数，安免无致怨怼于公者？”朱笑曰：“我方恨不能尽得山东之盗，怨怼何伤？”遂不以为意。

发数日，瞬燕忽语朱曰：“前途艰险，此间有旅舍，乞便休止，容妾以公威德训示志丑。”朱夷然曰：“吾有名捕数十，兵从复富，群丑又奈何？”瞬燕笑曰：“图公者非名捕兵从所能为力。公去年诛盗魁赵某，怨毒于群丑深矣！去此数里，即赵之巢穴，安可不预为备者？”朱不忍过拂其意，遂共投之。

方解装，有人窥于门，瞬燕若惊。入夜，启叟所界箧，得软甲一袭，折刀一柄。瞬燕以青帛裹头，袭甲握刀，小语朱曰：“群丑伺侦之时，不能宴然安寝，妾当伏檐端眴之，闻声幸勿惊扰。”朱诺之。

瞬燕一跃越窗，攀檐而上，倒悬若蝙蝠。朱夫妇骇愕相顾，屏息不敢动。更次，闻屋瓦坠地声，旋复有声砰然，即闻屋上有人惊诧。顷之，砰然声复作，呼声继之，谓小寨主遇害，此中必有能人，相率俱去，声响遂寂。

瞬燕瞥然而入，怃然曰：“本图略杀以示威，不意适深寇仇，赵某之子复死妾刀下，事益纷如乱丝矣！”言已，属耳于垣，急提刀逾窗而去，久之不返。朱夫妇惶惧无计，将呼名捕往缉。瞬燕已仓皇入室，青丝撩乱，帛巾已失，粉汗盈腮，气息紧促，卒然曰：“事急矣！不能兼顾及他，公与夫人急随妾遁，犹可及。”因以肩负朱，纳朱妻于胁下，奋身登屋，疾驰如鹰隼。

屋尽乃下旷野，一人奔而至，呼曰：“来者燕妹耶？”应之，其人已及前，以肩就朱。瞬燕曰："兄请为殿，吾当急去此二十里大梨树下以迟兄，毋恋战也。"言时，四野啸声大作，瞬燕以刀挥其人去。复疾奔而前，遇岩石，二人伏其中。骤出，将举刃，瞬燕力斩其一，戳一人耳，其人嘷呼而逝。朱夫妇面目皆濡血，瞬燕疾奔不已，须臾二十里。委朱夫妇于地，挥额汗坐憩。朱夫妇以坚持瞬燕，身手痹麻不仁，瞬燕掖之坐，侧耳远听，久之，蹙然曰："吾兄殆矣！公及夫人少俟于此，幸勿声，声且致厄。"复疾驰而去。

朱夫妇惊悸而栗，互相抱持，不敢吐词。忽所憩大树，枝叶纷坠，若有人撼之者。朱失声而号，一人飘然自枝而下，挟朱如飞而走，朱妻哀号无所措。有顷，瞬燕偕一人至，睹状大惊，朱其泣述所遇，瞬燕寻思曰："敌中度无能为此者，我等此行，必有人暗助。忆吾初遇敌时，头巾已为敌掠去，几致不支，忽觉有物电驰而至，中敌胸臆，因以得脱。谓吾兄所谓，后悉不尔，吾已疑之。今后有此，必前暗助者护持之而去。"偕至者曰："然则曷为遗夫人?"瞬燕曰："至者男耳！奚以挈夫人，且敌意不属夫人，有我在，尤可无虑。疾追之，当在前路。"

瞬燕负朱妻，趋去十余里，及河，朱及张叟已舣舟而待。见瞬燕等至，叟拊掌大笑曰："小民固言无碍也。"朱迷惘，不知叟等何如人。叟曰："小民言姓张者伪也，实姓乔，幼时好武技，因与群盗伍，后渐知薄群盗所为，遂营商以自给。十年前见盗劫一舟，尽杀舟人。小民往救，仅遗一女，才七龄，盗以其美，将挈之而遁，故不死。询其身世，茫然不能道。盖幼时见惑于略人口者，携归养之，授以技击之术，瞬燕是也！此同来者，亦小民之徒，习稔群盗，故得以赵氏之谋告小民。小民方感公惠，遂借托瞬燕于公，以行小民之责。此去皆坦途。"因顾瞬燕曰："善事朱公，且复得相见。"瞬燕呜咽泣下。

叟颐指其徒登岸，朱夫妇强挽叟留，叟不可曰：“小民之事已毕，所不能无憾者，扈从数十人悉就夷戮耳！”朱闻言泫然，叟竟偕其徒去。

朱后以事奏闻，时清廷方竭兵力于东南，而守土者复不穷治，事遂忘于无形。

朱甥易关甫为余言之，惜不传叟之名字。余以其事类小说，颇疑为易所虚构，姑志之以俟知者。

陈鹤梅

长沙陈鹤梅，幼与王志群同学，均好拳技，而各有师承。鹤梅师王福全。

王福全者，与黄兴、刘揆一同设华兴会而死于长沙狱者也。治技非精绝，而勇迈之气，蹈厉无前，村拳师皆闻其风而下之。虽强与人角，人无敢撄之者。

鹤梅性佻达，胆力过人，未学技时，即喜抨击人，同学中呼为“陈二打手”。时志群已从彭少和学，鹤梅渐不能敌，因发奋事王福全。福全多其气盛，以所得授之，其意盖欲为华兴会得人也。鹤梅治技既日游进益，乃不复与诸同学角，唯见志群则攘袂而斗。塾师呵叱所不计，两不相下，往往斗至昏厥。后志群从何延广学八拳，八拳无从容之手，不能戏较，屡避鹤梅。鹤梅犹时故撄志群，志群佯负以压其欲，始已。

距鹤梅之家数里，有贫家妇而美，鹤梅惑之，日周旋其门。鹤梅固魁伟有丰采，舟旋未及月，而遂有私。贫家子好博，恒外宿，鹤梅即宿其家。事为鹤梅之祖母所悉，其祖母约鹤梅素严，至是及夕即扃门下键。陵坦高峻，恒人所不能踰也。鹤梅亦不习纵跳，乃于人静，潜入竹园，缘竹而升。及颠，力投其身于坦外，系竹颠于地，趋从贫家妇。归后，缘之而入，家人不知也。

里中无赖某，久涎贫妇色，不能入，固疑妇不能贞。窥之，见鹤梅。既而入昏暮，不辨为鹤梅也，操刀伺于暗陬。鹤梅出，猛劈之，鹤梅见刀光，疑贫家子乘己，及刀未下，急冲其怀，无赖弃刀大呼而仆。鹤梅察其声不类，乃批其颊，齿落血出始已。无赖衔鹤梅，而力不能复，遂横播蜚语，贫家妇不能堪，遂绝鹤梅；鹤梅亦不复顾。

长沙南门白衣庵尼，有殊色，与崇福寺主持僧证一通。证一能书画，有口辩，缙绅先生多喜与游，以是人莫敢举。鹤梅偶至白衣庵，见尼，而惊其艳。以词挑之，不纳。出询人，知证一之事，乃纠同学技者数人，掩证一于白衣庵。证一凿坏而遁，鹤梅等大索庵中不得。尼怒，控鹤梅，证一复构会之。邑令以吏捕鹤梅等，鹤梅独踣吏而逸，余人燕下狱，鹤梅因是除学籍。

鹤梅之父官云南巡警道，鹤梅往省之，道署有马而良，鹤梅喜骑之而驰。某西人有球场，修广数十亩，最宜驰骤，禁吾国人入。鹤梅故策马往来其中，西人呼止之，不听，即有吾国人之役于西人者，执杖奔呼而至，举杖击马首。鹤梅素恶西人跋扈，更痛吾国人之为虎作伥者，乃下马击之。其人将夺马，鹤梅怒挟其人，载骑驰归，系署前柳树上鞭之，见血。西人不胜其忿，于滇督前索鹤梅，鹤梅欲诣署自白，其父不可，因是罢官。

将归湘，鹤梅复与某校英文教员争妓，击之至毙。将论抵，鹤梅忽佯死，受验不虚，狱解，乃潜入粤，卒以好狭邪染恶疾而死，时年未三十，知者皆惜其质美而失教。

志群尝言其人聪明天赋，读书一二过无或遗忘，喜为诗，每多丽句。其治拳不演式，择散手不拘泥者，苦事习练，自言有一二手循环相生，即用之不竭。而与人角，及之者果少也，亦治拳术之别开生面者矣！

恺然曰："东牟戚继光所言：山东李半天之腿，鹰爪王之拿，千跌张之跌，张百敬之打，皆以一法名也，岂拳术固不必大知哉！此足语乎上智耳。上智者举一隅不以三隅反，明乎攻守之势，进退左右，操之一心，及人者实一二手而止耳！余始习技，甚病左手之劲于右手为逊，乃专致力于左手，久之而右复逊矣。以询吾师，吾师笑曰：‘刀曷贵有刃？’余曰：‘能入间耳！’曰：‘何不两其刃？子谓左右如一，即足加人乎？则治长手者（治拳称短手，治器械称长手），宜皆双刀双拐矣。一指即足跌人，进退在我，右来而左承之，亦何损于捷？且两手虽不专致力，而进益适相等，实不逊也，曷刬日以物权之，其验一也。’余时方囊铁砂，晨起手提投掷，日增其量，一月而左右投掷之数适均，始知吾师经验之言，为不诬也！”

吴公藻《太极拳讲义》序

客有致疑于太极拳者，曰：“拳之为用，主搏人，四肢百骸，人所同具，欲操胜算，舍快与力奚由，故拳家有‘一快不破，一硬不破’之言。乃今之言太极拳者，则曰：‘以不用力为体，以慢为用，得毋与拳之原理相悖’。谬乎？”

余曰：“诚然！拳之为用，舍力与快无由。客将谓拳之快而多力者，有逾于太极拳者乎？”客曰：“吾习太极拳三年于兹矣！先哲尝诏吾曰：‘一举动周身俱要轻灵，用劲如抽丝，不可断续，是云云者，非慢而不用力之谓乎。吾寝馈其中，无间寒燠，然尝与里中之习他拳才数月者角，辄败退不知所以支吾之道。曩固疑其非搏人之术，兹益信其然矣。今吾子顾曰：‘拳之快而多力者，无逾此。’愿闻其说。”

余曰：“异哉子之所谓快与硬也，岂不以手之屈伸、足之进退为快；肌肤之粗糙，筋骨之坚实为硬乎？是属于人类自然之本能，无关艺术之修养者也。且屈伸进退，为用甚简，虽至迅，必有间，人得而乘焉。太极拳之为用，虽亦不离乎屈伸进退，然曲中求直，其象如圜，唯其圜也，为用不拘一方，犹之枪之为用，人知其在颖也；刀之为用，人知其在锋也，非甚简矣乎。若夫圜之为用，则无在无不在也，唯其用之无不在也，故一举动周身俱要轻灵。庶几无习于拳者，难于掌；习于臂者，难于足之病。其迅捷视他拳不可以数字计。拳经载：一处有一处虚实，处处总此一虚实。又谓：一动无有不动，一静无有不静。是可知其一举动为用之繁颐矣！他拳鲜不用断劲者，断而复续，授隙于人。太极拳泯断续之迹，用时随在可断，断而复进，王宗岳谓：‘粘即是走，走即是粘；人不知我，我独知人。’正是于此等处，用力久而后能臻于缜密。试思一举动之为用遍周身，处处皆当详审其虚实所在，则其形于外者，安得不慢乎？”

客曰：“慢之道，得闻命矣。其以无力为多力之说，可得闻乎？”

余曰：“拳术不贵力，而贵劲，不仅太极拳也，一切拳术，则皆然矣。夫人不患无力，特患其力之不能集中耳。力为人所恒有，世固无力之人。一臂之重十斤，能屈伸运动，则一臂具十斤之力矣；一身之重数十斤，未闻其足之不能自举，则足具数十斤之力矣，此为天下至弱者之所同具。但以其为力而非劲也，不能集中一点，以传达于敌人之身，故不足贵。习拳者，在使力化为劲。倘能以十斤之劲，集于手而中于人，人必伤；数十斤之劲，集于足而中于人，人必毙，则亦何患乎力之不多也。他拳之势，掌则为掌，肘则为肘，显然易知。然学者积久成习，尚多有粗疏木强，不能集中其劲以达于敌人者。病在知有力之为力，不知无力之为力也。握拳透爪，啮齿穿龈，自视殊武健，而不知力因此已陷于肩背，徒为他人攻击之借，力虽大何补？太极拳之原则，在化力为劲，尤在能任意集中。用之则行，舍之则藏，无粗疏木强之弊，无屈伸断续之迹。故经曰：‘无气者纯刚。’是不用力也，非不用劲也。”

客曰：“诚如吾子之说，则吾三年来寝馈其中，未尝不慢，未尝用力，何为而不得一当也？”

余曰：“古人缘理以造势，吾人应即势以明理。不知理而徒练势，他拳且不可，况精深博大之太极拳乎？虽寝处其中三十年，亦何益也。”

客曰："然则如何而后可？"

余曰："练体，唯熟读经论，力求体验；练用，则玩索、打手歌，及十三势行功心解，斯亦可矣。"

客曰："是不待吾子之命，曩尝从事于斯矣。论言：由着熟渐悟懂劲，由懂劲阶及神明。吾日习几三十遍，着法不为不熟矣；为时三年，用力不为不久矣，而豁然贯通之效不见，是以疑之。"

余曰："子之所谓着熟者，殆其形于外之进退周旋欤！若能心知其意，虚实分明，则势愈练而意愈缜密。所谓行气如九曲珠，无微不至，则一身之四肢百骸，无在不可以蓄劲，无在不可以发劲。即是随处能走，随处能粘，复安有败退于学他拳才数月者之理？"

客至是恍然若有所悟，曰："虚实无定时、无定位，以意为变化，于理则然矣，施之于事，每苦进退失据，甚且顶抗蛮触于不自觉。双重之病，有若天性使然，避之甚难，吾非不知病在虚实未分明也，触觉未敏锐也。然有时明知其然，而法无可施者，其故亦别有在乎？"

余曰："十三势以中定为主，掤捋挤按十二势为辅。有中定，然后有一切。一切势皆不离乎中定，然后足以言应付。陈品三谓'开阖虚实，即为拳经'。吾人应知无中定，安有开阖。譬之户牖，开阖在枢，枢若动摇，云何开阖？不开不阖，虚实焉求？是可知无中定之虚实，非虚实也。无中定之触觉，犹瞽之视、跛之履，触如不触，觉如不觉也。经曰：'中正安舒'。安舒云者，定之谓也。"

客曰："求中定有道乎？"

余曰："子但知虚实无定时，无定位，以意为变化，而不知每一虚实，皆先有中定，而后有变化。处处有虚实，即处处有中定。盖法无定位，而一切法皆从中定中出，则圣人复起，不易吾言也。法遍周身，中定亦遍周身。然初学者，不足以语此，无已，则求左右开阖之枢，在脊；上下开阖之枢，在腰。先哲所谓‘力由脊发’，所谓‘尾闾正中’，所谓‘气贴背敛入脊骨’，所谓‘顶头悬’，皆明示其枢在脊也；所谓‘腰如车轴’，所谓‘腰为纛’，所谓‘命意源头在腰际’，所谓‘刻刻留心在腰间’，所谓‘主宰于腰’，皆明示其枢在腰也。学者先求得腰脊之中定，然后一切法，乃有中定。非然者，虽童而习之，以至于皓首，犹无益也。十三势歌云：‘若不向此推求去，枉费功夫贻叹息。’呜呼，昔贤悲悯之言，如闻其声矣！”

客闻而再拜曰：“微吾子言，吾虽日读经论，而不得间也，抑更有请者，经言‘气宜鼓荡’，论言‘气沉丹田’，十三势歌言‘气遍身躯不少滞’，十三势行功心解言‘以心行气，以气运身’，其言气者多矣。究竟气以何法使鼓荡、使沉丹田、使遍身躯？心，如何行气？气，如何运身？明知气为此中肝要，然苦无下手处。且丹田在脐以下，今之生理学家，谓‘呼吸以肺不以腹’，横隔膜以下，非呼吸所能达。所谓‘腹部呼吸’者，横膈膜之运动而已，其将以何法使气沉丹田？”

余曰：“善哉问乎。夫人舍呼吸外无气，所谓‘气沉丹田’，即‘意存丹田’也，亦即所谓‘腹内松净气腾然，刻刻留心在腰际’也。习太极拳者，求每势之开阖，势势存心，揆其用意，然后以呼吸附丽于开阖之中。呼为开，吸为阖，各势中有手开阖、足开阖、身开阖、纵横开阖、内外开阖。一开阖即一呼吸，开阖所在，即意所在，亦即呼吸所在。习之既久，自然气遍周身。下手之功在呼吸，成就玄妙不思议之功，亦在呼吸。行功心解中，谓‘能呼吸，而后能灵活者’，此也。”

客曰：“读太极拳经论者多矣，果能心领神会，事理无碍者，实未易多觏。吾子曷书适所论列者，以昭式来兹，或亦足为研习此道者解惑之一助欤？”

余曰：“唯湖南国术训练所太极拳教官吴雨亭君，能传其父鉴泉先生之术，有声于时，并为诸生编《太极拳讲义》，以视常世仅注图解，毫无当于精义，或摭拾五行八卦与艺术无关之艰深易理诸著作，自有天壤之别。责序于余，余久悲此道之难有正知见也，与客适所论列，复为吴著所不详，故书以归之，是为序。”

民国二十四年六月

拳术传薪录

吾年十七渡日本，与吾师王志群先生居密迩。湘人汤松、何陶等，慕吾师拳技，约壮健而热心研练者七八辈，赁屋于市外大久保，每于星期三、六及星期日，抨击其中。吾师苦道远，车行岑寂，每强吾与偕。其时吾不喜技，且体魄荏弱，殊无研习之意。然目染渐久，依样葫芦，亦颇能模仿其手足之来去。吾师欣然曰："若辈意志虽强，而体魄苦限于天赋，皆不及汝敏捷也，曷从事焉?"少年喜誉，闻师言，意少动，课余辄于室后小院中，腾击少许时。

一月后，渐生研练之兴味，遂于早夜专习之。又三月，兴味更浓，行旅坐卧，皆不忘研练矣！而汤松、何陶辈，早已辍练，师乃得以技一意授吾。兹篇所记，悉出吾师口授，惜当时未尝笔记，迄今追忆，已遗忘十之三四，然即此已足为研练拳技者之借镜。第随忆随录，因难次序，阅者谅焉。

王师曰："习技者，每喜戏较，此是习技家大毛病。久而久之，出手必不老辣，临敌只在抵隙，敌虽有隙可乘，而出手太嫩，不能创之，则敌已抵吾隙矣！故曰'一硬不破，一快不破，硬在快先'，即含出手须老辣之意。"

对打非戏较也，习技不可不习对打，对打首在练眼，眼不经练，非特看敌人劲路不明，临阵失败，全坏在眼上。手足不对练，弊只在进退无标准，出手无把握，果能独练功深，此弊自然无有，唯眼则非单纯地独练，所能竟功。

对打时眼光易准，因有一定之手法，如何攻，如何守，不能移易。临敌与对打之手法，完全不同。对打有接手，且出手多留顿不收；临敌则接手、留手，俱为败着。故对打之意，专在练眼，手足不过能惜此引活劲路而已。

现今练拳术者，绝少真功夫。即享大名之老拳师，计其平生苦练不间断之时期，至多不过三年，动以数十年功夫眩于人者，欺人之谈也。果能苦练三年五载，在拳术范围中，无艺不臻绝顶。

练拳尚工劲，搬石、掇担（名仙人担，以二石饼，贯竹两端），能增加气力，非劲也！力愈大，劲愈少，去拳术功夫愈远。

空气之抵抗力无穷，故工劲以空气为练具。

练劲须知一“催”字，上部以肩催肘，以肘催手；下部以腿催膝，以膝催足，知此即知手足之劲路。

世人言拳术派别，动谓南拳北腿，一若南人皆不善用腿者，此殊不然。南拳中用腿者极多，唯用明尖者少。踢腿过头额者为明尖。用暗铲、踩子脚、连环拐、鸳鸯拐者多。北人虽善用明尖，然与善南拳者角，每以明尖失败。盖明尖之难用，几成拳术中之败手。凡能以明尖制胜者，即不用明尖，亦能取胜人。而至为人明尖所中，则其眼光、身手，必并逃躲而不之知者。明尖之用，便于群斗，因群斗必多笨汉，若一一挥拳击之，则其跌不远，其创不深，退而复集，必为所窘。腿之劲，较拳必倍，笨汉既不知躲闪，而群斗尤妨碍其腾挪，故击无不中，中无不创深跌远，无复战斗之力。其未受击者见之，亦必股栗而退。

手足吞吐之劲必同等，例如以五十磅之劲打出，亦以五十磅之劲收回。吞吐劲不相等，病在迟缓，故敌人得接其手而还击之。

快由于有劲，无劲必不能快。吞吐之劲相等，则无留顿不收之弊，故非但不能接，且有时受伤，尚不知手之来路。故对打有接手，临敌万不可接人手也。

临敌全恃两眼，两眼唯注敌人之肩，不可他瞬。敌左肩向后动，必出右手；右肩动，必出左手。用腿时，肩必下沉，或后仰，此为不可移易之表示。唯个人练习时，两目须注视自己出手之的，疾徐高下随之。手眼不合，是大毛病。

练拳式（即整躺之拳）与拆练散手不同，拳式中之手法，不必手手能致用，故练时，心中毋庸假想一敌；拆练散手，则非有假想敌不可。

练拳式之目的有四：一在调匀气分；二在活动身手；三在习惯持久；四在发舒筋肉，而致用不与焉。

致用非拆练散手不可，拆练之散手，虽从拳式中化出，然不拆练，则终年打拳，亦不过于熟中生巧，心领神会其一二手之运用而已，决不能得全式中之变化也。

拳式中，掌则明示其为掌，拳则明示其为拳，及攻守之部位，皆表露于外。无一手不能一望而知其来去者，必非高妙之拳式。

我辈生当武器发达至极点之今日，练拳决无专练一部分之理。前人多有铁头、铁臂、铁腿之称，皆是专练一部分者。违反生理，不足为训，即其成功，亦甚容易。金钟罩、铁布衫诸艺，虽不专练一部分，然其闭塞周身毛孔，改换肠胃，使四肢百骸，成为机械的作用，尤有妨害生理，且与拳术无涉也。

湖南辰、永、郴、桂各州，皆崇尚气功（俗称蔽桶子，湘人俗呼身体为桶子），其成功亦与金钟罩、铁布衫相等，同一无关于拳术也。但能受人击，而不能击人，则亦何取于拳术哉！

拳有五合，无论南北派、阴阳劲、内外家，胥不出此范围。五合是由心与眼合、眼与手合、肩与腰合、肘与膝合、手与足合。手进足不进，不可也；足进手不进，亦不可也。其弊在嫩，肘膝不对，则劲路反戾；肩腰不合，则劲不过三（肩肘手为三关，劲由肩条达于手，必过三关，始能及于敌人之身）。不过三，则手虽及敌，不能创之。拳术家有“送肩”之说，即肩腰相合，以腰送肩、以肩送手也。五合有谓心与意合、眼与心合、手与眼合、肩与腰合、腰与腿合者，大旨略同，唯强分心意，殊属无谓，而不言肘膝，亦是缺点。

拳术中亦有气功，但非蔽桶子之气功。蔽桶子之气功，亦名“蛤蟆功”，亦名“蛤蟆劲”。拳术中之气功，专在调匀气分，有嘘、唏、咳三种，微类道家之吐纳，及日人北里博士川合春充等之呼吸，与拳术有密切之关系者也。

练拳不练功劲，终身无大成之望。功劲之种类甚多，唯闭气不呼吸者，万不可用。

人身之关键，上部在齿，下部在谷道。故上部用劲，非牙关紧闭不可；下部用劲，非谷紧闭不可。两关不紧，则百骸松懈。体魄强健，性质坚毅之人，行走坐卧，齿牙无不凑合；怠情者，则随时随地，张口若待哺然。

对打最好与所从学之师行之，进步较与同学者倍蓰。但对打之手，亦非临敌之手，其效用已于前言之矣。

赤手与持刀之人角，多用腿飞击敌腕，使其刀脱手飞去，此法极险而极笨，万不可尝试。苟能自信飞腿击之，确有把握，则非敌为无能之辈，必己之艺，已臻绝顶。然彼己之艺，既相去悬远，则亦安用踢去其刀，而后能之胜哉！

不善用械者，不如徒手，不拘何种手法，皆足破之。即技艺同等，赤手与持械者角，亦不必持械者占优势，但视双方之进退便捷如何耳！世无以械挡械之手法，故赤手与持械之分别，只在长短之间。所谓“拳打开，棍打拢”，即是截长补短之意。

己艺无把握者，见敌持白光射目之利刃，已自胆怯；又见其闪闪连劈而进，心益慌乱不知所措，胜负之数，乃不待交绥矣。

艺高人胆大，胆生于艺，固为不易之言，然养气亦为拳术家要着，气盛可抵五成艺。

能养气，自沉着，其人艺即绝佳。苟其气不盛，置之万人集视之场，或王侯庄严之地，令其奏演平生技艺，必手慌足乱，非复平昔从容之态。故秦人武阳平日睚眦杀人，非不有艺，非不有胆，而一至秦廷，睹宫殿之嵯峨，朝仪之严整，即战栗变色，不能自支。

理直者气壮，故鸿门之宴，哙能瞧羽，羽自惭理屈也。宁羽之气，不盛于哙哉！

拳术家临敌，有发声大喝者，亦以气慑人之意，与练习时声喝不同。练时之喝有两用：一舒肺气；一送劲过三。然只阳劲拳中有之，阴劲拳不取此法。阴劲拳与人角及练习，皆绝无声息，故轻妙可喜也。

阳劲喜“响脚”，阴劲喜“猴胸”，皆有妨生理，但亦多系练者过火，一若非此不足表示其派别，而引人注意者。表示愈甚，弊害愈多。故治阴劲者，十九伛偻消瘦，形若病夫，其肺气不舒，四肢卷曲故也；治阳劲者，则多患脑病，思想记忆力，渐生障碍，因响脚震伤脑海也。

阴劲猴胸之用，在不以胸当敌，而临阵时，每利用猴胸，以创敌劈胸打来之掌腕。且阴劲手法，多走小门，猴胸则转折较便，避敌较捷，故习阴劲，有不能不用猴胸者。至于阳劲，则响脚除自壮声威而外，绝无用意。学者多不明理解，但务虚表，每以不响脚者，为无精采。教者为迎合学者心理，遂强自顿地作声，可笑也已。吾乡有拳师王春林者，习江西派字门拳，造诣颇深，只以吾乡俗尚阳劲，从习者少。王迫于衣食，乃以意改字门拳为响脚挺胸之法，现吾乡尚有此种不阴不阳之拳术。

邬家拳至湘潭，未三年，而湘潭原有龙门家之麒麟、八卦等拳，全受淘汰。邬家拳亦阴劲中之一种，与江西字门拳，无优劣之可言也。龙门家拳流于湘潭，年代虽不可考，然已有百数十年之历史，则信而有征。湘潭之老幼男女，无不知拳术，有所谓“龙门家”者，其势力可知矣！邬把式竟能以猴胸短肋之阴劲拳，取而代之。未及十年，湘潭之人有不练，练必为邬家拳矣。王春林技不及邬，故遂同化。但邬家拳万不可学，学久必成废人，因邬得名于其足既断之后（龙门家忌邬授，而无力以创之，遂设宴招邬。邬居隔河，宴毕龙门家父子五人，自操舟送之。及中流，群起扑邬，舟隘不能转侧，又不善泅，遂为所窘，断其一足。邬哀求舁至家，龙门家父子，谓其足既废，当不复有为，许之。才及陆，邬两手俱发，舁手二人立倒地毙；舁足之一人亦重伤；余二人疾逃始免。邬足虽废，而授徒自若，所授技，转较前毒辣）由靠丁步变喜鹊步。靠丁步已无益于体育，况无变换之喜鹊步哉！（昔年军队中用藤牌者，必善喜鹊步，以左右足迭跃而前，故有变换）邬家拳之用靠丁步者，为初至湘时所传，许八十一手，阴劲中不可多之拳式也。

尝有少年，于未习拳术时，与人斗辄胜；习拳数月，转败于前此斗败之人，因咎其师传之妄；而为其师者，亦无辞以自解。王志群曰：“即此可证拳术之尚养气也。其人未习拳时，正如初生之犊，不知虎之可畏，一往直前之勇气，每足慑人；既习拳数月，新步未得，故步已失，情知寻常手法，破绽过多，而欲求一必胜人之手，又卒不可得，故反觉无手可用。又未习拳时，胜负无关于声誉；既习拳，则求胜之心必切，得失之念乱于中，运用之法穷于外，欲其不败得乎？”

练拳须一手是一手，吞吐要快，连续不妨略缓，不能如写草字之牵连不断也。

不论阴阳劲、内外家，皆尚自然之劲，不可作意安排。作意安排，非但力尽陷于肩背，拳术亦无成功之望，且渐久必成肺病，浸为废人。

临敌全赖后手来得快。后手者，即接连而进之第二手、第三手，以至于无穷之手也。来得快，则救得急，虽有败手，亦一闪而过，敌无可乘也。

普通拳术家，不问其技之至于何等，必有二三手惯用之手法。其惯用者，为何种手法，最易窥探。盖拳术家与人言技，多喜举手作势，而所举之势，必其平生惯用者，屡试不爽。

形意、太极、八卦等拳，在北方盛行一时。北方之拳术家，无不言形意、太极者，然能得其三昧者绝少。练形意、太极，不到成功之候，与人角，几无一手可用。单边长手之拳，非至炉火纯青，矜平燥、释之度，不能言与人角也。

双拳双掌，在拳术中为极笨、极无用之手法，南方之练步拳中多用之（练步拳有大练、小练等名），不但因其以胸当敌，为不可用也，两手同出，最违反劲路，不如单拳单手多多矣。

拳式中，皆有其主要之手法，学者不可不知。其主要者，必其应用最灵，变化为多者也。阳劲胜阴劲处，在走红门，直截了当，独来独往，气已辟易千人。阴劲主旨，虽在以柔克刚，然每以气力不胜（平声），能避锋而不能克敌。故习阴劲者，多专练一部分毒辣之手，如钉锥（即屈食指戳栗暴）、蜂针（戟食指戳人）、虎爪（亦名五爪劲）、铁扇帚（用掌背击）等，专走小门，攻人要害。有不着，着即戕贼人肢体，使人不复有抵抗之力。

北方拳术家角技，每有角至二三百手，不分胜负者；若南方之拳术家相角，则一二手，多亦不过五六手。势均力敌者，不互中要害，即相揪相扭，同时力竭罢角；或重整旗鼓，相与复角，曾未有角至若干手，尚不分胜负者，此其分别之点。在北拳尚气劲，南拳尚技巧。北拳相角时，多一立东南隅，一立西北隅，彼此一声喊，各施门户，或一步一步互相逼近，及手足既交，一两手后，复各惊退数步，或各向右方斜走，一至东北，一至西南，再同时折身逼近。手足相交后，亦只一两手即各惊退，此一交即为一合。如此或数十合，或数百合，但视角者功力如何为差。苟非相去悬绝，则无不经数十合，始分胜负者。此尚是枪炮未发明以前，以长戈大戟决胜疆场之斗法。盖上阵必贯甲，出手较钝，又多系骑马，究不能如步行便捷，故一击或一刺不中，必催马斜走，伺机复击复刺，不能立住死斗，因此有数十合、数百合不分胜负者。南拳则不然，纯以技巧胜，功夫不到者无论矣；有功夫者，其气劲不必惊人，然出手必能创敌。角时多不施展门户，临时落马，意到手随，每有胜负之分，非特旁观者，不知所以制胜之道；即被创之人，亦多不明敌手来去之路。

易筋经、八段锦等功夫，持之有恒，能长无穷之力，但此种力，非拳术家所需要。

达摩非拳术家，今之言武术者，动称少林，而少林又尊奉达摩，一若达摩于武术，无所不精，无技非其所创造者。少林拳术、少林棍法，皆久已有人著为专书，其假托与穿凿附会之迹，今阅者肤栗三日。近年复有所谓达摩剑者，亦成专书，刊行于世，是达摩又多一门本领矣！

湖南凤凰厅，民俗强悍，善武术者相遇，每以技决生死。其决斗之法，凭地绅立死不责偿之约，择广场列衬于旁。初以徒手相角，任人观览，死者即纳衬中，随时埋掩；而群致贺于角胜者之家，胜者出酒食相飨，乐乃无艺。死者家族，无怨言、无怨色，但自咎死者之无能而已。若徒手不能决胜负，则各持利刃，对立互砍，一递一刀，不能闪让，血流被体不顾也。弱者经数刀，即倒地不能复砍；

强者每互砍至五六十刀，遍体皆为刀裂，犹挥刀不已。有寇某者，曾与人决斗至十四次，多至互砍七十刀，但其人血流过多，年未四十，已衰萎而死。民国成立后，此种野蛮风习，已经官厅禁止。

秦鹤奇先生，上海人，知者无不称其拳艺绝伦，余恨无识荆之缘，未得一聆伟论。有友告余曰："秦先生与霍大力士俊卿友善，尝语霍曰：'君右手、右足之功力，诚不可当。但君不宜多怒，尤不可以全力击人，防自伤内部也。'霍极以为然，而侧闻者不解所谓，先生曰：'霍君手足之功，因其好胜一念，成之过速，右手实劲过八百斤，右足更在千斤以外，而内劲不及其半，安可以全力击人也?'闻者仍不省。"王志群曰："是真知技者之言也。譬之战舰，吨量小者，必不能载口径过大之炮，谓'体小不胜震'也。今之练拳者，每多专练一部分，即成功如霍公，犹有自伤之惧，况不可期耶！是足资治技者憬悟矣。"

拳式中每有手足齐出之手法，南拳中尚少，北拳中则数见不鲜。甚至双拳或双掌，加以明尖，而习者犹自诩为绝妙之手法，以为三者齐出，敌无招架之方。殊不知此种手法在拳术中，为绝无意识之动作，于理、法、实用三者，胥无所取义，乃全无拳术知识者所意造。拳式中有此种动作，羼杂其间，则全式无一顾之价值，可断言也。或者曰："拳式之构造，其意不在手手能打人，不过为引活劲路，锻炼手足而已。此种手法，练习既久，能使一足独立不摇，而子何诋诬之甚也?"志群笑曰："拳术中哪一手不是引活劲路，锻炼手足？但劲路既云引活，则违反劲路之手，自不能用。此种手法，乃是牵掣劲路，使不得条达于四肢，与力学、生理，皆相背驰，安望其能锻炼手足也！且下部之稳实与否，全视其足劲如何，以为比例，两足有劲，气能纳注丹田，则下部未有不稳实者；一足矗立，不提肛（即闭谷道），不叠肚（即气注丹田），下部决无稳实之可能。明尖之不可用，亦即此理。盖用明尖时，立地之一足，不能屈曲。不屈曲，则肛不提，肚不迭，故用明尖必于敌退步或转小门时，乘其步马动乱，奋足一击，敌乃无腾挪或接击之余地。从未有决斗伊始，或敌步未动时，即以明尖击人者。踩子脚、暗铲等之能百无一失，即在落马先稳下部，而发出之脚，又去势不远，发以全力，收以全力，故中能创敌，不中亦已反客为主，早留第二发之地步。然用脚则脚，用手则手，虽已落马，亦无手足俱发之理，况一脚矗立不落马者耶？其无用之程度，尚不得称为败手，直一无意识之动作耳！万不可用，万不可用！”

拳式中凡有丁字步者，皆可用足。盖丁字步本为半步，踩子脚、暗铲、溜步、赶步等等，无不从丁字步化出。靠丁步亦可用踩子脚、连环拐、暗铲，但须坐前脚，发后脚，于敌穿小门时，百发不失一。唯溜步、赶步，则不能用之也。

敌来势过猛，即退让一步，坐实前脚，发后脚迎击，每能反客为主。此种关头所用之脚，多系从靠丁步化出。

江西派字门拳中，有所谓“圆”字者，理法实用俱妙，与阳劲拳中之“穿连手”略相似，而灵巧过之。惜近时学者，于穿时多不带胳膊，不转胸只穿手腕一节，是大毛病。由大门转小门固用穿，由小门转大门亦可用穿，不带胳膊、不转胸，则敌手只须略硬，或略沉或略起，或后足向空方稍移，皆能顿易主客之势，而穿者反授胸于敌，以供其冲击也。盖穿者转一尺，当者只须转一寸，故以红门手（即大门）击转侧门（即小门）者，无不后发先至，其势然也。若穿者带胳膊转胸，则不至脱桥，而主客同一形势矣！主客形势既同，不必硬者占胜，胜利当属之识松紧者。来手无论硬至何等，若自度不能胜（平声），只须略松手势，将锋头避过，随将脚跟一定，牙关一紧，以全力乘其旧力已过，新力未发，无不克敌制胜者，此谓之“借力打力”。

练拳气喘色变，其故即在不识松紧，从首至尾，握固不肯放松半点，自以为孔武多力，其实拳愈练，而力愈陷，气喘色变，特其显于外之征候也。凝神集气，一手是一手，全身之劲但注于一击之中。手既打出，立须松放，则虽连演数十百次，亦必行所无事，安有喘气变色之患哉！

拳术中有所谓“重拳法”者，湖南人练者颇多，能碎数寸厚石板，见者多疑为邪术，实非邪术也。其练习之法，于午夜趺坐井畔，爇香于前，念清心咒一句，运臂挥拳向井中一击；念百遍，挥击千余拳。如是者不辍月余，拳下自能激井中，殷殷成声。又月余，水深丈许者，随拳荡动，更月余而功成矣！此非邪术，乃渐进之功也。然其成功只在一部分，故非内功先成者，虽成功亦不免有自伤内部之惧。

红砂手亦非邪术，是练成之药砂，亦暗器之类也。与人角时，必抢上风，否则不能施放，与拳术毫无关涉。乡村拳师多用之者，因己无实力，虑角时不能胜人，又不善用其他暗器，故以此药，因风迷人双眼，而一任其攻击也。此为极不道德之举，不足效法。

拳术中最平庸者为单掌，而最适用者亦为单掌，唯单掌能跌人于数步之外，能破人一切手。单掌之变化极多，敌来手低，则沉而后掌，高则托而后掌，左则闭而后掌，右则分而后掌，凡中上部之手，无不可以掌接击之也。

龙头手，狮子大张口（亦名虚实手），皆从双掌化出，极适于用，因虚实相倚，奇正相生也。唯未经变化之双掌，万不可用，无虚实、无奇正，弊害百出，以单掌破之，绝无变化抵抗之余力。

拳术必须口授，图说虽详，只足供学者参考，不能恃为入手之圭臬也。拳术非柔软体操可比。柔软体操无变化，拳术之妙，全在变化；运用动路，只在分寸之间。口授犹时有辞不能达之处，宁笔墨所能尽之？至于点穴，尤差之毫厘，失之千里，岂草率不备具之图，所能标举，而使读者运用无讹乎？人身要害之处，有最简单而最明了之观验法。以己之拇指从心窝量起，上下左右与中指距离之处，皆为要害；复从中指起量，与拇指距离之处，亦皆为要害。但此限于头部及前后胸背，四肢无死穴也，仅能阻遏血脉，使人麻木，失其神经作用。至言以一二指点人四肢之一部，即能使人立死，非魔术则欺人之谈矣！

村拳师秘藏之人身穴道图说，所标举即不谬妄，学者亦不能对本实施，而行之有效。书中虽有注明某穴用阳手，某穴用阴手，及用一指镖或二指镖，或三四指镖者，然学者内功未成，安能附劲于一指之颠，透人筋络？至于伤科药方，尤乖医理，每有一方多至五六十味者，而其中性质相反之药，时相并列。且伤科药方中，无不喜用极毒烈不常用之药剂，以人命为儿戏，莫其于此。

点穴之术，非深明生理学者，所言类多谬妄。今之拳术家，辄言能点穴，此欺世骇俗之谈也。世人举数，多喜言三十六、七十二，合之为一百零八。而言穴道者，亦遂谓人身有三十六死穴，七十二活穴，合之周身有一百零八穴。此种绝无根据之谈，稍有知识者，闻之冷齿。村拳师授徒，无不秘藏二钞本，以欺罔学者。二钞本为何？一人身穴道图说；一伤科药方。虽人各异其传，然自夸得之某某名人，或传自某某异人，则皆同其词也。

余初得从村拳师许，睹此类钞本，殊自惊为异数，以为如此不传之秘诀，非拳师雅重余者，安肯推诚相示？因其中文句，多不可通，不能强记，遂殷勤乞得，誊录一过，亦秘而藏之，不轻以示人也。是后每值其他村拳师，必以言探其有无秘藏此类钞本，始皆笑不肯承，以利欣动之，则故踌躇作态，强而后可。及其出以相示，类多德色，内容或详或略，而其文句之不可通，标举之绝无根据，药方之全无理由，千篇一律。以意义还叩之村拳师，或不能答，或答以玄虚不切事理之言，非吝不肯告，实不能以其昏昏，使人昭昭也。

拳术家每侈言，某手非某手不能破，此欺人之谈，绝无其事也。唯硬不破，唯快不破，硬中须有软，既快贵能稳，则真不破耳。出手如风驰电掣，胜负分乎瞬息之间，宁有丝毫措思余暇？敌手未动，我无由预测其将出何手，而预为破之之手以待；敌手已动，则我纵眼明手快，亦不能立判其为某手，而我非某手不能破之也。且凡手法之佳者，其变化必多，世未有施用某手不能创敌，犹频频施用之也，尤未有出手不收，以待敌人之接击也。村拳师授徒，不明理解，每好为似是而实非之言，以耸人听，以取多资，故有此类说法。为其徒者，安有判别虚诬之识？如是某手不能破某手之说，几成为拳术家之公例，其眯目无识，为可笑矣！

动手先落马，出手必送肩，落马则肛自上提，气自下注。下部一稳，则全身之劲，自能贯注于肩背，由肩背达之打出之肘腕，故曰“出必送肩”也。

善拳术者，不必善纵跳。善纵跳者，亦不必善拳术。纵跳本另是一途功夫，与拳术全无关涉，今人论拳，每混合二者而言，以为善纵跳者即拳术家，而拳术家亦无不善纵跳者。霍元甲拳名满天下，绝不能纵跳。赵玉堂能一跃登三丈高屋梁，亦绝不能拳，此其明证也。纵跳只在身轻，身轻由于脚有力，其用功之道，不与练拳者同其蹊径，谓纵跳与拳艺同属于武术则可；谓纵跳属于拳艺，则不可也。

拳式中有所谓“九滚十八跌”，及“林冲下山”“贵妃醉酒”诸式，全用扑、跌、蹲、滚，说者为此类拳式，善能败中求胜，为练拳者不可不知、不可不能之身手。呜呼！为斯言者，殆不知拳术为何物者也。拳术家以技与人角，其败中转胜之手法，每出于意外，有一不可有二，即其本人，亦不能以此手法，为第二次之施用。如棍术中之“铁牛耕地”，全为败中转胜之棍法。然学棍者，虽与人角至百次败至百次，亦决无施用“铁牛耕地”之时也。借以上所举拳式，为练习使身体敏活之用，未尝不可，然在拳术中，已落下乘；至欲用其手法以临敌，则恐终其身与人角，日在败中而无求胜之机也。

人之右手，每较左手便捷，如是练拳者，多专练左手，以图补救此天然之缺憾。但左手练硬后，右手之便捷复逊。世无两手完全同等者，此实无关于拳术之程度，即能练至两手完全同等，用时亦无两手同施之理。双手不如单手，与双刀不如单刀，双剑不如单剑之理正同，学者殊不必以左手硬逊右手为病也。

低马拳式与高马拳式之比较，低马拳式，利于实力不足之人，短手容易上劲，又出手多走小门，故练低马拳式者，半年、三五月后，即能应用；高马拳式，则非实力充足之人，加以一二年之苦练，几无一手可用。然及其成功，高马拳较低马拳简捷多多矣！

沉托劲在阳劲拳中，用处极多，以其利于抢红门也。阴劲拳则多喜用分闭劲，若字门拳中之内圆、外圆，则又沉托而兼分闭者矣。江西有某老拳师者，善字门拳，由“圆”字变化一手，名为“蝴蝶手”，极运用之神化。敌手一为其手所着，即如胶粘不可脱，敌进则退，敌退则进，其柔殆类蛛网，终其身无能破之者。安徽有饶某者，业窑，人遂称为“窑师傅”，喜治技，善侧掌中人，因其所业，恒须以掌范泥也。雄视一乡，村拳师惮其勇，莫敢与较，然皆恶其慢也。会有凤阳女子，鬻技于其地，虽纤弱而矫捷如飞鸟，村拳师谓其能在饶上，设词激饶往角，实欲因以创饶。饶负气往，女腾一足，饶侧掌击之，断其踝，女遂倾扑，狼狈遁去，饶声誉益振。无何，复一凤阳女，访饶于其居室，适饶他往，饶家饲家鸡十余头，女尽系之以去。行时顾饶家人曰："此去里许有雷祖殿者，余将迟饶于彼。一日不至，则宰食一鸡。"饶归闻语，将往惧不胜，不往则损名且失鸡，不得已阳为力人往。至则见有女年可二十，姿容娟好，趺坐阶际，连鸡置于左右。饶径前语曰："吾窑师傅之力人也。彼适不得间，命吾且将鸡去。"言已趋攫鸡，但觉有物中股际，即扑跌寻丈外。饶茫然不知致扑之由，知不敌，踉跄而归，焦急无可为计。饶有长年雇工名张老者，年已六十余矣，以力佣于饶且二十年，饶固以寻常力人遇之者。至是张老见饶环室而行，若重有忧者，乃请曰："君得毋虑凤阳女难胜，而鸡不得返乎？"饶曰："然！"因言跌时情状。张老笑曰："吾将为君往索鸡，得则君居其名；不得，于君无与也。"饶恚曰："奈何诳我？吾且见败，若奚往焉？"张老曰："吾固言不得于子无与也。"饶终疑之，然计无所出，姑允偕往。女仍趺坐如前，张不语，突前取鸡，女自裙底飞一足出，张提而投之。女骇请姓氏，张自指其面曰："吾窑师傅也。"女拜手谢教去。饶伏地不起曰："与公同寝馈近二十年，竟不知公身怀绝世之艺，谨请属为弟子。"张欣然受之，授以技术。越三载，而前鬻技之凤阳女至，指名索饶。饶与较，三数合后，女复腾足，饶以左手把持之，女立地之足亦发，饶以右手接之，女身中悬不偏颇。饶知为劲敌，作势远投，女着地大笑而去。饶归面张陈述，张惊曰："汝伤重矣，久且不治。"饶曰："弟子未尝败，胡言伤重？"张命饶袖示其胸，则两乳旁各有黑点如钱大，始骇服，泣请医治。张曰："汝投时不应缩手作势，彼足距汝胸仅及寸，缩手即为所中，其势然也。彼等之舄头，皆附以铁，一着即伤，无可幸免。喜伤处非要害，若上下寸许，则无可为矣。"

观饶某之受伤于不自觉，可以知拳术之难矣！使当日其师不在侧，则饶某将至死不晤其死于艺之疏也。拳术家以技与人角，因伤致死，而不知所以杀身之故者，不知凡几。故俞大猷曰："视不能如能，生疏莫临敌。"凡百艺术，皆有竞争角胜之时，唯以武术与人角胜，则动辄孤注性命。真有能耐者，不轻与人言技，即惧因名而招来角者也。长沙陈雅田，善技享重名，来访者尝不远数千里，晚年益甚。陈患之，每辞以他出，而阴瞰其人，艺皆出己上者，因益自韬匿，遂得终身不败于人。

拳师与人角技，每喜于数步外，两手上下连环旋舞而进。来势一若极凶猛之致，功夫不纯熟者遇之，无不辟易。其实破之极易，自己手硬者，直走红门冲击之，彼旋舞之手，着手无不披靡者。若自料不能硬进，只后脚略横半步，即是直来横受之道，彼旋舞之手，亦无所施矣。须知两手上下旋舞，着人必不入木，无避让之必要也。

余于长沙组织国技学会时，延聘各地武术家，前后以百计，虽艺有高下，然其谈论技术时，莫不神色飞舞，有不可一世之概。若第就其外表观之，皆万夫之雄也。湘潭曾阴甫，年四十余，以拳术享重名。凡鬻技于湘潭者，无敢不先投谒其门。非然者，即真有能亦无可得赀，因是曾之声誉益隆而究无有知其技至何等者。余以六十金招致之，居会中将一月，与他拳师言，恒傲岸不为礼，人多衔之，屡欲与角，余虑俱伤，力为排解。曾知不见于众，亦兴辞去。

曾行之前一夕，余治食祖之。曾半醉，欣然语余曰："吾有妙手，当于再会时出以相示。此次虽聚首一月，实未得尽吾长也。"余时亦被酒，乃笑曰："君手皆妙，复何手之能独妙也？"曾曰："妙在能倒人。"余曰："君手皆能倒人，此何手而特妙也，尚劲者乎？尚快者乎？"曾曰："尚劲与快，始能倒人，则不得云妙矣。"余曰："是则神术也？"曾曰："否。"余推案而起曰："不劲不快，亦非神术，余敢必其无此妙手，曷请相示？但得倒余无所忤。"他拳师从而和之，曾色挠，志群师力止余，曾愧恧即夕遁去。拳师以此术弋赀者，十人而八九，不曰有秘密之传，即谓有神妙之手。学者求艺心切，无不入其术中，其实皆诈欺取财者也。拳理既通，安有所谓秘密，安有所谓神妙？拳理不通，何手不能谓之秘密，何手不能谓之神妙？且学技者，贵得其道而力持之，功夫既深，神化自出，父不能传子，兄不能传之弟，宁可货而得之者！

拳术相关短篇

我研究拳脚之实地练习

我十三四岁的时候就极欢喜研究拳脚。离我家五十里以内的拳教师，凡是负些儿声望的，没一个不曾指点过我三拳两脚：硬门、软门、阴劲、阳劲，杂凑了三四年；到一十七岁便从王志群先生学习。俗语说得好，学打三年轻。就是说初学打的时候，喜轻易和人动手的意思。不过我虽从拳师学打，却从来不曾轻易和人动过手。什么道理呢？一则因家里约束得严，没养成骄慢的习性；二则王志群先生原是一个温文尔雅的博学君子，一面教我就一面告诫我道："在于今武器发达到了极点的时代，研究拳脚的目的不应在打人。若想学会了拳脚去打人，不仅打不着人，并是第一个讨打的幌子。"连带地还说了许多不能轻易和人交手的理由给我听，所以我在研究的时期中，绝没有实地的练习。后来年事稍长，交游中常遇着有曾研究拳脚的朋友，每酒酣耳热时，有要和我较量两下的，我也未尝不有些手痒痒的，想试验试验，看几年来所研究的，用得着用不着。无奈有两个念头横亘胸中，每次使我不能出手。哪两个念头呢？一个是好胜的念头，只因要强的心思太切，自己研究的拳脚平生不曾实地练习过，心中没有把握，恐怕打不过人家，坍台丢脸，甚且受伤。一个是拳脚的念头，较量拳脚不像打弹子下围棋，胜负无大关系，学拳脚的有几句师承话，如"一要学，二要练，三要打人心不善"，"动手不容情，容情不动手"，"不是你死，便是我死；不是鱼死，就是网破”，“打得一拳开，免得百拳来”，“黄包袱上了背，打死不流泪”一类的话，差不多成了武术家的格言。虽说是朋友要好，不妨玩玩，但动手既关碍着声誉，更关碍着性命，岂同儿戏？自己打不过受了伤，固是没趣；就是我比人强，把一个好好的朋友无端地打伤了，又有什么趣味咧？因此尽管有实地练习的机会，总是为这两个念头所阻止，使我不能出手。

直到二十四岁以后才渐渐地得着实地练习的时机了。然第一次的实地练习，就险些儿送了我和一个至好朋友的性命。在当时不觉怎么，于今事后思量起来，实令人不寒而栗。一事一事地写出来，也可使和我同好的青年，看了做个鉴戒，并可以见得学会了拳脚，用之得当，确能救困扶危；用之不得当，就枉送了性命。到了要紧的关头，便能按捺住火性，审察审察。

第一次是宣统三年三月，我和同练拳脚的程作民到平江县属的高桥地方去看做茶。高桥是一个有名的茶市。平江是产茶的县份，而每年出口的茶，高桥一市所制的总得占全额的十分之四。因高桥地方的位置，又靠山又靠水，茶叶出进，都极便利。每年三月间开市，远近来选茶的男女，老的少的，村的俏的，足有一万多人。趁这茶市谋生活的小卖商人，各种各类凑起来，也在一千人以上。一个小小的市镇中，陡增了这么多人，其热闹之不寻常，自不用说了。程作民的家离高桥不过十五里。我这年二月，从日本回家。程君听说我回了，就写信约我到他家去。信中并说高桥茶市已开了，到他家正好同去玩玩。我只知道高桥茶市热闹，却不曾去看过，当下就兴高采烈地赴程君的约。这时程君的拳脚功夫，在我二三倍以上。两膀足有三百斤实力，大水牛向他冲来，他敢挡住去路，伸手捞住两只牛角，不提防牛角太长，开叉得太宽，来势又太猛，左手不曾抓牢，那牛把头一偏直冲到程君的胸脯。程君能不慌不忙的，右脚向旁边踏进一步，左手朝牛颈，右手朝牛腹，一个顺水推舟的手法，将那水牛推跌五六尺以外，半晌爬不起来。

程君和我二三年不曾见面了，见面自甚欢喜。程君见我穿着洋服，便向我说：“乡下穿洋服的很少，茶市中都是无知识的人，若见你穿着这样的衣服，又没有辫发，或者把你认作东洋人。三五成群的小孩子跟在后面，冷嘲热骂，计较不好，不计较也不好。”我说：“不错，不过我才从日本回来，不久又得去。说起来见笑，我竟没有可穿的中国衣服。”程君道：“不嫌坏，我有，你我身体的大小长短相当，正可穿得。”那时一连下了好几日春雨，虽在三月，天气很凉。程君拿了一件菜青花缎薄棉袍，玄青素缎夹马褂，给我更换了。只头上的中折呢帽和脚下的漆皮鞋，程君也说可以不换。

这日很早地吃了早饭，二人就步行向高桥进发。一路闲谈着行走，十五里路只一点多钟便到了。程君引着我到几个茶厂里都胡乱看了看，就在饭店里买吃了午饭，打算再闲游一会儿便是同赋归欤了。二人走到一个草坪里，草坪两边接连摆着许多做小买卖的挑子，中间留出一条五六尺宽的道路，这条路有十来丈长。我们走了一半，忽迎面来了一人，肩上挑着一担收字纸的簸篓，又高又大。程君在前，向右边避让。挑字纸篓的过去了，仍提脚向前走。没提防我退步避让的时候，一脚踏进在一个卖油饼的担子绳索圈里，绳索绊在我的脚上，刚一提脚就把那油饼担子拖翻了一头，这头是一个小火炉，一口油锅，半锅油，锅上的铁丝网里还有几个炸好了的油饼，一塌刮子都倾翻在草地上。我回头一看，连忙向那做油饼的认错认赔。无奈那厮也不听我说话，跨过倒在地上的担子，一伸油手抓住我的右膀，就不干不净地泼口乱骂。程君赶过来赔话，倒被那厮啐了一脸的唾沫。我这时因护惜借来的衣服，已十二分不愿意的被那油手捉拿，加以那口唾沫喷出来，我脸上也溅得不少。溅得我一把无名火，直高三丈。哪里再按捺得住呢？顺势只将右手一摊，那厮一来不曾练过把式，二来轻视我是个少年书生，想不到能给他这一下。摊得他倒退了几步，余势未尽，又撞翻了一个馄饨担，只倒得大盘小碗，满地开花。这一来，撞的乱子就更大了。馄饨担对面一个卖切面的，是卖馄饨的哥子，正拿着一把尺五六寸长的切面刀，在那里切面。见自己兄弟的馄饨担被人撞翻了，又见是一个穿长衣的动手打人，他哪里肯略略地踌躇思索呢？将手中切面刀紧了一紧，一跃跳过了案板，口也不开地朝着我的咽喉横砍过来，直逼得我不能不动手了。但我还不想打他，只在他脉腕上点了一下，把他的刀点落了。程君高举双手，一面扬着，一面喊道："打不得，打不得！有话好讲，打坏了的东西我来认赔。"程君的话他们只当没听见。卖馄饨的也不去扶那倒了的担子，双手把插在地上的大油布伞拔了出来，当作兵器。用伞把上的铁镵猛力向我戳来。我闪身进步，夺住铁镵，仍想和他们论理，和平解决。哪知背后有个做馒头的见我双手夺住伞把，就抽了一条檀木扁担没头没脑地朝我脊背劈下。亏得程君手快，蹿上前接去扁担，一脚将做馒头的踢倒。急忙对我喊道："事已至此，没有和平解决的希望了，努力打出去罢！"我一听程君的话即将手里夺住的伞把一扶，卖馄饨的两手便跟着一抬，空出下部来，一脚踏在他小腹上，立时，一屁股蹲了下去，双手捧住小腹，口里哎哟哎哟地直叫唤。我二人踢倒了两个，就犯了众怒了。大家一声吆喝，两边的小贩，扁担、伞把、菜刀、面棍以及种种可以权当兵器家伙，每人手中操着一件，蜂拥一般围攻拢来。我和程君原打算背靠着背，一个顾前，一个顾后打出去的。可恶一个卖糯米粥的，他见扁担、伞把打下来都被我二人夺了还击众人。他就眉头一皱，恶计顿生。拿起竹勺，将沸腾腾的热粥一勺一勺地直浇过来。我二人若再靠着脊背，则势不能躲闪，只得分开来往人多的所在冲进去。因卖粥的发明了这恶毒的法子，一时各小贩都改用液体烫人的东西来浇泼。唯有冲进人多的所在，方能避免。只是越打人越多，分作两个大圈子，将我二人团团围住。我肩背上着了好几扁担，但来得不重，我也不在意，一心想冲出重围。可恨脚上穿着在上海惠罗公司买的一双漆皮鞋，皮底踏在草地上滑得站立不牢，一个不留神，正在危急的时候，一跤滑倒了。离我背后最近的，趁我倒下的当儿，朝着我大腿一铁镵戳下。这一下，谁也避让不了，戳穿一件棉袍，一条洋服裤子，一条卫里裤，腿上还戳进半寸多深。只是当时不觉得痛，两手一按，一个鲤鱼打挺，已蹿了起来。而倒下的时分用眼向两边一望，看哪一方的脚少些，便露空的缝多些，起来就好朝哪方冲出。因周围的人都是立起的，我被困在当中，不能不将目标缩小。把马落低，落低了马，即看不出哪方人多人少，只要连冲两三次，冲不出去，体力一乏便无生理了。我才朝人少的所在冲去，忽见程君冲了进来，一身衣服撕破了几处，左额上鲜血直流，只见他两条臂膊直上直下如发了狂的一般。冲到我跟前，喊一句“跟我来!”又翻身打出。力大的毕竟占便宜，程君随手抓着人，随后往左右掼，多是掼得从人头顶上栽过去。掼开了五六个，我二人已冲出重围。程君挽了我的手道：“快走罢，不能再打了。”我二人向归途上跑，幸得后面并无人追赶。

跑不上两里路，只见对面来了两个雄赳赳的汉子，脚步很快，离我们三四丈远，就立住脚问道：“两位是在高桥打架来的么?”我和程君都不知两人的来意，不敢答白。那两人笑道：“两位不要疑惑，我们因听得说高桥几百人围着两个读书人打架，我们心里不服，所以赶来想抱不平。不好了，两位都受了伤，快同到舍间去。我们有伤药。”我和程君听了方把心放下，走上前拱手道谢。原来这两人姓陈，是弟兄两个。兄叫陈德和，弟叫陈义和。虽是种田的人，却都练得一身好武艺。家就住在离高桥两里路。因高桥做小买卖的人，想请他兄弟俩来帮着打我们，反被他兄弟骂了一顿。说几百人打两个读书人，还有道理吗？骂退了来人，兄弟各抽了一对铁尺，想跑到高桥打个抱不平；才跑到半里路，便遇着了我二人。我二人同到陈家，刚落座，我和程君都咯出几口鲜血。陈德和说："没要紧，这是用力过度的缘故，并不是被人打伤了。"随即拿出一包末药来，用烧酒冲给我二人服了。

这夜在陈家宿了，程君的左额和我的右腿，幸都是浮伤。陈德和也给我们敷了药，只三四日就落了疤；不过遍身骨节疼痛了半月，方回复原状。

《星期》第50号 民国十二年（1923）3月4日

拳术内外家的分别究竟在哪里

不必自己是研练拳术的，只要是和研练拳术的接近的人，大约都能知道我国的拳术，有内外家的分别。但是究竟怎么谓之内家，怎么谓之外家，这个问题不仅不曾研练过拳术的人，不能明了，不能分辨，就是在拳术中略略用了一点儿功夫的人，恐怕也不见得能说出一个很明显的标准来。照这样说起来，难道内家、外家本是没有区别的吗？名称上既历来区别了内家、外家，当然实际上也应该有很明显的区别，不过以在下个人所知道的，觉得现在一般拳术家所指定的内家，究竟是不是内家，其中还不无可疑之处。在下识见浅陋，而于海内拳术界诸先达，平日又少接近，所以对于现在所谓内家的怀疑，已不是一日了。于今且将在下个人觉得可疑之处，写在下面，尚望拳术界诸先达不吝指教为幸。

有人说少林派为内家，武当派为外家，这个内外的分别，很是容易明了。因为少林派是和尚传授下来的，和尚称佛学为内学，佛经为内经，佛典为内典，少林拳术，也是表示所以自别于外道，故谓之内家；武当是道教，依少林派区别内外的标准，当然是外家了。这种内外，是就僧道的地位不同而分，与拳术的本身，似乎没有什么关系。只是近年来的少林派、武当派都只存在了一个名称，大家说罗汉拳是少林派，太极拳是武当派，到底是也不是，苦没有确切的证明。今且让一步说，即算罗汉拳确是少林派的真传，太极拳确是武当派的真传，然于今练太极拳的又都说太极拳是内家。

在下当十几岁的时候，因生性欢喜拳棒，也曾从拳师胡乱练过几年，不过所练的拳法多是一般拳术家所指定为外家的，其中也分二种：一种为阴劲；一种为阳劲。初学的于阴、阳劲虽觉有刚柔之别，及其成功，则阴劲中有至刚，而阳劲中有至柔，所不同的，只在拳法的姿势，与劲路之明暗而已。至其讲究气拳丹田，匀调鼻息，则阴劲、阳劲都是一样。在下对于这两种外家拳，虽没有甚深的锻炼，然只是功夫不曾做到，于理法的知识是容易得着的。那时因为所学的是外家，才明白还有所谓内家者在，从此就到处访求练内家的人，却并不是抱了要研究内家拳术的志愿，只因从来没有遇过做内家功夫的人，不知道内家功夫，与外家是怎样不同？不幸存心访求了好几年，无缘遇着，直到近年在上海会见几个练太极、练八卦、练形意的拳术家，方知道这三种拳都是内家功夫。据说太极是张三丰所传，是武当嫡派，但是张三丰传的徒弟是谁，再传又是哪个，就是练太极的也说不出来，也没有记载可以证明确是张三丰所传的。黄百家所著《内家拳法》当中，有劲紧切等五字诀，而太极、八卦、形意三种拳中都没有，中华书局所出版的《少林拳术秘诀》当中，也有这五字诀，而自诩少林嫡派的罗汉拳中又没有。

太极拳的姿势与劲路，仿佛和在下所会略事学习的字门阴劲拳差不多，唯太极的劲，是连绵不断的，能打断劲的也有，如北京的太极专家杨少侯，听说他就是打断劲的；至于八卦、形意，多有与阳劲外家拳一般练刚劲的，便是不练刚劲，也不过与阴劲拳一般纯任自然而已，其所注意之点，在肩、腰、腿三处，而运用在虚实相生，尤与外家拳略合符节，在下和几位练内家拳术的朋友在一块儿研究，想寻出几处与外家拳不同的所在来，做分别内家、外家的标准，实在难得有很显明的所在。顾名思义，既名拳内家，应该注重内部，太极拳虽有尾闾正中神贯顶，和气纳丹田的话，能调神驭气的功夫，须由坐功得来（坐功，新名词所谓呼吸，就是道家所谓吐纳）。在下猜疑太极拳，或者是内家的行功（新名词所谓运动，就是道家所谓导引之术），应与坐功相辅而行，方能收内部之效，若也和练外家拳的一样，身体当然是可以练好的，尾闾也是容易中正的，只请问这神如何能使他贯顶，气又如何能使他纳丹田？神不贯顶，气不纳丹田，专从事于掤、捋、挤、按、采、挒、肘、靠八个方式，在下就觉得与阴劲外家拳的分别很少，不应有内家、外家的显然界限。在下这个疑问，怀之已久，却有一句须郑重声明的话，在下对于太极、八卦、形意三种拳术，怀疑只限于内家、外家的名称，若以拳术而论，三者都是中国拳术界的精华，得一即足以名世。读书体弱及年龄在三十以上的人，更以学太极拳为最相宜。

湖北陈慎先孝廉，年三十八，才从杨澄甫练太极，只几年工夫，便卓然名家，现已来上海专以太极拳法教授徒众，虽说是杨家教授得法，陈孝廉肯下苦功夫，然也，因练的是太极拳，才能有这般火候。假使他练的是硬门拳，只几年的工夫，又是三十八岁以后的文弱书生，如何能有来上海教拳的资格呢！

我个人对于提倡拳术之意见

我为最热心提倡中国拳术之一人，宣统三年，主办拳术研究所于长沙，遭革命之变，所址侵于驻兵，遂为无形的破产。

民国二年，复宏其规，创办国技拳会，得湘政府辅助金三千元，延纳三湘七泽富于国技知识者，近七十人，才六阅月，又以癸丑之变，我本身亦因政治连带关系，附属的亡命日本。在日本复与吾师王志群赁居市外目白，组设专研拳术之学社，十余同好者，日夕抨击其中。于时北省人叶云表等，设武德分会于神田青年会，延郝海鹏为教员，余亦竭尽鼓吹之力，以期其有成。

民国五年，友人电招返沪，复创中华拳术研究会于新闸新康里，未几因有粤东之行，事又中止。

民国八年返湘，与吾师王志群组国技俱乐部，现其名尚存于湘，而吾以仇者所忌，不能安于故居，吾师好静，度部务必无发展之望，综计吾十数年来，对于拳术之提倡，不可谓非竭尽绵薄矣。于社会国家，虽未能有丝毫贡献，然对于提倡拳术之经验、阅历，自信较现在一般以提倡拳术自任者为宏富，阅者或不免以吾言为夸，请看以下论例。

近十年来，各省、各县之学校，设有拳术一科者，几于无校无之，而犹以警察署，及稍有战斗力之军队中为盛。至于上海之武术会、拳术研究会等等专攻之处，通都大邑，所在皆有。在一般热心提倡者，自以此为中国拳术界之好现象，而我则以为害人群、害社会，无有甚于此辈一知半解，徒知冒提倡美名，而胡乱提倡之者，请言其故。

现在之所谓提倡拳术者，不得谓之提倡拳术，只能谓之代乡村拳师邀徒弟，及代江湖卖艺者，捧场糊口，言之可为寒心。试问现今哪一个拳术研究团体，非请一二村俗拳师面交十数或数十学徒于彼，一任其手舞足蹈，胡说乱道乎？既无所谓教程，复无所谓学程，终年打拳，打了这趟打那趟，呜呼！此其弊害，可胜言耶。此等专攻之处，既以专提倡拳术为职志，创办之久，已有历十余年者，匪特不闻于拳术有所阐明，并拳术教科书，亦不闻有能编出一本，为拳术界订一定之学程者，吾国人办事之无头脑、可笑实可伤矣！

吾书至此，禁不住要问现在以提倡拳术自任者一言，君等在今日提倡拳术，岂尚以拳术为打人之具而提倡之耶？苟其心理，不出此范围，则吾又有一问，吾等不生于野蛮时代，不生于无政府时代，不生于无法律时代，何事用得打着？君等或答曰："人每有偶然遇险之时，有拳术者，可以脱险。"吾于此，必为一简单之语答曰："何不买一杆手枪，可杀人于数十步外，岂不于脱险更有把握？"若假口于日俄之役，日军得力于拳术，则我辈不为军人，尽可不必研究。且现世有识者，经欧战之教训，方从事于消弭战祸，我辈犹不宜提倡，为战争之预备；吾亦尝开提倡者言，乃为体育计，此语却近似之，然拳术中之违背生理者不少，提倡者既乏鉴别之识，而担任教授者，更视为当然，且一若其手法，为神圣不可侵犯者，以拳术供体育上之研究，则远不若柔软体操矣；保存国粹一语，现今之提倡拳术者，无不以之为门面语，然证以吾之经验阅历，则现今所提倡之拳，去国粹二字，尚不可以道里计，譬如我辈读书人，谓古文、诗词为文学之国粹可也，谓《今古奇观》《二度梅》《灯草和尚》等书为国粹可乎？有提倡保存之价值乎？今之延纳江湖卖艺者，担任拳术教授，而美其名曰“保存国粹”，是何异视《灯草和尚》等书为国粹，而保存之乎？阅吾书者，必病吾菲薄江湖卖艺者过甚，宁江湖卖艺者之中，无一拳术能手，且当今之世，从何处得许多文学士之能拳者，而延纳之以担任教授乎？更从何辨别其拳，实为国粹，有保存之价值乎？依子前之说，则拳术无提倡之必要；依子后之说，拳术将不能提倡矣，胡子竭尽绵薄，十余年来以从事于斯也？

吾曰：“江湖卖艺者之中，尽多能手，即现在之担任教授者，亦未始非拳术中之能手。但能手自能手，教授自教授，能手是功夫，教授是知识。有功夫无知识，教授不如不教授也。知识能教人，功夫不能教人。犹之《灯草和尚》，未尝无字也，并未尝非即古文、诗词中之字也，《今古奇观》未尝无文也，《二度梅》未尝无情也，其不得谓为国粹者，其知识限之也。无辨别文字之知识，不足言保存文字之国粹；无辨别拳术之知识，又乌足以言保存拳术之国粹哉！今之延纳江湖卖艺者任教授，若得谓保存拳术国粹，则三家村之冬烘先生，坐皋比、拥高头讲章，终日咿唔一室者，得为保存文字国粹矣。

天津武德会，其最初创办者，闻为李富东，北道技术家称为鼻子李者也（其鼻孔朝天故名），年已七十余矣，前清侍卫王教师之弟子。功夫虽在中国能首屈一指，要亦不过蹟跤厂之一健者耳，以功夫传徒则有余，以知识授学者则不足，闻者疑吾言乎？请详言之。

吾国拳术家之设厂授徒者，吾得而闻命矣，除教授初学者外，集十数或数十稍有拳术研究者，其廷一教师，议定束修后，合请进师酒。饮食毕，此十数或数十之学徒，以次与教师角，皆不胜，则从而师之，一月或四十日期满，又以次角，皆不胜，则奉束修焉。于此一月或四十日中，教师任意教授。聪悟而勤勉者，于一趟拳中，能领会数手，可以致用；愚笨而怠惰者，勉强奏演而已。为教师者，唯束修之务得，学徒之成绩不问也。教师之真有能耐，而欲得一二传衣钵之弟子者，则拔取此聪悟勤勉者，而加意勖成之。此学徒之成功，或与教师等，或且青出于蓝焉，如是者，百不得一也。此其成功，非由于教师之善诱，而在其本人志意之坚强，与习练之精进。是以名教师之师，未必有名，而名教师之徒，犹不必成名也，此其故无他，即知识能授人，功夫不能授人也。有功夫无知识之拳师，仅能使其徒画依样之葫芦，决非所宜于群众之教授。

中国拳师授徒，历来无一定学程，一随其兴之所至，无所谓浅深层次也。初学者从之，固是授以一趟之拳架子，即曾有研究者从之，亦必令舍其所学，以更从事于其拳架子焉。因是常有一拳术家能演拳架子，至数十趟之多者，究之此类拳架子，皆为翻板之法帖，精神完好者绝少也。提倡者，无鉴别之实，靡不以此类拳师，担任教授，误人子弟，遗害社会，可胜言耶。

精武体育会之创始者，为靖海人霍俊清，其胸襟、其魄力，实足提倡中国拳术而有余，惜其所志未逮，遽被戕于矮鬼之手，言之伤心，使今之有志研究拳术者，不得一睹霍公之神采，一闻霍公之妙论，矮鬼之赐也。我国拳术界，应引此事为永矢勿谖之哀痛纪念。

此特就我国现今提倡拳术之卓卓有声者言之，尚未尝闻有丝毫提倡之办法，余指为替乡村拳师邀徒弟，及代江湖卖艺者捧场糊口，阅者能斥余言为过常乎，非冒提倡之美名而胡乱提倡之者乎。今且不论拳术为杀人之具，授非其人，将有大碍于社会之治安，姑认其学者，皆为敦品高尚之人，而如此提倡之法，亦决不能望其成功。反足使有志研究者，因而灰退其锐进之心，其略事究习，即决然舍去者，盖十居其八也，其中辍之原因虽不一，要为提倡者不得其道则同也。兹就中辍者之种种原因，分条言之：

一、本人之普通知识较高，薄拳师之粗野，不乐为其徒；

二、本人曾研究有年，于身手步法之知识，强半通晓，拳师无高深之知识，足以启发，甚至令舍其所学，从新打拳师之拳，而所打之拳，或较其所曾学者，理法更庸浅；

三、本人体质瘦弱，拳师所教之拳，纯为硬门，习之殊觉吃力，而成就较他人迟缓，因不能鼓其继续研求之兴趣；

四、本人资质较鲁，拳师无善诱之方，同学有揶揄之意，兴致索然，业何由进？

五、教者与学者之间，或以质疑问难，或因督责纠扶，于声貌言词之中，发生龃龉，盖拳师多无学养，非崖岸自高，即狭昵易与，二者皆不足为人师也。

以上数端，中辍原因之较著者也。尚有或因年龄之关系，或因研习时间之冲突，以及其他种种之不便而辍者不与焉。然则能避免此种种原因，自开学以迄毕业，始终不懈之学生，能有几何人哉！凡曾经以上之原因而辍学者，至少亦有过半数，心灰意懒，不再起研究拳术之念头，甚且于其亲友之有志研究者，亦多方尼阻之。

然此第就其已事研习，决然舍去者言之，更有因见提倡者不得其道，而唾弃不顾，反劝令其亲友子弟勿研习者，又有数原因焉，亦分条言之：

一、因中国拳术家，素重门户家数，双方因派别之不同，各不相下，至于决斗，刳腹剔肠，以身殉技者，在拳术界中，不可胜数。提倡者，既不能冶各家之长于一炉，而所聘之教员，复非能一洗从前拳师之习气者，子弟学之，适足以增加其好勇斗狠之心；

二、因无一定程式之教授法，复无足供研习之教科书，学者所得，不过破碎不完之拳法，理与实用，皆无从讲求，果有令其子弟习技之心者，毋宁独延一教师于家教之之较为妥当；

三、因专事武术，无其他之科学，无论武术本无卒业之期，即令三五年可卒业，而卒业后，殊乏致用之途。

总之提倡不以其道，而欲其发达，所谓欲其入，而闭之门也。以现在提倡拳术者之法提倡之，愈提倡，则社会对于拳术之信仰，将愈减少，势不至使世人闻拳术二字而掩耳却走不止也。余谓若辈为拳术界之罪人者，即以此，今请言外个人提倡之意见。

在今日武器犀利、体育法亦备具之时代，而言提倡拳术，其目的固不在打人，亦不在强健身体。“保存国粹”四字，自古提倡原因之一大部分，但余犹否认之。盖无论何种学术，凡能使人研究者，其学术之本身，必有能使研究者发生兴趣之处。研究者，既能发生兴趣，则此学术，初不必问其对于国家、社会、个人，有何等利益，而后尽心力以研究之也。譬如今之佛学、哲学、社会学、伦理学，及种种精神上之学术，于国家、社会、个人，皆无直接有形之利益可言。而研究者，恒殚智竭诚，学生以从事，则因其学术之本身，有研究之兴趣，不待言也。但觉有研究之兴趣，斯足研究，至有无研究之价值，有无研究之必要，及其作用、利益，皆非研究学术者所问。若研究而觉其无兴趣，则虽有价值，有必要，与有作用、利益，亦无研究之者。即研究，亦不能望其有成，此研究学术者之原理，无或能移易者也。

吾国拳术，创自数千年前，经史不传其法，荐绅不道其事，君主有禁制摧残之施，学者无提倡拥护之兴趣，不待言也。乃今之提倡者，慨我国士气之不振，欲因拳术以健其魄而振其气，遂为普遍之提倡，此固未尝有不可者，第怪提倡非其道也，在今日提倡拳术，应分两途：一普遍的，二研究的。拳术有三时期，身、手、步之理法与实用。第一时期之功夫也，皮肤之动作；第二时期之功夫也，纳精养气；而运之以神，则为第三时期之功夫矣！

欲为普遍的提倡，当然只能从第一期功夫着手，第二、三期之功夫，为研究的，当今之世，恐无有能具提倡之宏愿者，今请专言普遍的提倡。任提倡者，必须有鉴别拳术之充分知识，方不至误认翻板之法帖为原板，余为此言，必有疑余拟于不伦者，以为法帖可保存至千数百年，有原板之佐证，始能见翻板之非真，吾人安得观千数百年前之拳术，而左证之，而能鉴别其有异于原创之拳术哉。余曰，不然。拳法万端，拳理一也，吾人提倡拳术，当取其理、法、实用三者完备之拳，兹先就不完全者，分条言之：

一、散漫而气不相属者；

二、浪大而多曲折者；

三、同样之出手太多者；

四、足踵先着地，而无声响不实者；

五、出手以胸当敌，而肩、腰不连贯者；

六、有直力无弹劲者。

兹仅就演拳时形式上观之，已足鉴别其拳法之佳否，犯其一二，即非完善之拳；六者俱犯，无一顾之价值矣。然余经见之名拳师，其所演拳法，犯六病者，十之七八；犯二三病者，十之二三；不犯者未尝见也，然则何以能成名拳师？则苦练之效，所谓功夫也。

人果能耐苦猛进，朝夕不辍，无论用若何笨拙之方法，持之十年、二十年，未有不名世者，吾乡有以力佣于人者，其人性极椎鲁，主人有二子，延名拳师授技。力人方年少，欲从拳师学，习数日，拳师慢其鲁，不之教，漫以荆干一束与之曰："若但朝夕置掌中握固，不时运以力焉，当有验也。"力人如教，行之三年，荆凡数十易，拳师不知也。三年后，荆着手成屑，适有闻拳师名，而来访者，与拳师角于庭，拳师不胜，忿且自裁。力人亦忿，趋前迳握来访者之臂，投之于地，来访者折臂流血，骇请姓字，嗟叹而去。语曰"同能不如独胜"，盖用力专，则造诣深也。然此不足为训，吾人提倡拳术，目的既不在打人，安用此十年练臂、十年练眼之工也哉。余识见浅鲜，所遇能有几人，以中国之大，知技者之众，有心物色，何地无才？提倡者，必先求有充分教授能力之人，规定教授之程序，编成教授之专书，然后可以来学徒，施教授，譬之经商者，设肆于市廛，必依其市招上经售之物，先期存积，其营业方有发展之希望，赝鼎混售，受欺者不终日而悟，则营业如之何能发展也。今之提倡拳术者，所延聘之教师，功夫虽有高下，然皆为有名之拳术家，则不待言也。夫今日之拳术家，其得名亦有甚易者，其人或天禀甚厚，赋性猛鸷，加以三五年之苦练，即成能手，偶与二三名实不称之拳师角而败之，则人固哗然惊为拳术大家，即彼亦自疑果无敌于天下矣。若而人者，其气力与功夫，非不卓绝一方，奈气力于功夫，皆不可以授受何哉！大匠之授人也，能使人以规矩，不能使人巧，规矩理法也，巧功夫也，吾人提倡拳术，但求其人，能精透拳术之理法，万不能徒采虚声，以喜斗善败人者承乏，此为提倡者根本之道，苟无其人，宁缺毋滥。

拳术家而绝无文字知识者，果其拳法完备，亦可使担任教授，唯教授须分别门类，门类有三，即理、法与实用是也。无文字知识之拳师，可令教法与实用，但亦须先编有教科书，按程次第教授，绝对不能逾越。教科书编制法，应以中人之资质为标准，而定进级之程期，庶可避免智过愚不及之病。拳术派别，虽然复杂，要不过连贯之点，各不同其式耳，至其手法与劲路，除分阴、阳劲二种外，其他之门户派别，皆无识者，强名之也。吾辈既以提倡自任，第一步即须打破拳师之家数念头，此念头不能完全打破，即其人为中国第一位拳术家，亦不能使之担任教授，只足备咨询而已。

学者体质，既有强弱之异，则授令研习之拳，自应有硬、软之分，如江西字门，湘潭邬家，一类之手法，体质弱者习之，收效较硬门为易，自能鼓动其研习之兴趣。提倡者，宜分阳劲、阴劲二科，方无遍废之弊。

拳式（即拳架子）无论南北，其中皆有专习二三种手法者，如四门拳、掌子拳，通体仅有钩、挂、单双掌数种手法，此类皆为拆练之拳。在昔拳师，从古法中，提取利用者数手，随意创体，以便学者专习，易于致用。故手数虽多至数十，而手法仍不出二三，转辗相传，此拳类式，几占中国拳式十分之九，习者不能辨别，尚自夸其师承，而不知其去拳式已远也。此类拳式，无提倡研习之价值，所谓破碎不完之拳法也，提倡者若但以其类似拳式，用为学者之圭臬，则正所谓非徒无益，而又害之也。

拳术家每有以一手享大名者，如《纪效新书》中所指，李半天之腿，鹰爪王之拏，千跌张之跌，张伯敬之打，皆以一手名世，即现在之名家，亦多只得力于二三手，本来以拳术为打人之具，有二三手得力之功夫，即充足有余矣。所谓“不招不架，只是一下”也，此讲作两解，一主观的，拳术于角斗时，以手招架敌人之手，本位极笨之拳法，故不招不架，而直攻之，只是一下，即能克敌；一客观的，为出手，务使敌人不能招架，故一下即可了事。存此类见解之拳术家，比比皆是，以之担任普通提倡之教授，未有不误人子弟、贻害社会者也，岂但不能达到普遍提倡之目的而已哉！

余既分提倡为普遍与研究二派，复分阴、阳劲二种，更分教授为理、法与实用三科，兹当就普遍、研究二派，分别论之。

欲为普遍的提倡，须具绝宏之愿力，与绝宏之魄力，还须政治已上轨道，国民教育已经普及之后，出之个人毅力，政府乃得尽相当提倡保护之责。如日本嘉纳治五郎之提倡柔术然，不二十年已遍及全国，取日本旧有相扑家之势力而代之。日本柔术，陈理不取高深，尤不取毒害人之手法，故东京讲道馆，日聚数百人，相与搏击于一室，绝未闻有重大伤害之事。有振敝起衰之功，无违法犯禁之惧，政府何患不为之提倡保护，人们何患而不相从研练哉！柔术至三段以上者（日本柔术，以段示研练程度之级，自初段至九段，为登峰造极。初段即不易得，非专攻数年乃至十数年者，不能上段，既上段，则其人之技艺，已升堂奥，未可侥幸得也），出手即多吾国拳术意味，间有恶毒手法，然皆作研究的，不以遍授学徒也。若在目前之中国，盘踞各省者，十九为全无头脑之武人，关系国家命脉之教育，尚摧残不遗余力，若见有聚壮健数十人，日以持枪刺剑为事者，不目为乱党之机关，则指为匪徒之窟穴矣，得免死为幸，安望其提倡保护哉！吾国政治未上轨道以前，除地方供武人捣乱，人们供武人宰割外，凡百无进行之望，况最触官僚军阀之忌之武术哉！（官僚军阀，最怕人暗杀，以为善武术者作刺客，必较寻常之刺客，难于防范）故在今日，欲为普遍之提倡，于事势上，为万办不到之事，前所论列种种提倡困难之点，尚可寻解决之道，至于此点，则非吾国巽懦之国民，因激刺太深，而有彻底之觉悟，齐起奋斗，将官僚军阀，产出净尽，更无其他解决之道，或者曰：倘官僚军阀，亦知吾国武术之足贵，出头提倡如马子贞者，安检不能普遍乎？余曰：“官僚军阀，以提倡武术自命者，舍马子贞一人外，岂尚有可屈指而数者乎？”即马子贞之提倡武术，亦仅可谓提倡武术耳，于吾国数千年来之拳术，似无与也。（新武术非纯粹之拳术）呜呼！官僚军阀何等人也，保存国粹何等事也，官僚军阀中，苟有一不植党、不营私者，余即以能保存国粹许之，悲夫，为瞻四方，靡然不知涕之无从矣！

北派拳中之太极、形意、八卦三种，为近今最流行之拳式，法、理亦实在玄妙，决非他种拳式，所可比拟其万一。唯练者成功不易，可作研究的，不可作普遍的。蒲阳孙禄堂先生，著《形意拳学》《八卦拳学》二书，深远之意，其文颇足以达之，在武术界中，诚为不易得之著作，惜余学识浅陋，于二种拳式，未尝致研练之功，而于易理，犹不了了，虽静读数过，所以与易理相通之道，犹茫然也，然就浅识所能及者，则确能证明此二种拳式，实有提倡研究之价值，唯孙先生之书，只能备参考，不能作教科之用，何也？《易》为古籍中最难通晓之一经，孔子韦编三绝，犹言假我数年，若以此二书为教科之用，则非通《易经》者，无致力之途。盖义不能晓，法斯有所蔽，必通经而后从事焉，将绝千古不复有能研练此拳式者也。呜呼，以文人之笔，穿凿而附会之，天下万事万物，安在不有与易理相通者？

戚东牟谓用棍如读四书，钩、刀、枪、钯，如各习一经，四书即明，六经之理亦明矣。夫能棍者，于钩、刀、枪、钯诸器，诚不难融会，然谓通四书者，即能明六经之理，其然岂其然乎？

余姑就十年、二十年后，吾国政治已上轨道，对于普遍提倡之物个人意见言之，负提倡之责任者，须先从事于下列之各条焉。

（甲）须确知内、外家拳术中，以何种拳式，为最有提倡之价值，择其于生理力学不背驰者，按理法之深浅，定初级普通专修各科，有固定之教程与学程，不能移易；（但如此殊不容易，负提倡责任之人，至少须具备以下两种资格：一是有武术之充分知识，而又略具文字知识者；二是平日于南、北派武术名家，有相知之雅，或因间接，能延而致之者。）有武术之知识者，然后能判别何种拳式，为有提倡之价值；有文字知识者，然后能知拳术与生理力学之关系，而于编定之教程，始有斟酌妥善之能力，不能延致南、北派武术名家，无以收集思广益之效，学年与教科书，皆难得适宜之编定。

（乙）须得教育部、陆军部为有力之赞助，各学校及国军中，以拳术为学科之一。而所用教科书，及担任教授者，务以南、北派各名家所编定，及所养成之专门人才充之。故提倡之初期，须粗设一专事养成教材之所，招四十岁以内之曾研究武术有根底者，按其素习，分科作育之，于教授法，尤宜使有心的。

（丙）须有文字上之鼓吹，拳术之为物，有大功于人类之生存与进化，理想、事实二者，皆确然有据，非不佞意测之言，兹姑舍其历史上之价值，及有益于人生之点，即专就艺术方面而言之，亦殊能鼓动研究者之兴趣。然数千年来，文人学士鲜乐道之者，虽半由于吾国重文轻武之积习，亦半由于能拳术者，多粗野不文之夫，不能为学理上之研究，转移文人学士之心理，而增加其信仰心。故欲为普遍之提倡，务先尽宣传之量，如发行专研究武术之汇刊杂志，及联合各报馆，为有力之鼓吹，或著稿投各报馆，请其登载。

（丁）作育教材，须取严格的，绝未受普通教育，与绝无常识者。其人武术即佳，亦不能使出而担任教授，即性情乖戾，品行不端者，虽有充分之知识，于过人之技艺，亦不能使担任教授。盖国人信仰武术之观念薄弱，提倡者不足矜式，将益资反对者之借口，故提倡之能否发展，视所作育之教材，能否胜任为断。

凡此数端，皆负提倡责任之人，不能不先事注意之点，又拳术之为物，虽能鼓动研究者之兴趣，及与人体育上一极大之助力。然今世所以培植体育之具大备，如体操、击球、哑铃、球杆、乒乓器之类，充满各学校，苟非极端信仰拳术者，当此文人学士鄙弃不道，势力衰微之际，决少以有用之时光，以研究此无益于日用寻常生活之武术者，当提倡之初期，即设置作育教材之所。苟不能为来学者毕业后，于此中辟一固定生活之途径，学者仍未必踊跃，故须得教育部、陆军部为有力之赞助，规定各学校、各国军中，以武术为学科之一。而所用教科书与担任教授者，必以南北各名家所编定、所作育者充之，如是则武术不统一自统一，来学者亦自踊跃也。吾国武术家之门户积习，由于无识者十之二三，由于武术不统一者，十之七八，果能全国同一传授，则此界彼疆之见，自无由起，即间有存两不相下之心者。一可于教员授技之际，以个人道德上，国家法律上，皆不容以所学技艺，任意与人搏击，以防止其少年轻率举动；一可以严格之章程，以范围学技者之粗野之行动，门户积习既除，斗殴伤生之事自少，人民但见武术之效，以前武术界粗野之弊，皆无熏染之虞，又安见不足转移社会之心理，使全国靡然从风，为吾国数千年之国粹，放一异彩于全世界哉！

至于研究的，则不必俟之十年、二十年，政治已上轨道之后，此属于个人之行动，但不触犯刑律，即在军阀淫威之下，吾人第为学理上之研究，无招聚徒众，使刀动剑，相与搏击于一室之举动，亦未必据罹于祸。即现今各省学校中，多有拳术一科，而专攻之所，亦尝有设立者，各省军阀之不取监视态度，即缘其提倡无法，相从者少，不足以触各军阀之忌也！故吾人第为学理上之研究，无普及之希望，则此地有武术名家，即足供吾研究，而设置专研之所，延致南北名家，容纳有志此道者，为高深之研究，亦是提倡与保存之道。不过所研究者，不宜重任在手脚，应从理、法上，进而为皮肤与气分之作用，此种专研之所容纳之人物，亦可为普遍提倡者，充各学校、各国军中教授之用，但仍须有普遍提倡具体之办法，按照编定之教程教授，不能任意以其所研究之高深者，作普遍提倡之具，尤不能任其人各异其传授，以长助门户之恶习也。

余为是说，或不免有病为全系理论，于事势有办不到者，余固已言欲为普遍之提倡，须具绝宏之愿力，于绝宏之魄力，决非徒传提倡之美名，而胡乱提倡者之所能办到也。海内明达，倘有较良之法，幸赐教督。

《国技大观》　民国十二年（1923）9月3日

论单鞭

甲子春，余方为世界书局辑《红》杂志，陈君志进以书抵余，嘱转致向君恺然，讨论太极拳中之单鞭一手，盖当是时有某书贾者，发行《国技大观》一书，贸然列向君名，且诋单鞭无实用，陈君乃作不平鸣，迨鱼雁数往返，始悉《国技大观》一书，非向君所辑，然则向君之受此夹七气，非向君始料所及也，岂不冤哉！

癸酉秋仲编者识

（一）陈志进致向恺然书

恺然先生：

我读了你的大作，很是佩服，又知道先生也喜欢拳术，更有同好，唯《国技大观》之作，以内容言之，似不足称为大观也，当不免名不副实之讥，且对于太极拳，尤不免门外汉之议论，为识者所笑。孔子曰：“知之为知之，不知为不知，是知也。”何必强不知为知，作一知半解之言，而贻笑大方。

仆二十年来，直隶、山东、河南，以至江浙之地，所见所闻，比较言之，拳术之善，莫善于太极拳矣。不伤人而能击人于数丈以外，倒亦可，不倒亦可，唯在击之者主宰，其他之拳，未能如此也。盖太极拳者，练至柔，以至至刚，且为内刚而非外刚，故人之见者，几不知为拳术家，而知其暴躁之气，亦消纳于至柔之中。至于防御之法，更莫善于太极拳矣，而君所知者，只为单鞭，可云陋矣。盖用拳之道，与用药无二，药无论贵贱，贵于用得其当，拳亦如之。单鞭自有单鞭之用，不能因太极拳有单鞭，遂以为其他手法亦单鞭之类，则误矣！中国拳术之不发达，由于学之者，学此而轻彼，学彼而轻此，未窥门径，即露轻视之态，略知梗概，未究深奥，辄议论其短长，多见其不知量也。一艺相传，历久存在，必有可存之价值，唯在学之者，善于融通耳。

外家拳术，习之得法，即内家；内家拳术习之不得法，即外家。内外之分，在乎一心之运用，功夫深则近道，更不必斤斤计较也。孙禄堂之太极拳，学非纯粹的，杂有形意、八卦在内，许禹生亦然。太极拳者，专门之拳术也，岂浅尝者所能知其旨趣，极而言之，无有止境，学到老学不了，功夫深一日，则趣味浓一日，盖有大道存焉。

盲瞽之论，狂狷之言，先生如以为有可探者，不妨研究而讨论之。不让细流，沧海成其大；不遗拳石，泰山成其高。学问之道亦然，未知先生以为然否？

（二）向恺然复陈志进书

志进先生足下：

从《金刚钻》报中得读惠书，实深骇怪，鄙人服膺太极拳非一日矣，太极拳之玄妙，岂仅尊论所能尽，其不可思议之程度，直使善状物者，无可形容。鄙人尝谓练太极拳者，果能充一蝇不能落，一鸟不令飞之理，即克鲁伯四二珊之利炮，犹无奈之何，鄙人何尝以轻视之态论太极拳乎？

尊论所云，不知究竟何所根据，鄙人对于单鞭手法，不但《国技大观》中未有论断，平生实未尝有一字道及，足下骂人，安得如此鲁莽，至《国技大观》名实是否相副，足下果曾读其书，察其书未列名之处，当知完全与鄙人无涉，不应冒昧以此相诮。人与人相处，应有相当礼节，拳术家待人接物，尤宜以谦让为先。鄙人与足下，素昧平生，即议论太极拳有非是之处，要非有意攻讦个人，足下果非存心轻侮鄙人，何妨平心静气，以研究学术之态度，相与讨论。若意存不屑，或欲借此名立，则立论亦当有所本，安得捕风捉影，架词诬蔑如此？苟非狂人，则必目不识丁之伧，供人嗾使者，足下岂其人哉！

鄙人今本恶声必反之，义草此奉答，尚愿足下专从《国技大观》中就拙作切实加以考查，是否有论“单鞭”之语，再放厥词，未为晚也。否则蜀日粤雪之下，吠声盈野，鄙人则安得一一以理喻之。

（三）陈志进复向恺然书

恺然先生大鉴：

昨由友人寄来《金刚钻》报二张，始悉先生因志之一信，大发雷霆，破口谩骂。唯志之心，实未尝有得罪先生之意，不过辞气之间，稍有质直耳。而先生以为恶声，先生未免识浅量狭，至于先生此次覆函，谓“果能充一蝇不能落，一鸟不令飞之理，即克鲁伯四二珊之利炮，犹无奈之何”，此更无理之言，夫蝇鸟岂能与克鲁伯相比？义和团身避枪炮，已腾笑各国，为有识者所齿冷，先生高明之人，乃出此无意识之言。

先生之信，又云：“鄙人对于单鞭手法，不但《国技大观》中未有论断，平生实未尝有一字道及”，《国技大观》《拳术传薪录》中有云“形意、太极、八卦等拳，在北方盛行一时，北方之拳术，无不言形意、太极者，然能得其三昧者绝少。练形意、太极不到成功之候，与人角，几无一手可用，单鞭长手之拳，非至炉火纯青，矜平燥湿之度，不能言与人角也”。此一段先生自览是否先生尊著，抑他人假先生之名乎？至于与人角之能不能，唯在对手之程度如何耳。炉火纯青岂独太极拳然，各种拳术何莫不然，详察先生之语，更知先生为门外汉。服膺太极者，想徒震其名，强不知以为知，欺骗未尝学问之人，无人质问，则自以为学问高，见识广；有人质问，则以谩骂了事。先生可知只手不能遮尽天下人之目，谩骂亦不足威服人，有理岂在谩骂，无理者唯有谩骂而已。

先生函中又云：“足下果曾读其书，察其书未列名之处，当知完全与鄙人无涉……”志察书未列名，乃著作人向恺然、陈铁生、唐豪、卢炜昌等，先生所见而云完全无涉，先生以著作飨国人，盖自负有先觉之责任，非独为金钱驱使也。据先生自述，在长沙时亦曾提倡拳术，志读书未通，学艺不广，与目不识丁者相去一间耳。不过以先生学问见识，乃亦学无知妇孺下流社会谩骂之故态，志乃无名下士，呼牛呼马，于我并无稍损，先生不虑贻大雅之讥乎？且志之信，实未有登报之意，亦无借此立名之心，乃与先生作个人讨论，为将来面领教言作一先导，乃先生愤愤然拒人于千里之外。志因不知先生通信之处，乃托某君转交，讵某君竟登之报端，先生以志为借此立名，真冤矣哉！

陈志进顿首　四月廿七日

陈、向二君，素昧平生，因此一度之笔战，乃成莫逆交，语云“不打不成相识”，然信，今陈、向二君俱在湖南主持国术分馆教授事，倘重读当年讨论单鞭数书，悻悻之色，溢于言表，且哑然自笑也。

《金刚钻月刊》第1卷2期　民国二十一年（1933）10月

纪杨少伯师徒遇剑客事

未曾记述这篇事实之前，在下却要说一段四川自流井产盐的闲话。

自流井产盐是人人都知道的，哪里用得着在下来说呢，不过自流井产盐固是人人知道，而自流井的盐，是怎么生产出来的，是不是和山东的芦盐、江苏的淮盐一样？或者还有许多人不知道自流井的盐，是从盐井里吊出水来，用火煮成的，和芦盐、淮盐完全不同。说起自流井的盐井，很有可使人惊讶的地方。那井有深到二百多丈的，口径却又只有碗口粗细，这种井在机械发达到了极点的欧美各国，只怕也不是一件容易的工程，何况完全不知道利用机械，纯由人力打成这么深又这么小的井，其成功不是很可使人惊讶吗？

他们打这种盐井的方法，初动工的时候，也和平常打吊井的差不多，打到两三丈深以后就用极直线的松木打空中心，竖在井里，周围把泥土填塞了，只留出些松木在地面上。那松木中心打空的圆洞，即是盐井的井口，于是在井口上搭起一个绞车架子来，并盖一座房屋，把绞车架盖在里面。绞车上盘着篾缆，篾缆尾端系南竹一段，竹端系打井的铁钻。那钻恰有井口大小，长有数尺，钻的构造很巧，钻尖与武术家所用的飞抓相似，未曾着地以前，钻尖铁爪是张开的，一着地就立时抓拢来。爪中抓泥一撮，上面用绞车将篾缆绞起，铁钻出井口，取下爪中所抓的泥，重复放下，是这么从容不迫的一把一把向外面抓，哪怕遇着石板，也慢慢地抓穿一个圆洞过去。所怕的就是遇着鹅卵石，石质既甚坚硬，而又圆滑不好着力，抓是抓不起来的，钻也钻不烂。遇了这种当口，便很费事，须将铁钻绞出来，用搥熟了的桐油石灰，吊下井去，把鹅卵石的周围填紧，不使有丝毫活动的余地，等到桐油石灰干了，然后再用铁钻，只几下就得把鹅卵石钻破，一经破裂便容易着力了。

打井的人家，选择的地点好，打到七八十丈就成了功的也有，然而打到百几十丈的居多。盐井里的水是黑色的，就拿这水可以煮出盐来。这井有两种，一种是水井，一种是火井，在初打的时候并不知道这井是水是火，打成功才知道。火井里喷出来煤气，可以燃烧，于是就利用这煤气，在井旁边架起许多大锅大灶来，替别人煮盐，收人的火费。近处有水的井和有火的井打好了合同，便从水井口旁边安一个溜筒，与接自来水管一样，直接到火井旁边。不过溜筒所经过的地方，不经过有夙嫌人家的土地才好，只出相当的租价，就许溜筒经过；若遇了有夙嫌的，就很麻烦，每有看经过的路线有多远，用大元宝照着路线密密地摆过去，有多远摆多远，拿这多元宝做租价，才允许经过的。

却说在前清光绪初年，自流井有个姓杨名太和的，为人很是古板，家中略有些产业，一家数口足够衣食。太和有个儿子，名叫少伯，性质与太和一样，丝毫不肯苟且。他邻居有家姓张的，人多势大，又富有资财，张家的子弟，在外面无所不为。杨太和看了张家的行为，早已有些瞧不上眼，而张家的子弟并不觉得，平日仍是彼此来往。

这日有个与太和沾了些亲的妙龄女眷，到杨家来了，张家子弟见这女眷还生得不错，就起了混账念头，竟在杨家做出些无礼的样子来。杨太和哪里容忍得下呢？一面送女眷回去，一面表示与张家绝交。

不多几日，张家在三十年前动工的一口盐井打成了，出的水极好。张家照例办庆祝成功的酒席，遍请亲邻戚族，只因曾受过杨家的辱，单独撇开杨太和父子不请。当时却不曾想到新盐井的溜筒，必须打杨家的田地中经过，及至装设起溜筒来，才慌了手脚，连忙托人去问杨太和看要多少银子的租价。杨太和一口回绝，无论有多少银子不租，张家要求了好几次，无奈杨太和生性古板，简直没有商量的余地。张家见软求不行，就暗中设计，想把杨太和害死。

那时杨少伯才得十三四岁，以为只要将杨太和害死了，小孩子手里，是容易说话的，广钱通神。不消一年半载的工夫，果然把杨太和害得丧了性命，并且张家的手段很巧，暗中害死了杨太和，居然能使杨少伯不知道。杨太和既死，丧葬都需费用，张家托人出面，借银子给少伯使用，重利盘剥。少年人没有生利的能力，债务日累日重，产业保守不住，张家这时只托人转一转手，杨家的产业便改姓张了。

等到杨少伯觉悟张家的阴谋，已是追悔不及了。后来杨少伯明知自己父亲是被张家谋杀的，因为没拿着丝毫证据，而自己又无钱无势，没有报仇的能力，只得忍气吞声，暂时按捺住一腔怨愤，先到重庆，在家盐行里当伙计。因他为人诚朴勤谨，同行的人都钦敬他，只当了十来年伙计，就将积聚下来的薪资，自己开了一个小规模的盐行，牌名庆隆。营运得法，又过了十来年，庆隆盐行居然是重庆首屈一指的盐行了。也是事有凑巧，庆隆行因为进货，与运商发生纠葛，而这运商又恰是杨少伯不共戴天的人——张家子弟。

杨少伯在重庆做了二十来年的生意，历来心气和平，不曾与人龃龉过。这回的纠葛，运商若不是张家子弟，杨少伯原不难让步了事的，为的是仇人见面，分外眼红，竟弄得打起官司来。但是杨少伯虽说在生意里面发了些财，然究竟敌张家不过。清朝末年做官人的本领，第一就是要钱，凡遇了打官司的，原告一方面有钱，官司结果是原告打赢；被告一方面有钱，结果是被告打赢；若是两方都有钱，这场官司，便不容易有结果。一则因为做官两方面都得了钱，不好判出谁曲谁直；一则因为曲直既经判定，官司有了结束，这场官司，便再没有得钱的希望了，这是官场中惯例。

杨少伯与张家的官司，就为的两家都有钱，拖了两年，还不肯将官司结束，直到杨少伯把钱花完了，知道这方面已得不了什么甜头，才肯官司结束，毕竟是钱少的杨少伯输了。杨少伯本来是一场有理的官司，花了无数的冤枉钱，倒打不过张家，心里气愤到了极处，自不待言。而因这场官司，把庆隆行的成本拿空了，眼见得在重庆首屈一指的盐行，看看撑持不住，心里更加焦急。勉强设法维持了一会儿，无奈局面太大，亏累太深，要支持门面下去，至少非得二三万两银子不可。杨少伯一时没处筹措，只得决计将庆隆行盘顶给别人去做，但是在重庆招顶了多少日子，无人承受。

少伯有几个有钱的朋友在成都，少伯便托伙计照顾行务，自己带了盘费到成都来，住在成都一家有名的远来客栈里。少伯曾在这客栈住过多次，账房茶房都认识少伯，到客栈的二日，少伯从外面看朋友回来，刚跨进客栈门，迎面遇着一个漂亮少年，气度轩昂，衣饰华丽，很像是一个贵胄公子的模样。杨少伯不觉停步看了一看，那少年也望了少伯一眼，自大踏步出门去了。

少伯回到自己房里，恰好茶房进来服侍，少伯顺口向茶房问道：

“刚才我进这大门的时候，迎面遇见的那个阔少年，是住在这里的么?”茶房点头答道：“上进三开间房子，就是他一个人包住了，不许旁客人再进里去住。”少伯道：“他姓什么，来了多久，到这里干什么事，你都知道么?”茶房道：“他来了半个多月了，他说姓邵，行李极多，大皮箱都有四十多口，他说是到成都来看朋友。他到这里半个多月，差不多没一天不叫酒席请客，用钱散漫得了不得!”少伯道：“请来的都是些什么客?”茶房道：“都是本城的一班富贵人家大少爷，听说他做了好几个有名的红姑娘，整万的银两，送给那些婊子。”少伯笑道：“原来是一个游荡子弟。”接着长叹了一声道：“有用的银子，可惜落在这种游荡子弟手里，全花在无用的地方。”

茶房去后，少伯也没把少年的事放在心上。为庆隆行招顶的事，在远来客栈住了半个月，那些有钱的朋友，都知道少伯因官司打亏了，急于盘顶，遂都存一个勒价的心思，三番五次说不成功。少伯又是急、又是气，欲待赌气回重庆去吧，心想为的重庆无人承顶，才到成都来，不在这里弄妥回去，归家又有什么办法呢?思来想去，只得忍气再住些时。

这日早起，茶房进来打扫房间，笑向少伯道：“住在上进那个姓邵的后生，今早已病得不能起床了，只怕是在那些婊子家里，受了人家的暗算。”少伯正在心中焦闷，听了这话就问道：“他没请医生来瞧吗?”茶房道：“他还请得起医生倒好了呢，早几日已穷得一个钱没有了!”少伯道：“几十口大皮箱呢?”茶房道：“若是那几十口大皮箱还在，不仍是很阔吗?你老人家遇见他的第三天，就一股脑儿卖给晋泰衣庄上去了。于今欠这里房饭钱和酒席账，还差二百多两，我们东家急得什么似的，第一就怕他死在这里，自后那三开间房子没人敢住!”少伯道：“你东家没问姓邵的家住在哪里吗?他是个有身家的人，打发人去他家里报一个信，他家必然有人来接他，怕什么呢？”茶房笑道：“怎么没问，那后生穷便穷到了这一步，架子还十足，脾气还大得很呢！我东家因见他病了，就想问他家在哪里，恐怕我们不会说话，亲自到他房里去，假说看他的病，顺便问他府上在哪里，你老人家猜猜他怎么回答？”

少伯摇头道：“猜不出他怎么回答。”茶房道：“他见我东家问这话，立时两眼一瞪，放下脸来，反问我东家道：‘我初来的时候，你为什么不问我府上在哪里，直到此刻才问哦？是了，我初来行李多，手边挥霍，你不愁少了你的房饭钱，用不着问。此刻看我没行李，又害了病，怕我死在这里，因此不能不问，是不是这个意思？’我东家碰了他这个大钉子，只得赔不是退出来，急得没有法设。”

少伯低着头不作声，心想富贵人家子弟，常有瞒着父兄出来，在外面狂嫖阔赌，弄到后来，身败名裂，无面目回家，就流落死了。这种人很是可怜可惜。这姓邵的气概，不像是个庸愚人，我于今也差不多是落魄在这里，然我还不曾落到他这一步，何不去瞧瞧他，若能替他治好了病，帮助他回家乡，免得他流落做异乡之鬼，岂不是我不得意当中一件得意的事吗？想罢即起身走到上进来，冷清清的连茶房都没一个在里面。少伯跨进房，只见那少年面朝里睡在床上，少伯先咳了声嗽，缓缓地走近床前，看少年睡着了，满脸火也似的通红。少伯不敢惊醒他，正待且退出来，等他醒了再来，少年已掉转脸，睁眼望着少伯。少伯连忙拱拱手说道：“我听得茶房说阁下病了，觉得出门人害病，是一件极苦的事，所以特来奉看。”

少伯说话的时候，看少年的两眼，也是火一般的通红，瞳仁不大能活动，知道是极重的火症，心里或是不甚明白，所以并不开口说什么。少伯凑近身殷勤问道：“阁下觉得贵体如何不舒服，我去请个医生来，瞧一瞧，服一帖药好么?”少年就枕边点了点头道：“服药是好，但是我于今已是一文钱没有了，哪有不要钱的药呢?”少伯道：“药钱用不着多少，我虽是手边也不宽绰，然也可以略尽绵薄，济阁下的急。”说时从怀中拿出二十两银子来，很诚恳地放在枕头旁边，少年露出很感激的样子说道：“萍水相逢，怎好便受你的帮助。”少伯道：“快不要说这客气话，吃五谷白米的人，谁能免得了三病六痛，我是四川人，成都有名的医生，我能去请来。阁下再静睡一刻，我便去请。”边说边提步要走，少年忙止住道：“不要去请!”少伯即住了脚问道：“怎么呢?”少年道：“我这病是时常发作的老毛病，自己能开方子服药，不过这时不能起身提笔。桌上有纸笔，请你替我写写，我报出药名来。”

少伯踌躇道：“阁下的病势不轻，依我的愚见，还是请个医生来瞧瞧的妥当些。”少年笑道：“请放宽心，我自己的病，自己知道得比医生详细，请写吧!”少伯只得到桌边坐下，提笔拂纸，少年报一味写一味，写了八味说够了。少伯不知道药性，问每味开多少分两，少年说每味都写五钱。少伯写好了，少年道：“还请写一张。”

少伯愕然问道：“怎么还要写一张呢?俗语说得好，药是纸包枪，不是当要的呢!”少年笑道：“请你尽管照着写便了，我不会弄错的!”少伯没法，又照着他报的，写了一张和第一张没一味相同的，也是每味五钱。写好了，少年还说请写，少伯以为他是大火症，精神昏乱了，提了笔不敢写。少年着急道：“我得的是奇病，非这奇方不能治，我又没失心疯，难道拿自己的性命当儿戏吗?”少伯见他说话明白，不像是精神错乱的人，就安心照着又写。一连写了八张，才住口说道：“请你叫一个茶房来，把这银子拿去，八张药方，须分作八家药店里去买药，都要另包。”少伯道：“买药的钱，我这里还有，这点儿银子，留在身边零用吧！”少伯拿了药方出来，教茶房分途去买，一会儿买了来。少年要了火炉、药罐，关了房门，亲手煎药。

茶房躲在外面偷看，见少年只抓了几味药在药罐里，剩下许多药，都丢进火炉烧了。煎不多久，用碗倾出药汁来，做一口喝下，罐里的药渣，也倾在火炉里，烧成了灰，还拨了几拨，才上床蒙着被窝睡觉，直睡了一日一夜。

次日上午，少伯正惦记着少年病势，想再去上进探看，忽见那少年走了进来，向少伯作揖称谢道：“我的病已好了，盛意我非常感激，特办了点儿小菜白酒，并非酬谢，不过好借此谈谈，也没请一个陪客。”少伯慌忙起身答礼，让座说道：“哪用得着这么客气！我要是和阁下客气的，这一点点银子，也不好意思送给阁下了！”

少年笑道：“哪里是什么客气，我素来不知道客气两字怎么讲，酒菜已办好了，你我不把它吃掉，也是白糟蹋了！”少伯口里不好再推辞，然心里暗想这少年，真是不知物力的艰难，病既好了，这二十两银子何不拿了做路费回家去呢！当时只得跟着到上进房里来，只见房中摆好一桌很丰盛、很精洁的酒席，仅有两副杯筷，果然没一个外人。

少年让少伯上坐，殷勤劝了几巡酒才说道：“我这回为想交结朋友到成都来，会见上千的人，简直没一个够得上朋友的。唯有你真是个朋友，我极愿意结交。这桌酒席便是略表我愿结交的意思，请问你贵姓大名，此番到成都来何干？”少伯是个极诚朴的人，见少年动问，一五一十地将自己平生经历，并这回到成都的遭遇，说了一遍。少年倾耳静听，听完了倒抽了一口冷气，问道：“庆隆盐行得多少银子，才能接续做下去，不盘顶给人呢？”少伯道：“至少也得三万两银子，若能有五万两银子，生意便更好做了。”少年不作声，提起壶来劝酒。

少伯本不会喝酒，少年也不勉强，胡乱吃完了饭。少年说道：“我此刻有点儿事，得出外走一遭。我和你还有话说，今夜三更时分，在你房里见面吧！”少伯道：“你的病才好，不宜出外吹风，什么事何必亲自去呢?”少年连说不妨，就掉臂不顾地去了。少伯想回问少年的名字籍贯，都来不及。少伯回到自己房中，兀自猜度不出少年是干什么事的人。看他的言谈举动，老练沉着得很，全不是富贵豪华公子，不懂得人情世故的气概。即专就开单服药的这件事而论，也就奇特得厉害，且看他今夜三更时候，到我这房里来有什么话说。

少伯这夜因少年有约，不敢上床睡觉，独自静坐到二更过后，只听得呀的一声，房门开了，一条黑影一闪就到了跟前。少伯就灯光看去，心里料知便是有约的少年来了，但是见面倒吃了一惊。只见进房的那人，浑身漆黑，连面庞都用黑纱遮掩了，仅露两只有神的眼睛在外，背上驮了一个很大的包袱，雄赳赳气昂昂的样子，和白天所见的截然是两个人。少伯惊得立起身来，退了一步，正要开口问是什么人。少年已一手揭去面庞黑纱，一手将背上包袱卸下笑道：“劳你久候了!”边说边把包袱往床上一搁，少伯听那搁下去的声音，很觉有些分两。少年随手指着包袱，接续说道：“这里面足够五万两银子，请你收下，庆隆盐行就用不着招人承顶了!”少伯愕然望着少年打开包袱，一封一封地点了出来，共是三十封。少年又道：“这里每封一百两金叶，你可不用着急了。”少伯道：“虽承阁下的好意，帮我的忙，但是我平生不敢取一文非分的钱，何况这么多的金叶呢！仍请阁下收回去留着自己使用吧!”少年望着少伯笑道：

“我知道你的意思了，你以为这金叶的来历不明，恐怕反因贪财惹祸。你放心收了吧，若是来历不明白的钱，我拿来送你，岂不是以怨报德吗？我家中很有些祖传的积蓄，这金叶是刚才从家中取来的。我成心要帮助你，你得了怎得谓之非分？”少伯问道：“府上在哪里呢？”少年道：“在西安。”少伯笑道：“这就更是欺人之谈了，此去西安多远的道路，便是快马加鞭，来回也得半月，如何说刚才从家中取来呢？”少年也笑道：“此去西安，在你自然觉得很远，在我却是天涯咫尺，若不是半途有事耽搁，早已回到这里来了。你不用惊讶吧，我既说四川唯你一人够得上朋友，便不能拿来历不明的钱使你惹祸，更不能强你要非分之钱污了操守。”

少伯还待推让，少年已露出倦意，说道：“奔波数千里，已疲乏不堪了，有话明日再谈吧！”说毕，少伯又觉眼前黑影一闪，就不见了，惊愕了一会儿，只得将金叶收藏起来。心里颠来倒去地思量这事，直到天光将亮，才蒙眬睡着。一觉醒来，即去少年房间里道谢，已是空洞洞的房间，哪里有少年的踪影呢！少伯叫茶房来问，茶房说，一早就算清账走了。少伯怅然了半晌，料知无处追寻，就从这日带了三千两金叶回重庆，庆隆盐行骤增这么多活动资本，自然精神陡振，生意更见发达了。

过了些时有从自流井来的人，传说张家某夜，门不开，窗不动，失去五万多两银子。张家兄弟互相猜疑，兄怪弟偷了，弟怪兄偷了，几兄弟扭打起来，都受了重伤，于今正吵着分家，已告了状打官司。杨少伯听了这类言语，自然痛快，然心里已明白在成都所得的三千两黄金，必就是张家五万多银子买成的。大约是那少年恐怕银子碍眼，特地买成金叶免人猜疑。少伯是个深心人，这事并没外人知道，张家兄弟就因失却那五万两银子，各不相下的拿钱打官司，竟至都打破了产才罢。杨少伯对于张家的仇怨，算是那少年代替报了。少伯见张家结果如此，也无心再修旧怨了。

有个姓戴名季璜的，十二岁上就在庆隆盐行当学徒，甚是聪明讨人欢喜。三年脱师之后，少伯仍留他做伙计，只是戴季璜的年龄，一年比一年大，嗜欲也一年比一年深，自谓已脱了学徒时代，拿自己赚来的薪水在外面嫖。嫖是不妨事的，起初杨少伯没察觉，不曾禁止他，他便嫖入了迷，自己的薪水不够挥霍，就不免在账上掉些枪花，不凑巧被少伯查出来了。做生意的人，最忌的是品行不端缘戴季璜这种行为的人，庆隆盐行自然容纳不下，查出之后，立即把戴季璜辞退了。

帮生意的人，凡是因品行不端，被东家辞退的，同行中永远没人再请这人帮生意。这种惯例，也不独盐行为然，大行家、大字号都是这么的。戴季璜既被辞出，知道没有再帮生意的希望。他和几个做骡马生意的人熟识，遂改业帮同赶骡马，往来云南、贵州、四川之间，每年辛辛苦苦的，仅可敷衍衣食，郁郁不得志，却苦没有第二条生路可走。

这日跟着赶骡马的人，赶了一大批骡马经过永善县，因赶骡马的人有事须在永善县耽搁几日。戴季璜闲着没事，听说有座庙里正演戏酬神，他就跑到那庙里去看戏。

那时云南的神庙演戏的不多，每逢演戏，看戏的总是盈千累万。戴季璜挤在人丛中，抬起头向台上望着，大凡人多挤拥的场所，照例是你推我碰，犹如大海中的波浪一般。戴季璜在人浪之中，自也免不了一时被推过东，一时被碰到西，不能有一定的立足地。挤拥了好一会儿，他偶然看见人丛当中立了一个人，也是抬头向台上望着，但是尽管众人推来碰去，那人只是立着不动分毫。戴季璜是很聪明的人，看了觉得奇怪，立时挤到和那人相隔不远的地点站住，留神细看时，不但推碰那人不动，并且向东边挤的人，挤到离那人尺来远，自然会避开去，连衣角也不碰到那人身上，向西边挤的，向前或向后挤的，也都是如此。

那人立在中间，简直和有一堵墙把周围掩护了的一般。戴季璜心想这必是一个异人，我今日既遇了他，这机缘万不可错过，遂紧紧地靠着那人站住。不一会儿，台上的戏演完了，那人跟着大众向外走，戴季璜便跟着那人走。走到人稀的地方，戴季璜几步抢上前，回身对那人作了个揖，恭恭敬敬地说道："我有几句话想对先生说，先生肯赏脸，同到前面一家茶楼上坐坐么？"

那人望着戴季璜发怔道："你看错了人么？我并不认识你，有什么话说呢？"戴季璜连连作揖道："不错不错，我是要和你老人家说几句话，此地不便，非请到前面茶楼上去不可。"那人迟疑了一下道："也罢！看你有什么话说，我就陪你同去吧！"戴季璜喜不自胜地将那人引到一家茶楼上，向堂官要了一间僻静些儿的房子，教泡了两壶茶。

堂官退出后，戴季璜随手把房门关上，斟了一杯茶，诚惶诚恐地双手捧着，送到那人面前，随即双膝往地下一跪，叩头说道："我知道你老人家是个圣人，要求你老人家收我做个徒弟！"那人慌忙伸手来拉扯道："你这是哪里来的话，我一样生意不会做，收你做什么徒弟，不是笑话吗？"戴季璜赖在地下，不肯起来道："你老人家不用瞒我了，我确实看出是圣人了。不答应收我做徒弟，我便死也不起来。"那人大笑道："你既是这么说，我倒要问问你，你从什么地方，看出我什么来，却称我为圣人？"

戴季璜道："上千上万的人在庙里看戏，都是你推我挤的，立脚不定。唯有你老人家，独立在人丛之中，许多人如潮涌一般地挤来，一动也不动，这不是圣人，哪有这种本领？”那人大笑道：“你真说的哪里话，我不是一般被挤得喘不过气来吗？你看错人了，那立着不动的不是我。”戴季璜摇头道：“一点儿也没错，你老人家定得收我做徒弟。”那人道：“就算你没看错，挤不动也算不了什么稀奇，我的力比人大些，人便挤不动我，这算得了什么呢？你便学会了不怕挤，又有什么用处？”戴季璜道：“决不是力大力小的说法，若是许多人挤到了你老人家身上，挤不动，可说你老人家的力大。我分明在场看见的，还离尺来远，都挤得往旁边分开了，哪里是力大的缘故！”

那人听到这里，像是很惊讶的样子，两眼不转睛地望了戴季璜一会儿，才问道：“你姓什么？哪里人？干什么事的？”戴季璜道：“我是四川重庆人，姓戴名季璜，帮盐行出身，于今改业帮人赶骡马。”那人脱口问道：“你是帮盐行出身吗，那么庆隆盐行的杨少伯，你知道么？”戴季璜高兴道：“岂但知道，他就是我的师傅，我学生意是从他手里学出来的，又是我多年的东家。”那人点头道：“你起来坐着谈吧！杨少伯是我的老友。”戴季璜连叩了四个头起来，立在一旁。那人道：“我今日独被你看出来，不能不说是你与我有缘。不过缘是有缘，且看你的福命如何。学道第一重缘法，第二就重福命。没缘法不得学道的门径，没福命不是载道之器。你既要跟我做徒弟，就须把现在帮人赶骡马的事辞卸，你去辞吧，我在这里等你。”

戴季璜唯恐变卦，不敢离开，答道：“弟子帮人赶骡马，并没有经手的事件，也不该欠人的钱，用不着去辞卸，跟着师傅走便了。”那人道：“那如何使得，你不去说知一番，同伙的不疑你遇了意外的事吗？快去快来，我等你便了。”戴季璜只得跑去，向赶骡马的人辞事，回头到茶楼看师傅，幸喜不曾走开。那人已付了茶钱，带着戴季璜走到一座深山穷谷之中，莫说没有人迹，连飞鸟走兽都不大发见的荒僻地方。那人说道：“学道须耐得劳苦，这里有个石岩，你只坐在里面，我传你修炼之法，衣的食的，我自去办来，你不用分心，一意修道。”当下就传了吐纳口诀，戴季璜便遵师命，坐在石岩里做功夫，那人说了姓名叫邵晓山。

戴季璜不间断地做了一年功夫之后，邵晓山拿出一片三寸多长金质东西，其形式似剑的，给戴季璜道：“你这一年中在此修炼，所以没有妖魔异兽前来侵害你，全仗我的符箓道术保护。往后须你自己有保护的力量，方能不为外物侵扰。这是一把剑，可炼成变化不测，妖魔异兽不足当其一割，这是修道人必有的护身之物。”戴季璜双手接了，跪受了修炼之法，继续又炼了一年，这剑已炼得小如芥子圆，大如长虹，旋空击刺，任意所指。

邵晓山这日走来，看了戴季璜的剑术，喜道：“有此足以自卫了。”戴季璜也很觉自负地问道：“师傅的剑是不是和弟子的一样呢?”邵晓山点头笑道：“怎的不是一样，使给你瞧吧!”说罢，只见他将口一张，一道金光夺口而出，破空如裂帛之声，在天空夭矫如游龙，渐旋渐下，离地还有十来丈远近，满山的木叶树梢，都如被狂风摧折，纷纷堕地，冷气侵入肌肤，戴季璜不知不觉地连打了几个寒噤。

邵晓山只将手一挥，金光顿时消灭，只山中树木，尚在震颤不定。戴季璜道：“师傅怎么不把这样的剑传给弟子，却又说是和弟子的一样呢?”邵晓山笑道：“你的功夫没到这一步，也不怪你怀疑不是一样。其实我的剑便是你的剑，你的功夫做到了我这一步，就和我这时的剑一样了。你于今自卫的力量已够，随处都是你修炼之所，此后不必专坐在这岩里了。你功夫做到了什么地步，我自然知道，自然前来再传你高一层的道法。你须知道到我门下的，初期得严守四条戒约，你静听仔细记取吧！”戴季璜跪地受戒。

邵晓山道：“第一条戒妄杀；第二条戒奸淫；第三条戒贪盗；第四条戒多事。吾道的法术，是修炼了对付妖魔异兽的，不是对付和我同类之人的，若拿了这种厉害的法术去害人，在寻常人是没有抵挡的能耐，然天理是不能容的。此间不平的事尽多，然各人有各人的缘法，遭际都有定数。我等虽目击不平，不能用道术去挽救，因明有国法，暗有鬼神，不干我们修道人的事，多事必遭天诛。这四戒你须发誓遵守。”

戴季璜遂对天发誓道：“弟子今日受师傅的戒，永远遵守，倘若破戒，来世不得为人。”邵晓山向天打了个哈哈道：“好！后会有日。”说毕金光一亮，即时不见邵晓山的踪影了。

戴季璜惊异道：“师傅的本领真大，我若能炼成这么大的本领，岂不可以无敌于天下了吗？我修炼的遁光，今日且试他一试，到成都去玩玩。”戴季璜施展道术，果然借遁到了成都。他生性是个欢喜游荡的人，帮人赶骡马的时候，几年没能力闲游寻乐；学道两年，在深山穷谷之中，更是清苦到了极处。一旦得了自由行动的机会，又有了随心所欲的道术，岂不是和放发了一匹没笼头的野马一般吗？当下戴季璜因手中没有银钱，就使法术弄了些银子，更换了时新衣，去窑班里寻开心，手中有了钱，要嫖婊子，怕不是一件容易的事吗？

到成都的这一日，就姘上了一个年龄很轻的婊子，睡了一夜之后，两情异常融洽。那婊子年龄虽轻，牢笼嫖客的手段却老，把个戴季璜骗得心悦诚服，无所不可，银钱只要婊子开口，总是用法术取了来孝敬。

这日戴季璜打听得成都将解协饷银四十万两去云南，心想我何不一股脑儿劫来，作我一生的用度呢？零星向人家去取，好不麻烦！主意既定，等到解饷的起程，戴季璜赶到半路上，一施手段，真个全数劫了，存放在一处人迹不到的山谷里，随身只携带了几百两，到婊子家玩耍，说不尽心中快乐。

次日早起只见桌上放着一张纸条，上面朱笔写道："前日受的何戒，今日做的何事？限尔在十二个时辰以内，将原赃全数退还原处，过时即以飞剑取尔首级，切切此谕。"下面认得是他师傅的花押。

戴季璜吓得汗流浃背，呆呆地望着纸条发怔。那婊子已缠了过来，撒娇撒痴的，说些快刀都割不断的话。戴季璜因此陡然想起昨夜和婊子商量嫁娶的话来，心想我答应娶她做老婆，就因为有了这几十万两银子，可以成家立室了。若依师傅的话，退还原处，这一笔已到手之财，吐出去固是可惜，而我这老婆不眼见得讨不成了吗？一时想思量出一个两全之道，耽延了好几个时辰，哪里想得出好法子来呢？

正在心中着急的时候，忽然见邵晓山揭开门帘进来，一声也没听得外面人呼报，也不知怎么进来的。戴季璜看了，心里就是一惊，看邵晓山沉着脸，盛怒之下的样子，吓得连忙双膝跪倒，叩头请罪。邵晓山挥手道："用不着这些玩意儿了，随我来吧！"回身就往外走，戴季璜身不由己，仿佛被人推挽一般，跟着邵晓山出来。

邵晓山在途中也不说话，先到戴季璜藏银子的地方，从袖中摸出几封银子来。戴季璜偷眼瞧时，正是昨夜拿给婊子的那几封，不知师傅在什么时候拿回来的。邵晓山显神通把四十万饷银运回了原处，才把戴季璜带到云南当时传道的石岩中，指着戴季璜说道："你到成都的行为，我一概知道，并不怪你不遵戒约，只怪我自己过于孟浪，妄收了你做徒弟。当初我以为你是杨少伯的徒弟，又在庆隆盐行帮了好几年生意，端人取友必端，谁知你是被杨少伯赶出来不要的东西。我查明了就应该把你斥退，只因见你在山修炼尚诚，姑予你一条自新之路，听你受戒时发的誓，便知道你有今日。你受戒时若不存心破戒，为什么会发来世不得为人的渺茫誓呢？照你到成都后的行为，久应飞剑取你的首级，只是你原不是修道的人，罪恶应在我身上，由你去吧！这里五十两银子，给你作归家的旅费，算是你我师弟一场，从此我没你这徒弟了！”

戴季璜双手接过银子，再看师傅没有了，只见天空中有道金光闪烁了几下，转眼也就不见了。戴季璜呆立了半晌，暗自寻思道:我以为师傅带我到这里来，必要重重地处罚我一顿，谁想到不但没恶言恶语地责骂我，并且赏我五十两银子，这不是很稀奇的事吗？他已把道法传了我，却不要我做徒弟了，我于今没有师傅，倒少了个拘管我的人，岂不更好！来世能做人不能做人的咒，便发一百次，也没什么要紧，只要今世得了快乐。想到这里，心中又高兴起来，满拟借遁光，立刻再回成都寻那婊子取乐。但是哪里还由他遁得了啊，再试别的道法，一件也使不验了，简直回复了二年前赶骡马时的原状。这才不由得有些慌急起来，心想怪道他给我五十两银子做旅费，若是还能借得了遁光，又如何用得这银子，一时追悔不及，在石岩里痛哭了一场，只好步行回四川来。

行到了四川界，心里忽然悟道:前年在永善县茶楼上，师傅不是曾说和杨少伯是老友吗？我何不就去重庆求少伯，请他替我对师傅求求情，我自愿改过，不再破戒。师傅或者看少伯的情面，肯再收我做徒弟，将道法还我，也未可知。想时觉得不错，及至到了庆隆盐行，将二年来情形对杨少伯说了，接着说要托少伯去求情的话。

少伯初听摸不着头脑，后来问明了邵晓山的容貌举动，才点头说道：“那姓邵的何尝是我的朋友，他是我的恩人！我受了他的大恩，已转眼十年了，只因不知道他的籍贯和名字，就想报答他，都无从报答起。你教我去哪里向他求情?”

戴季璜问少伯曾受了什么大恩，少伯笑道：“那得问你师傅才知道。”戴季璜见少伯这么说，知道没有希望了，觉得很伤心，又掩面痛哭起来。杨少伯看着他可怜，便说道：“你此时痛哭也没用处，你真能知道改过，不修道也不失为好人。你于今没有生路，不妨就住在我这里，衣食有我担负，高兴帮我做做小事。你师傅的神通广大，若知道你诚心忏悔，或者再来收你去，也说不定。”戴季璜到了这一步，哪里还有旁的道路可走，自然依了少伯的话，仍住在庆隆盐行，痴心盼望邵晓山再来收他。

民国九年十月间，在下因事到了重庆，就下榻在离盐行不远的一个旅馆里，在朋友酒席上遇了杨少伯，已是六十多岁的人了，朋友为述这件事。在下要看那姓戴的，次日居然到在下旅馆里来了，在下拿这回事问他，他不说什么，只是吞声饮泣。在下还曾托他代买了四川许多土产，其人至今不过五十来岁。然而即令邵晓山再来，他也不见得再有修道的勇气了。

《侦探世界》第 10、11 期　民国十二年（1923）10 月

纪林齐青师徒逸事

于今若有人在湘阴、平江一带地方，提出林齐青三个字，问当地的土著，是一个何等人物，能答得出来的，必然很少；但是只要换一个说法，提出林齐青的绰号——齐桶子三个字来，便不论老少男女，都得连连点首道："原来是问齐桶子么？知道知道，是二十年前一个著名的好汉！"究竟齐桶子是个什么好汉，在当日没有电报和新闻纸供人宣传，所以齐桶子的威名，只限于湘阴、平江两县，远道的人，知道的绝少。

在下原籍虽说是平江人，然半生并不曾到过平江县城。十多岁的时候，以欢喜和一般会武艺的人来往，时常听得他们谈论拳脚，不说某拳某脚是齐桶子传授出来的，便说齐桶子用某种手法打倒某教师。像这类的谈论，在下两只耳里，也不知曾听了多少次，却不明白齐桶子是谁，以为必是拳术界中的老前辈，姓齐名叫桶子，自以为这种推测不错，所以并不追问究竟是与不是。直到民国二年，在下在长沙倡办国技学会，三湘七泽会武艺的人，招集得不少。其中有一个绰号头麻子的，年纪三十多岁，身体瘦削，面貌甚是丑陋难看，并像是害了风病的人，行止坐卧，头颈手足，都惊颤不定。同伴中没人愿意和他同睡，说他睡着了，也和醒时一般地惊颤，只颤得床架喳喇喳喇地响。休说和他同床的睡不安稳，便是和他同房，两床相隔太近的，也每每被他响得睡不着。在下因问头麻子是不是姓涂，是不是害了风病。头麻子摇头道："我姓黄，名头喜，因为脸上略有几点麻子，大家便呼我为头麻子，并不曾害了风病，这惊颤的毛病已害了十多年，于身体毫无妨碍。"

在下当时听了头麻子这句于身体毫无妨碍的话，不由得心里好笑，暗想这种毛病如何能说于身体毫无妨碍呢？即算于身体没多大的妨碍，然我这里倡办的是国技学会，招来的全是会武艺的人，不会武艺的不能入会。他既有了这种毛病，还能说得上会武艺吗？不会武艺，却跑到这国技学会来干什么呢？岂不是一个可笑的人？只是我那时心里虽觉好笑，口里并没说什么。

过了几日，忽然从衡山来了一个姓胡的，指名特来会我。我即出外迎接到客堂里坐下。看那姓胡的，年龄约在四十以上，体魄强壮，气概粗豪，生成一脸的横肉，颔下一个漆黑的大疙瘩，疙瘩上还长了一撮黑毛，加以两眼火也似的通红，使人一望便能断定他是一个很凶横的人。宾主坐定，我还不曾开口问话，他便放开破锣似的喉咙说道："我姓胡，人家见我这里长了个疙瘩，就叫我作胡疙瘩。我家住在衡山城里，因听说长沙开了个武艺大会，好本领的人来得不少，我忍不住要来领教领教，所以特地来拜望先生。先生何不把有本领的人叫几个出来和我见见。"

当时我看了胡疙瘩那目空一切的态度，又听了这番没有礼让的言语，只得带笑说道："兄弟倡办这国技学会完全是一种想保存国粹的意思，因为开办的日子不多，现在会里还没有好本领的人。阁下远在衡山，所听闻的，是传闻失实的话。但是既承阁下惠然肯来，敝会异常欢迎。敝会有了阁下，就可算是有好本领的人了！敝会房屋尚宽，就请屈尊在这里住下来吧！"

我自以为这番言语说得很周到，谁知胡疙瘩听了，大不以为然，即时将两只火红般的眼睛朝我一瞪，很严重地说道："先生不要推诿，怎么能说开会的日子不多，会里还没好本领人的话呢？我虽住在衡山城里，听来的话，却十分实在，这里若真没有好本领的人，就敢随意动手打人吗？”说罢，现出一种气愤不堪的样子。

我一听这话来得有因，但一时想不出随意动手打人的事实来，因为那时的国技学会，已经开办了两个多月，为彼此互相研究武艺起见，时有动手较量的事。一较量自有胜负，不过有较量的限制便了。遂向胡疙瘩问道：“阁下说谁曾随意动手打人呢？被打的又是谁呢？”

胡疙瘩更生气的样子说道：“你会里的人，在你会里打伤了人，你还装马虎，反来问我吗？”我心想会里的武术家，虽说时常有和外来人较量的事，然因限制得严密，从不曾把人打伤过，只得答道：“我绝不是装马虎，实在是想不起有将人打伤的事，望阁下不要生气，从容将受伤的人并动手的情形，明白说出来吧！”胡疙瘩冷笑道：“你果是想不起来么？好！我就明白说给你听！稽查处处长柳子实，是你们会里什么人？”我说：“是发起人当中的一个。”胡疙瘩点头道：“他跟前带的护兵周振标，曾在你会里和人比过拳棍没有？”我说：“不错，有过这么一回事。”胡疙瘩仰天打了个哈哈道：“却也来，你还能说不曾把人打伤么？”

我说：“周振标在这里较量拳棍，确是曾有的事。但是，我当时在场，亲眼看见的，可绝对地担保，双方都没有受伤的事。阁下专听一方面的话，或者还不甚明白当日较量的情形。那日柳处长带了周振标到这里来，看了这里一个姓范的师傅使棍子。柳处长赞不绝口地说这种棍子真使得好，不知能否用这种棍法，教兵士刺枪。范师傅说能教，并解释许多棍法给柳处长听。谁知周振标在旁听了不服，当面做出种种鄙薄嘲笑的样子。好几个同场的人看了都不睬他，他忍耐不住了，忽然对柳处长行了个礼，说道：‘请处长的示，护兵也懂得几下棍子，想和范师傅领教一番。’柳处长是个少年好事的性格，听了周振标的话，不但不阻拦，反连连地点头道：‘你既会几下，就弄几下给我们瞧瞧也好。’范师傅连忙将手中棍子放下笑道：‘我这棍子是假玩意儿，认真打起来，是不中用的，不要见笑大方吧！’周振标哪里肯听呢？从兵器架上抢了一条棍子，在手晃了一晃，棍颠指着范师傅道：‘何用客气，拳棍是当面见效的东西，来吧！’范师傅望着我不作声，我就对柳处长道：‘你是这会的发起人，中国武术之所以不昌明，就在会武艺的动辄相打，一相打就不免受伤，因此有身份和自爱的人不肯学习，有知识的人不敢提倡。这国技学会若时常打伤人，会务便决无进行的希望，请叫遵纪不要勉强范师傅动手吧！’柳处长笑道：‘没要紧！我们都是本会的人，随意玩几下，有什么相干。周振标时常自负其勇，我也正想借范师傅试验试验他！’范师傅见柳处长这么说，便不开口，将放下的棍子取在手中，笑问周振标道：‘玩几下使得，不过会里定了较量武艺的章程，你知道么？’周振标道：‘什么章程不章程，我都不管，你打翻了我，算我输给你；我打翻了你，算你输给我。’范师傅仍从容不迫地笑道：‘倘若打个不分输赢，如何罢手呢？会里的章程，是若我不愿意打了，我就把棍子往地下一竖，你便不许再打进来，趁我措手不及。你竖棍子也是一样。’周振标爱理不理地点点头，于是二人就扶棍打起来。范师傅的棍法，确比周振标高明一筹。周振标身上穿的白衣白裤一霎眼间，衣上裤上，都着了无数点棍颠黑印。因范师傅不肯重打，所以只沾在衣裤上，着肉极轻，以为周振标受了这么多下，必然知趣不来了。哪晓得他误会了范师傅的意思，认作棍法不老辣，打不入木，反一棍紧似一棍地逼拢来。范师傅只得将手中棍子朝地下一竖，周振标明知竖了棍子不能再打了，却故意装作没看见，一步蹿进去。范师傅已来不及扶棍，随手接住周振标的棍尾，往后一带，周振标立脚不住，扑地栽了一个跟斗，跳起来要再打。我不答应，柳处长也不许。周振标才悻悻的不敢多说。他在这里较量，就只这一次，自后并不曾见他跟随柳处长来过，如何会有受伤的事呢?”

胡疙瘩听了我的话，怒气似乎略平息了点儿，然仍很倔强地说道：“周振标真受了伤与不曾受伤，我当时不曾看见。此刻我也懒得争论，只是当日曾动手相打，你已承认是实有其事的了。我这番特地从衡山到这里来，也就只要会会你这里的范师傅，请你即刻叫他出来吧!”我说：“且请阁下在敝会住下来，因范师傅已于前日下乡扫墓去了，须迟几日才得回来。”胡疙瘩不相信的样子冷笑道：“有这么凑巧的事？我不来，他不下乡扫墓！我前日从衡山动身，他也恰好是前日从这里动身!”

我见了胡疙瘩这种不相信的神气，并轻侮人的言语，不由得心中发生不愉快之感，说道：“胡君不要误会，看朋友的，适逢朋友不在家，是常有的事。范师傅并不曾接得胡君今日来会他的通知，他要下乡有他的自由，并且范师傅在敝会虽是会员之一，却无重要职务，来去本可听便。”胡疙瘩道：“我倒不一定要会姓范的，你会里的好汉，我都想领教领教，难道一概都下乡扫墓去了不成?”

我还不曾回答，忽从客厅后面转出几个人来，都是从各州府县招集来的武术名手。一个姓彭的在前面，开口对胡疙瘩道：“你是定要和我们会里的人动手么？答应你有在这里十八般武艺，听凭你想来哪一样!”这姓彭的原是一个石匠出身，两膀有三四百斤实力，拳脚功夫也还去得，平日和人动手，全凭实力胜人，性情异常猛烈，心地却很光明。他这几句话一说，说得胡疙瘩托地跳起身来，大喝一声道：“不找你们动手，也不到这里来!”一面说，一面用右手往桌角上一拍。甚是作怪！那方桌是椆木的，十二分的牢实，想不到只被他那么一拍，竟拍断了一条桌脚，而落手掌的所在，也削下了一片巴掌大的木屑。这么一来，把姓彭的和同出来的几个名手都惊得呆了。我一时也惊得没作摆布处，胡疙瘩却得意扬扬的，连声催促道："谁敢来就来！"这几个名手都眼见了这情形，还有谁敢自讨没趣呢？

就在这个大家很着急的当儿，只见黄头喜一步一惊颤地走来，笑向胡疙瘩道："牛角不尖不过界，我正没有见过衡山人的本领，难得你跑到长沙来，就请你借两手功夫给我看看。"胡疙瘩翻着白眼，望了黄头喜一望，立时做出鄙夷不屑的样子，把黄头喜遍身打量了一会儿，问道："你这人就在这里吗？只怕还有忘记带来的吧！"黄头喜似乎没懂得胡疙瘩说挖苦话的意思，怔了一怔，说道："我没什么忘记带来。"胡疙瘩大笑道："就是你一点点人儿，恐怕不够，我劝你且把你这风病治好了再来，我胡某便打胜了一个病人，也算不了什么好汉！"黄头喜这才明白胡疙瘩的意思，也大笑着说道："原来你是到这里来和人比身体轻重的。隔壁磨坊里有极壮大的牯牛，你去和他比吧！这国技学会只比武艺的高低，不比身体的轻重！"胡疙瘩没得话说，姓彭的连忙拖开断了脚的方桌，腾出施展的地位来。

这时我非常担心黄头喜不是胡疙瘩的对手，只是没有阻止他们不动手的方法，只好一面打发人去请长沙省城里几个著名的拳师来，一面准备人在旁边等着。黄头喜若支持不住，即上前救援。我布置方妥，胡黄二人已交手了。奇怪黄头喜惊颤的毛病，至此全不见发作了，二人仅走了两个照面，猛见黄头喜浑身一颤，仿佛猫狗睡了一会儿才起来，抖落身上灰尘的抖法一般，黄头喜这一抖不打紧，只抖得胡疙瘩哎哟一声不曾叫出，已跌倒七八尺远近，半晌爬不起来。我这时只喜得心花都开了，唯因所处地位的关系，不能拍手叫好。上前将胡疙瘩扶了起来，敷衍了几句安慰的话。胡疙瘩当时就吐了两口鲜血，很狼狈地去了。

黄头喜已来会里住了几日，我因疑他是个有风病的人，不曾和他谈论过拳棒，许多的武术家每日各显身手，他也只立在旁边瞧瞧，不肯出手给人看。既有了这番惊人的举动，我心里自不由得不敬服他。于是才把他单独请到我房里，和他细谈。我问他的师傅是谁，他道："我只一个师傅，我师傅也只我一个徒弟，就是齐桶子。"我听了更惊喜问道："齐桶子是现在的人么?"黄头喜笑道："他老人家还不过四十多岁，怎么不是现在的人呢?"我问此刻在哪里，黄头喜说："于今在四川，前月还有信给我。"因将齐桶子平生的历史，很详细地说给我听。我听罢，不觉发生无穷的感触，以为像齐桶子这种人，决不仅是湘阴、平江两县人异口同声所称的著名好汉，简直要算是武术界中的一个杰出人物！他的生平事迹，很有足记述的价值，在下且将他当一篇武侠小说写出来。

光绪二十五六年之间，黄瑾武（即黄兴，那时名轸，字瑾武）想革清朝的命，在长沙秘密组织了一个团体，名叫兴汉会，所招集的会员，十九都是湖南有名的武术家。那时齐桶子的声名，并不甚大，年纪也只三十来岁，不过他练的是童子功，遍身刀剑不能伤损。他时常脱了衣服，仰睡在地下，任凭大力的蛮汉，推一车四五百斤的麻石，走他肚皮车过去，他鼓起气来，一点儿痕迹没有。他因姓林，名齐青，身体甚高，地方上本来都叫他为齐长子，后来见他有这么好的武功，就改口叫他齐桶子，便是恭维他桶子劲好的意思。他的师傅，也是平江人，姓黄，名其寿。当时黄其寿在平江并没人知道是个身怀绝技的人，仅收了林齐青一个徒弟，且只整整地传授了三年武艺，黄其寿便出门不知去向了。林齐青家中略有些儿田地，由他哥子林步青耕种，每年勉强足一家人的衣食。林齐青因得专心练武，离开他师傅后，又整整地练了七年，一次也不曾和人比试过。这年三月，高桥地方正在做茶的时候，林齐青独自走到高桥去看热闹。凑巧这日义泰茶庄里面因为争论工价，茶商与选茶的工人打起来，茶商照例得花钱雇些会武艺的强徒保护。每到与茶工相打的时候，总是关了庄门，双方在庄里鏖战。打死了茶工算不了什么事，万一将茶商方面的人打输了，这场官司就得使为首的茶工受多少说不出的委屈。这回义泰庄里的男女茶工，共有三百多名，只因老弱的居多，强壮有力的，不过三四十个。但是义泰庄雇的把式，也只得八个，所以双方相持不决的恶战了许久。庄门外挤了一大堆想打不平的人，却苦于庄门太厚太牢实，冲挤不破。林齐青走来，一问得了缘由，真应了小说上的那两句“怒从心上起，恶向胆边生”的套话，即对那大堆人扬手说道：“我进去救他们出来，你们不要把庄门阻塞了。”说着一耸身就飞上了二丈多高的风火墙，在墙头朝庄里一看，只见被打伤倒地的茶工已有十来个，都是头破血流，在地上乱滚乱叫；不曾被打伤的，都红了眼睛，拼命围住几个人，打作一团。只是不会武艺的人，尽管拼着性命，究竟打不过会武艺的。一转眼又打倒了两个茶工。

林齐青再也忍不住了，两脚只一缩，早飞下了青草场，高声喊道：“众位选茶的兄弟不要怕！帮助你们的来了！”旋喊旋舞着两条赛过钢铁的臂膊，冲进人丛，在墙头的时候，已看清了几个穿什么衣服，打什么包巾的，是茶商雇来的把式。这时冲进去，一见分明，可怜那八个把式，哪一个上得了林齐青的手，加以和众茶工已打得有几分疲乏了，林齐青如抓小鸡子一般，一手一个，抢住辫发，往空中掼去。把式气力小的，不抵抗掼得轻些，越是动手抵抗，越掼得重些。不须半刻工夫，八个把式都掼得昏头搭脑。眼见得茶商方面没有战斗的能力了，林齐青才开了庄门。外面蜂拥了无数的人进来，这许多人，全是和茶工表同情的。

林齐青向义泰的茶商说道："我就是齐桶子，你们的人，是我一个人打伤的，与众选茶的无干，你们要到县里去告状，只许告我齐桶子一个人，我并不走开，就住在高桥客栈里等候县里的官差到来。"林齐青交代了这番话，真到客栈里住着，于是高桥附近的人，无论老少男女，没一个不知道齐桶子的，更没一个不钦佩齐桶子的。义泰茶庄受了这回大创，自是免不了去县里告状。当时茶商都具有相当的势力，呈词上去，县里派了八名干差到高桥来拿齐桶子。官差到时，齐桶子正立在一个面粉担旁边吃面粉，官差想乘他不备下手拘补，两条铁链，同时抖出来，往齐桶子颈上一套，打算拉着便走。齐桶子只当没有这回事，不断地用筷子夹着面粉往口里送。当场有好几个在义泰的茶工曾受过齐桶子救援的，见有官差来拿齐桶子，发一声喊，都跑过来要打官差。齐桶子才忙将手中碗筷一丢，举起双手向两边扬着，口里大喊道："打不得！打不得！你们一动手，就害死我了！"

众茶工听了这话，才不敢动手了。林齐青回头对官差道："劳动诸位多远的来办案，我不曾尽一点儿东道之谊，心里很不安。想请诸位到前面客栈里喝几杯淡酒，略表我一点儿敬意。我还有些儿行李在那客栈里，也得去取来，方好陪诸位到案。"官差见林齐青这么说，以为有些油水可得，都欣然答应，一路同到客栈里。林齐青招呼办了酒菜，对官差道："这铁链锁在我颈上，吃喝都很不方便，请解下来吧！"官差摇头道："这是国法，我们不敢做主。"林齐青道："我若要走，还待此刻吗？你们解不解？再不解时，我就自己动手了！那时却不要怪我不肯到案！"

众官差见情形不对，恐怕林齐青脱逃，握铁链的，将链端牢牢地握住，其余的或拔出单刀，或抽出铁尺，准备先将林齐青打伤，再押着上路。林齐青哈哈大笑道："你们做梦么?"说时迟，那时快，就在这笑声里面，只听得咯喳一声，两条胡桃粗细的铁链，即时变成了四段。林齐青抢了两段在手，扫地只一甩，早把两个立得近些的官差每人扔了一个跟头。这六个举刀的举刀，举铁尺的举铁尺，想一齐扑攻过来。林齐青将右手的铁链一抖，仿佛成了一条铁棍，直指着六人说道："你们若还想我到案，就得赶快立着不动，听我的吩咐。如果真要讨死，就不妨动手杀来！我饶了你一条狗命，也不算齐桶子厉害!"六人看了齐桶子这种神威，谁还肯不顾性命地上前自讨苦吃呢？遂连忙各自放下兵器，齐声说道："我等身不由己，冲撞了你老人家，求你老人家不要计较，只要肯同去到案，什么吩咐都能遵从。"

林齐青至此也放下铁链说道："我若不愿意到案，早已离开高桥了。不过我到案是到案，却不是犯了罪的人。一不能上刑，二不能赶路。在路上行走的时候，我高兴走就走，高兴住就住，并得好酒好肉地供给我。你们受得了我的吩咐，即刻便可动身；若受不了，休想我去！你们回头请县太爷再派过人来，你们不是能办我这案的人。"官差听了，不敢不遵，一一地答应了，林齐青才跟着动身。高桥各茶庄所有的茶工，没一个不流泪相送，从此齐桶子三个字的声名，震惊遐迩。正经绅士听了齐桶子这回遭官司的事，很有些出力替齐桶子帮忙的。齐桶子到县里，一点儿委屈不曾受，绝不费事地就开释了。

黄瑾武组织兴汉会，极力地罗致他，他起初不大愿意，后来感激黄瑾武的知遇，才答应如到有所举动的时候，可竭他自己的力量，听候驱使；在没有举动之前，不与闻一切进行会务。黄瑾武也只要他能应允到这种程度，就觉满足了，平日进行会务，自有担任的人。那时三湘七泽的豪杰之士，如马福益、王福全等，都为黄瑾武收罗在兴汉会里。这种秘密运动，一人多口众，便不免泄露风声。光绪末年，湖南拿革命党，拿得十分认真，黄瑾武那时在明德学堂当国文教习，险些儿遭了毒手。幸亏他为人机警，化装作担水夫，挑着一担水桶，到小西门外，上了外国轮船，才得逃亡到日本。当他挑着水桶从明德学堂后门出来的时候，正遇着去拿他的差役刚刚走来堵截后门。因见是一个挑水的，不曾注意盘诘，反向黄瑾武打听道："从前门进去拿黄瑾武的，不知已拿住了没有?"黄瑾武神色自若地笑答道："我才挑水回来，不知道。"

等到众差役将全学堂搜查了没有，疑心到那挑水夫时，已是来不及追赶了。然而黄瑾武有脱难的机智与亡命的能力，方能逃到日本去，留着性命做异日的大伟人。至于马福益、王福全这般无名之英雄，如何能逃得了呢?杀的杀，死牢的死牢，能逃出性命如刘揆一等，都是些读了书，或家中富有财产的人。这时林齐青避匿在平江西乡的丛山之中，除自己至亲骨肉之外，没人知道。官厅中人，也知道兴汉会里面，最勇敢可怕的只有齐桶子一个人，派了几班精干有名的捕快，带着强壮兵丁四处侦缉，并悬了三千串花红，侦缉了两三个月，得不着一些儿踪影。于是就有人出主意将林步青拿了，用种种严酷的刑罚，逼着要供出齐桶子藏匿的地方来。林步青初不肯说，后来实在熬刑不过了，只得把丛山之中的地名说出。差役不相信，要林步青领着去拿。林步青无奈，只得引着一行二十四个兵丁、八个差役，同到林齐青藏匿的所在来。

林步青在路上对众兵士差役道："我兄弟藏躲的所在，我不能不引你们去。不过我兄弟的武艺，你们大概也曾听人说过，很不是容易可以将他拿住的。我是一个种地的人，一些儿武艺不懂得，不能帮着你们捉他，我只能引你们与他见面，见面之后，便不干我的事了。你们一共有三十多人，各人手中都有兵器，就不要把他放走了，却又抓了我来拷打!”众兵士差役齐声应道：“只要你引我们见了面，就不干你的事。任凭他本领登天，便活捉他不住，也得将他打死。你没有这种兄弟，也可免多少祸害!”

一路说着，已走近那所在了。林步青一面指着房屋，告知众人，一面高声喊着林齐青道：“捉你的人来了！你不要逃跑了害我呢!”众兵士差役，哪敢怠慢，一转眼就将那座小小的茅屋包围了。捉拿林步青的人怪林步青不应该高声喊叫，是有意教齐桶子逃跑，顺手就是两个嘴巴，把林步青的牙齿都打落了。林齐青这时正横躺在床上，吸鸦片烟。他本来不是吸鸦片烟的人，林步青因知道他的性情急躁，不肯独自藏匿在深山人迹不到之处，才特地弄些鸦片烟给他烧吸，使他好借此消磨日月。他有了这鸦片烟，果然不觉得独居岑寂了。这时忽听得自己哥子的声音在外面这么喊叫，他原知道是有意教自己赶紧逃跑，但是心想自己做的事，岂可连累哥子？遂不作逃跑之想，仍旧烧烟，躺着不动。外面包围停当，在三十二人之中，拣选了八个精悍的人，押了林步青进来。林步青一见自己兄弟还躺在床上烧烟，只急得跺脚叹道：“我做哥哥的害死你了!”八人各操兵器，堵住门窗。林齐青从容坐起来，见林步青泪流满面，不由得自己的鼻子一酸，两眼的泪也要夺眶而出了，只是唯恐乱了自己的怀抱，连忙忍住，反哈哈大笑说道：“这算得了什么事！你们快放了我老兄，我跟你们到案便了！来来来，请上刑吧！我很值价的，不劳诸位费手脚。”边说边将两膀反操起来，这八个精悍汉子，因齐桶子的威名实在太大，初进屋的时候，只敢堵住门窗，没一个敢争先上前动手，及见齐桶子自请就缚，才敢上前抖链条锁了个结实，并拿出两副纯钢手铐来，都套在林齐青两只手腕上，因为要带着走路，不能上脚铐。众人觉得万无一失了，方欢天喜地地放了林步青。

林步青带众到这里来的时候，以为林齐青得着一点儿风声，必然逃跑，这三十多人，逆料绝不是对手。他的心理，只要兄弟能脱难，自己不是犯罪的人，便拿去也没死罪。没想到自己兄弟竟肯束手就缚，明知兄弟的心思，是因为怕连累自己，不禁深悔不该把众人引来。林步青这么一着想，哪里忍心撇了自己兄弟，独自回去呢？哭哭啼啼地跟在众人后面走。林齐青走了一会儿，只得回头喊道："哥哥，你放心回家去吧！我有把握，不至送了性命，才敢是这么做。"林步青虽听得这般说法，然心里怎么能相信咧？因为兴汉会里的人被拿住的，没一个留了活命。林齐青尽管这么说，林步青仍是跟着不舍，这才把林齐青急坏了，要求众人许他和老兄说句话。众人冷笑道："你知道你犯的什么罪？有许你和亲人说话的道理么？"众人一面这么回答林齐青，一面分班回头，把林步青赶回去。林齐青看着，心里才高兴了。

这日行了五十多里路，天色已向黄昏了。众人不敢夜行，就落在一家老饭店里，三十二个人，分作两班，轮流看守，吃饭的时候，将链端锁在林齐青坐的凳脚上，一头坐一个兵士，用脚踏住那凳。林齐青说道："我从来做事，不肯含糊。我果是想逃跑，什么时候跑不了呢？并且你们这种刑具，也不能禁止我不跑。何不做个人情，把这两副铐子去了，让我好拿碗筷吃饭呢？"众人恐怕去了手铐，对付不下，都不肯解。林齐青也不多说，就用指头抓住饭菜，慢慢地往口里送，两手一上一下的，暗中运足了气力。纯钢虽坚，然越坚越没有弹力，禁不住林齐青的神力，只几上几下，就拗得喳喇一声，两铐齐断了。林齐青到这时岂肯放松半点，两拳往左右一开，猛不防早将那两个用脚踏凳的兵士打得仰天便倒，也来不及再扭铁链，带了那条板凳一跺脚，便从桌上蹿出了店门。

众人发声喊，操兵器就追，只见林齐青在前奔跑，那条板凳悬在背后，与放风筝相似。众人心想只要追上了，有了这链条板凳，拖在他背后，要抓住是容易的，遂拼命地追赶。看看越追越近了，远望前面更有一条很宽的河挡住去路，众人益发放了心，满打算齐桶子是跑不掉的了。果然，眼见齐桶子跑到河边住了脚，像是很慌急的样子，大家鼓起勇气，散开来包围过去。相差已不到一丈远近了，林齐青哈哈一笑，连铁链带板凳横扫过来，手脚快的闪开了，迟钝些儿的，被扫倒了几个。再看时，林齐青已赤手空拳地飞过了河，立在对岸大喊道："有劳诸位远送，后会有期！那板凳请带回饭店里去，少陪了！"

众人眼望着他从容缓步地走了，看这河有三丈多宽，河流极急，须到上流两里多路才有桥梁。这时天色已快黑了，便绕过河去，也万分追赶不着，只得扶起被板凳铁链打伤的人，垂头丧气地回去。林齐青这夜跑到徒弟黄头喜家歇了，悄悄地在黄家传授了好些时的武艺。因听得官厅又有派兵来缉拿的风声，黄头喜才筹了些盘缠给他，步行到四川去了，在四川改姓名投入军队，在下倡办国技学会的时候，黄头喜说他正在四川某师长部下当营长。他自从亡命到四川，几年之中，也很干过几件惊人的快事，在下笔墨有余闲的时分，仍当继续写出来，作武术家的圭臬。在下因和黄头喜相处得久，才知道黄头喜浑身昼夜不停地惊颤，并不是毛病，乃是林齐青传授的一种功夫。做了这种功夫，浑身皮肤都能发生抵抗力，哪怕敌人猛不防从后面暗算，一沾皮肤，就自然于惊颤之中，发生了抵抗，使敌人受伤。黄头喜与胡疙瘩交手，得力就在功夫上。

《侦探世界》第13、14期　民国十二年（1923）12月

拳术家陈雅田之逸事

在三十年前，湖南长（长沙）、平（平江）、湘（湘阴）三县的人，不论老少男女，无有不知道陈雅田这个人的。陈雅田的为人行事，在下已替他做了一篇传，在《拳术见闻录》那部书里面。不过在下做过那篇传以后，又得了他不少的事迹，其中并有一两桩事，饶有小说趣味，正不妨详细写将出来，以补前传之不足，而在研究技击的看官们读了，或者也有可以借鉴的地方。

陈雅田的身体，天赋的强壮过人，兄弟排行第四，乡里人都顺口喊他陈四。他家里世代种田，他父亲陈光照少时，曾略略地练过些武艺，只是苦不甚高明。陈雅田十五岁的时候还是跟着父兄下田做工，只因这年夏天大旱，他父亲和人争水，双方动起武来。他父亲本领不济，被人打得受了重伤。打既不曾赢得，水也自然不曾争得，直把他父亲气个半死，思量要报仇雪恨。除了教自己儿子练习武艺，没第二个方法可施。自己已是五十上下的人，就是想发奋在武艺里面用一番苦功，无奈精力衰颓了，吃苦也不得成功。陈光照共有五个儿子，那时最小的都有十三岁了，打算花重金聘一个极好的教师来家，专教五个儿子的武艺，但是物色了好几个月，不曾物色得一个相当的教师。

陈光照报仇心急，料想长沙省会之地，必有好本领的人物。恰巧他到长沙寻师的时候，长沙正新来了一个大名鼎鼎的教师，姓罗名大鹤，在戥子桥设厂教徒弟。远近闻罗大鹤的名，特地前来拜师的，不计其数，但是罗大鹤收徒弟，不问年龄，不拘男女，不论贫富，只凭他一双眼睛验看。他说这人有学武艺的资格，便肯收这人做徒弟；他说这人不能学武艺，任凭这人送他多少钱，如何哀求苦告，他总是不作理会。有时被人缠急了，他就大声问道："黄牛可以当马骑么?"有许多曾经练过好几年武艺的人，去求他收作参师徒弟，他教这人做两手功夫看，看了总是摇头长叹，说很难很难。这人问他什么事很难，他就说走回头路，不是很难吗？多有听了他这话仍是不解所谓的，再追问他，他才直截了当地说道："你索性是不曾学过的，我倒好教你，你于今已学到了这一步，譬如走路，原是要向正东方去的，你却错走到正西方去了，此刻若要回头走过，势必退回起初动身的地方，才能改道向正东方走。你看这一大段回头路，岂不要走煞人吗?"

罗大鹤收徒弟的资格，既限制得如此之严，所以在长沙的声名虽大，没几个人能拜在他门下的。陈光照到长沙见了罗大鹤的面，说了来意，罗大鹤教陈光照将五个儿子，都带来看看，后来一一看了，仅有第四个陈雅田能学，就收了陈雅田做徒弟。

陈雅田这时的性格极是顽皮，最不肯用功练习。陈光照眼巴巴地望这个儿子练习武艺，替自己报仇雪恨。见儿子偏不肯用功，就租了一间房子在厂子旁边，趁三九酷冷的天气，亲自动手将陈雅田身上的衣服完全剥了，只留给一条单裤，向租了的那间房里一推，把门反锁了，自己坐在门外等候。

陈雅田冻得一身如筛糠一般地抖个不了，只得咬紧牙关，拼命地苦练。运动得越激烈，身体越觉暖热，四肢一停顿，就寒风侵骨了。每次是这么监督着，苦练点两根线香的时间，才放出来穿衣，休息一会儿。

苦练二三年以后，陈雅田的本事，也渐渐长大了，拳脚中的趣味，也渐渐能理会了，哪里还用得着陈光照监督呢？陈雅田的气力最大，又最喜和人较量，和他同学的几个人，没一个及得他那般大的气力。学武艺在和同学较量的时候，贵在持久，持久就是气力大的占便宜。同学的和陈雅田动手，结果总得吃陈雅田的亏，弄得一班同学的，都不愿意和他动手了。和他同学的，尚且不能跟他持久，以外会些儿拳脚的人，更是做梦也不敢想到与陈雅田比赛了。

陈雅田学成了归家，正在六七月间。陈光照多年不敢相争的水利，这时见儿子武艺学成回来了，自己田里本用不着水，却故意提了把锄头，将仇家田里的水口放开。仇家自然不肯随便放过，立时邀集了十多个会武艺的人，各人提一把锄头，蜂拥一般地来掘陈家的水口。

陈光照教陈雅田去抵抗，陈雅田这时的年纪，还不过二十来岁，赤着两手出来，迎面抓住走第一的一个，往左胁下一挟，右手夺过铁锄，也不和那些把式动手，挟了这个把式，径向仇家田里走去。十多个把式，都跟在后面追赶，陈雅田一只手拿着铁锄，一面招架，抽空就在田塍上掘一锄。被挟的这把式痛得手足乱动，但是越动得厉害，便挟得越紧。打过一条田塍，也就掘过了一条田塍，十多个把式当中，勇猛些儿的，都受了伤，胆小不敢上前的，就不会挨打。

陈雅田见田塍也掘了，把式也打伤的不少了，才慢条斯理地将胁下的这个把式放下来一看，觉得诧异，怎么放下来倒不动了呢？仔细看的，原来已不知在什么时候，被挟得断了气了，不禁哈哈大笑道："什么把式，怎这么不牢实？"这回的事，陈家虽遭了一场人命官司，然陈雅田的勇名就从此震动远近，仇家也再不敢和陈家争水了。不过陈雅田生性喜斗，他的勇名愈扩大，敢和他交手的愈少，终年在家单独地练习，觉得十分枯寂。

这日他在野外闲逛，猛然间遇着一条发了暴性的水牛迎面奔将过来，牧牛的孩子跟在后面，旋追旋大声喊人让开。陈雅田正苦一身本领没处施展，哪里肯让呢？支着两条铁也似的臂膊，向前等待。那水牛见前面有人挡住去路，多远的就把头一低，撑起一对二尺来长的倒八字角，蓄全势力戳将来。

陈雅田叫声来得好，双手抢住两角，一个鹞子翻身，那牛便立脚不住，身体跟着一翻，背脊着地，四蹄朝天，倒下去半晌爬不起来。陈雅田自从此次于无意中，得了这么一个好对手，便每日四处寻找喜斗人的大水牛，用种种方法，挑弄得牛性大发，不顾性命地向陈雅田冲斗。论陈雅田的力量，本不难一两下即将水牛推翻，只因水牛的意志并不坚强，第一次被人推翻了，第二次便不肯奋勇上前。很不容易地才能找着一条欢喜斗人的水牛，若仅仅斗过一次，就使它失了战斗的能力，岂不可惜。所以陈雅田为欲保留水牛这一点斗志，总不肯尽自己的力量。不过水牛这东西，毕竟不是一种能强硬到底的畜类，尽管不将它推翻，只要接连和它游斗几次，每次累得它疲乏不堪，它的气就馁了，听凭你如何挑弄它，它只低下头，往两旁避让。陈雅田寻牛做对手，斗不到几何时，陈家附近十多里的凶牛，没一条不是见了陈雅田的影子就俯首帖耳的，动也不敢动一动。陈雅田没有方法能激怒那些牛，只好和一般牛贩商量，教牛贩遇了喜斗人的凶牛，就牵到陈家来，每斗一次，给牛贩二三百文的酒钱。一般牛贩乐得有新奇把戏看，又有得钱的希望，离陈家百里以内的斗人牛，只要是搜罗得着的，无不牵到陈家来。

有一个种田的人家，养了三条大水牛，本来都是极驯良，会做功夫的，不知因什么缘故，其中有一条，忽然像是疯了一般，逢人便斗。寻常斗人牛多是喜斗面生的人，自己的主人和每日牵到外面吃草的牧童是不敢斗的。这条水牛不然，不问什么人，见着就斗。

没人的时候，连树木砖石，它一发了暴性，都得冲斗一会儿，简直没人敢驾着它下田做功夫。并且还不敢照平常的样儿三条牛做一个栏关着，若关在一处，那两条牛难保不活活地被这条牛斗死，只好另关一处。既不敢教它做功夫，自然也不敢教它出外吃草，每日送水草到栏里给它吃。送水草的仍不敢把脚跨进栏去，只在墙根下留一个窟窿，水草从窟窿里递进去。

那时私宰耕牛的禁令极严，安守本分的种田人，丝毫不敢做违法的事，加之水牛的肉，湖南人最是忌讳，便宰了这条牛也卖不出多少钱来。想活的卖给人家，谁也不敢过问这牛，在这个人家，整整地关着喂养了三年。远近的人，都知道这家有一条凶恶的斗人牛，受了陈雅田嘱托的牛贩子，得了这个消息好不欢喜，连忙跑到这家交涉。这家但求脱货，情愿充量的便宜，牛贩子如此这般地报给陈雅田，陈雅田巴不得有这样的好牛，催牛贩从速牵来。

牛贩子牵牛，无论牛有多凶，他们总有方法能牵着行走。最安全的方法，就是用两根长竹竿，分左右拴在牛拳上，两人在牛背后，一人支着一根竹竿往前走。牛想向左边回头，有左边的竹竿撑住了，想向右边回头，有右边的竹竿撑住了。不过这种方法，只能牵着在路上行走，不能用了使做田里的功夫。这回牛贩子就用这方法，将这条凶牛撑到了陈雅田家。

陈雅田家的大门外，有一片很大的青草坪，坪中有几棵树。牛贩子将两根竹竿分开，系在两边树上。牛立正当中，只能向前后略略地进退一两步，仍不能向左右走动，系好了牛，才报知陈雅田。陈雅田喜滋滋地跑出来，看这牛时，比寻常的水牛，特别壮大。两只圆鼓鼓的眼睛，暴出来有半寸多高，火也似的通红，不问什么人，见了这一对凶恶的眼睛，也得害怕；左边的一只角，不知因何折断了四五寸，据牛贩子述养牛人家的话，是在一个石岩上触断了。

陈雅田一面捋衣袖，一面教牛贩子把竹竿解开来。牛贩子踌躇不敢解，说这牛实在不比寻常，只能把两边的绳索放长，不能完全解开，万一给它跑了，没人能制得住，它不知要斗坏多少人。

陈雅田笑道："怕什么，我若制不住它，也不教你们弄它到这里来了。"说完又一迭连声地催促，牛贩子没法，只得二人同时把两边系在树上的竹竿一松，随即都爬上了树，看陈雅田和牛怎生斗法。

这牛三年不曾得着自由，胸中郁结的愤气，日积日深，无处发泄。今一旦脱离了羁绊，眼睁睁地看见一个人在面前揎拳捋袖，还能忍得住，不拼命地来斗么？当时拔地跳了几下，翘一翘尾巴，晃一晃脑袋，倾山倒海地撞将过来。

陈雅田仍使出平日斗牛的手法，双手去抢牛两角，就没想到这牛的两角，与平日的牛角不同。这牛是一长一短的，因这一点不会注意，牛力又来得太猛，比寻常牛大了几倍，左手没抢牢，右手便按压不住，牛头向左边一偏，直冲而上。

陈雅田不提防右角折断的所在，比刀锋还要尖利。见牛直冲上来，遂用左手再抢右角，谁知自己的力也用得太猛，牛角折断的所在又只剩了半边，禁不起抢住一拗，哗喳一声响，半边断角，应手而断了。然角虽断了，陈雅田的手掌，也被锋利的角棱划破了一条裂缝，鲜血直往外冒。

陈雅田从十五岁上练习武艺，十来年不曾受过一次创，斗牛上百次，更不曾被牛伤着过。这番竟被牛伤得如此厉害，又有两个牛贩子在树上看见，如何能不又羞又气呢？他平日斗牛，本不肯使尽自己的力量，这回火冒上来，便顾不得许多了。趁这牛直冲上来的势，将身子往右边一闪，让过牛头，双手夺住左角，顺手牵羊地往下一拉。牛的前脚支不住，就跪在地下，双手再一扯，牛到了此时，一点儿抵抗力也没有，牛身随扭而倒。陈雅田余怒未息，用膝盖磕住牛颈，对着牛肋两巴掌拍下，正要再打，忽然转念，像这样的牛，不容易找着，一次打怕了，不敢再和我相斗，未免可惜。心中有此一转念，即住手不打了，忙立起身，打算将牛牵起来，只见牛躺在地下，张开口雷一般地喘气，并喷出许多白沫。

两个牛贩爬下树来，吐舌摇头道："好厉害，好厉害，只两巴掌，就把一条这么强壮的水牛打得不能活了。"陈雅田吃惊问道："怎么呢，这牛已不能活了吗？我并没用力打它，哪里就会死咧！"牛贩子笑道："暂时是不会死的，然至多挨不上一个月，我们专做这种贩牛的生意，眼睛是不会有差错的。你说没用力打它，它的肋骨已被你打断好几条了。若不是折断了肋骨，你磕在它颈上的膝盖一松，它抬得头，就应立得起身子来。只因肋骨断了，抬头即牵动得肋痛，所以只些微抬了一下，就只管吼喘。"

陈雅田道："还有药可医治得好么？"牛贩子摇头道："断了肋骨，纵然能医治得不死，也已成废物了。"陈雅田听了，很悔自己鲁莽。然已无可如何，后来这牛果然只活到二十多日，就躺在地下，一息奄奄了。教宰牛的宰了，剖开看时，肋骨断了三条，靠近肋骨的脏腑，都腐烂了，陈雅田从此再也不敢和牛斗了。

陈家附近有几个武童生，终日操练弓刀矢石，陈雅田生性好动，时常到那些童生家，看他们操练。那些童生知道陈雅田的武艺好，对陈雅田说道："你既有这么高强的武功，何不跟着我们操练操练，同去赶考呢？"陈雅田道："那只怕不是容易的事，我学习的武艺，完全与你们的不同，赶考的功夫，我一件也不懂得，教我怎生跟着你们操练呢？"童生们笑道："你这真是呆话，我们赶考的武功，虽然与你们的不同，但一般地以有气劲、能灵巧为主，讲到功夫，还是你学习的功夫难做，我们这种呆板功夫，只怕你不肯用功，肯用功一学就会。"

陈雅田听了高兴，便跟着一班武童生，照样操练。有陈雅田那般神力，开弓掇石的勾当，哪里用得着操练，真是一见便会。所难的，就是几条步箭，再也练习不好，以极大的力，射极轻的弓，居然射不到靶，这才把个陈雅田急得发慌。看看考期近了，陈雅田的步、马、箭，都毫无成绩，本已灰心不肯去考了，无奈那些童生们，定要拉着他去，推托不了，只得跟去。

这场考试，陈雅田的步、马、箭，一箭都不曾中靶，但居然得了一名武秀才。其原因就是在点名的时候，不知怎的，有一个童生应错了名，在下面吵闹起来。长沙武考期中，一班武童生，照例有相打的事发现，这回的相打，牵扯了陈雅田在里面。陈雅田施展出平生本领来，一个人抵敌几百人，打得个落花流水，到底没一人敢近他的前，拉他同考的童生们都替他担心，而考试官倒注了意。考弓石的时候，陈雅田将两把头号弓合拢来，拉棉条似的，一连几下，嘣然一声响，两条弦齐被拉断了。考试官都失色站起来，陈雅田也自知失仪，以为进学是没有希望了，谁知发出榜来，竟高高地进了第十二名。于是乡下人平日叫他陈雅田或陈四的，自后都改口叫他陈四相公了。

不过陈雅田虽然进了个武学，在家仍是下田做功夫。他的兄弟和族人都不以为然，说秀才们应该是秀才们的服装、行动，才显得与寻常白丁不同，这是与族人争光的事，不可马虎。陈雅田道："我本是个种田的人，除了种田，没旁的事可做，不能说进了个武学，便把我的职业荒废了，你们大家教我不种田，却教我终日在家干什么事呢?"那时陈家的贴邻，恰好有一家药店，想盘顶给人，陈家兄弟和族人，就花钱顶了那药店，由陈雅田主持开设，于是陈雅田从农人一变而为商人了。

陈雅田在当农人的时候，曾遇见一个不知姓名、籍贯的大力士，因这日陈雅田正驾着牛，在自己大门外的田里犁田，忽来了一个背上驮着黄色包袱的大汉，年纪不过三十上下。江湖上的规矩，不是自己有武艺，特地出外寻师访友的人，不敢驮黄色包袱。江湖上有句老话，说是“黄包袱上了背，打死了不流泪”。

陈雅田知道这种规矩，见那大汉背上驮的包袱是黄色的，就料知必是有本领的人。一面催着牛犁田，一面偷眼看那汉子，走到大门口，停步四处望了一望，想提脚走进大门，却又停了，回头走到田塍上，向陈雅田问道：“借问老哥，陈四相公陈雅田，是住在这屋子里面么?”

陈雅田忙勒住了牛，答道：“不错，四相公是我的少东家，又是我的师傅，你要见他么?”那汉子点头道：“我不要见他，也不多远地到这里来了。”陈雅田道：“你今日来得不凑巧，他有事下汉口去了，今日刚才动身，你既多远地到这里来，我师傅虽不在家，我也应该款待你一番才是道理，请进屋去坐吧。”那汉子摇头道：“我是特来会陈雅田的，陈雅田不在家，我还坐些什么，我走了，等他回了的时候再来。”陈雅田如何肯这么放他走呢？连忙止住道：“不要走，我有话请问你，你尊姓大名，从哪里来的，要会陈雅田有什么贵干?”那汉子回身说道：“那些闲话都用不着说，你且把牛解下来，它也累得太苦了，我替它犁几转。”

陈雅田心想这汉子有意在我跟前卖力，我倒要看看他。随即答应着，将牛解下来。汉子教他在后面掌犁，一手挽住犁头索，拖起就走，来回犁了三转，还待拖往前走。陈雅田将掌犁的手。使劲一按，那汉子拉了两下，拉不动了，回头望了陈雅田一眼，便不再拉了。陈雅田笑道：“你只能拉到三转，我师傅可以整天地拉着，我都能拉到半天。”

那汉子不相信道：“你就拉给我看。”陈雅田摇头道：“我师傅不在这里，我不敢拉。”汉子问是什么道理，陈雅田指着那牛道：“这畜生见我师傅不在这里，我又在拉犁，没人管它了，它一定要跑菜地里去吃菜。你若是定要看我拉，我得先把这畜生送回家里去，再来拉给你看。”汉子点头道：“使得，我在此等你，你送了牛回去就来。”

陈雅田遂走到牛跟前，伸起两条臂膊，往牛肚皮下一托，将牛托起离地有二尺来高，那条大水牛足有四百多斤，平时被陈雅田托惯了，并不害怕。陈雅田托牛送到家里，转身出来看那汉子时，已走得无影无踪了。陈雅田随教家里的长工掌犁，自己用手拖着，虽也来回犁了三转，只是很觉得有些吃力，不能像那汉子行所无事的样子，才惊异那汉子的力大，不知他为什么不别而行地去了。

后来有人说，那日遇了那汉子在一家饭店里打中火，对人说陈四相公的本领大得骇人，连他的徒弟都能用两手托起一条大水牛，水牛动也不能动一动。我多远地到湖南来，本是要会陈四相公比武的，见了他徒弟的本领，就吓得我不敢停留了。

陈雅田听了这消息，心中暗喜，幸亏那日不曾承认自己就是陈雅田。倘随口承认了，两下比试起来，不见得能打得过那汉子。如此看来，此间有能耐强似我的人尽多，我的声名太大了，自免不了常有好手来找我比赛。古言道得好，来者不善，善者不来，从此遇有来访我的人，总以不说出真姓名为妥，免得吃眼前亏，坏了自己的声名。

陈雅田存着这种避人攻击的念头，在开药店的时候，也遇了一个好手，不过这好手的本领，并不比陈雅田高大。这日陈雅田正睡午觉，忽被徒弟推醒来，神色惊慌地说道："外面来了一个外省口音的人，进门就问师傅，我曾受师傅吩咐过的，见来人问话的神气不对，便回他说师傅不在家，你有什么事，可对我大师兄说。那人放下脸道：'谁认得你什么大师兄，我要买三五百文胡桃，快拿胡桃来，给我看看。'我听了，以为他真要买胡桃，即抓了些胡桃给他，他哪里是要买胡桃呢？原来是要拿胡桃显本领。我抓了十多颗胡桃在柜台上，他用两个指头拈一颗胡桃，只轻轻一捏，随手变成了粉，捏碎一颗，给我看看道：'这样朽坏了的胡桃，也要人花钱买么？'一阵捏，十多颗胡桃都捏碎了，我便向他说道：'不用忙，我大师兄有不曾朽坏的胡桃，你等等，我去教他拿来。'看师傅如何去对付他。"

陈雅田翻身爬起来，跑到放胡桃的所在，悄悄地试演了一会儿，才用篮装了一篮胡桃，亲自提出来，往柜台上一搁，望着那人笑道："我这胡桃，也贩来不少的日子了，不知道朽坏了不曾，等我来试给你看看。"说着抓了十几颗在左手掌内，用右手掌合上一摩擦，就如经磨盘磨碎的一般，胡桃粉纷纷地往下掉，却故意装出惊讶的样子说道："我的也毕竟朽坏了，可惜我师傅不在家，不曾朽坏的没有了。"那人看了，一句话都不敢说，只向陈雅田拱了拱手，说声领教就走了。

陈雅田不会使棍，遇了会使棍的人，他总是以白眼相看。有人问他，何以瞧会使棍的不起，他说不曾见真会使的，若真使得好，我安有瞧不起的道理。一般会使棍的人，都畏惧他的力大，他说人不会使，人只得承认，不敢和他辩论，然受了他的白眼，没有不恨他刺骨的。

长沙宋满，是负盛名的老棍师，使一条六尺长的檷木棍，神出鬼没，二十岁得名，径到七十岁，不曾逢过对手。生平收的徒弟，没一千也有八百人，但这许多徒弟当中，没一个的本领赶得上宋满，所以都遭陈雅田的白眼。那些徒弟一恨了陈雅田，就跑到宋满跟前挑拨，说陈雅田当着人骂宋满，不曾和会使棍的人见过面。究竟宋满是老于年事的人，火性已退了，听凭徒弟如何挑拨，宋满只是心平气和地说道："不见得陈雅田肯说这话。"徒弟们见师傅不信，就大家赌咒发誓，证明陈雅田确曾当着人如此说了。宋满仍只当没这回事地说道："陈雅田不曾见我使过棍，单看了你们这些没下死功夫的棍法，自然是这么说，谁也不能说他的话错了。"一般徒弟挑拨不成功，反受了一顿训斥，只好忍气吞声不说了。

这年长、平、湘各乡镇，都练团防，凡是会武艺的人，一概请到团防局里，教练团兵。陈雅田、宋满，皆在被请之列，陈、宋二人因此才会了面。一个会拳，一个会棍，不同道，原不至发生忌嫉的心，奈宋满的徒弟平日对于陈雅田的积怨，无可发泄，自己师傅不受播弄，便改变方法，反激陈雅田。时常三五成群的谈话，故意使陈雅田听见，话中总露出宋满轻侮陈雅田的意思来。陈雅田认真走过来听，他们却又连忙住口不说，还要挤眉弄眼的，做出种种形迹可疑的嘴脸。

陈雅田有经验、有阅历，遇事能细心体察的人，怎能不落这些人的圈套。一连几次，所见所闻，皆是此类，不由得愤火中烧，趁宋满在教棍的时候，走上前大声说道："你不要自以为你这棍法了得，在我四相公的眼里看来，简直一文钱不值。你若不相信，不服我这话，你拿棍，我赤手空拳，就在这里，较量一番试试看。"

宋满初听这突如其来的话，不觉吃了一惊，心想我和他远日无冤，近日无仇，彼此才见面不久，无缘无故的，他不应对我如此无礼，必然是听了人家挑拨的话。一点儿不动气地答道：“四相公的话不错，我于今已老得快要死了，若不是国家的功令无可推诿，如何敢到这里来教团兵呢?”

陈雅田一肚皮的愤气，被宋满轻描淡写的几句话，说得面上很难为情，不知要怎生收科才好。一转眼又见宋满的徒弟几个人聚作一处，一面交头接耳地议论，一面对陈雅田表示一种鄙夷不屑的神气。陈雅田不知不觉地火气又冒了上来，以为宋满狡猾，假装着谦虚样子，也不顾自己无礼，接着向宋满叱道：“你这老狡猾，不要当着我就装出这彬彬有礼的样子，你的棍，我知道是有名的，但是你不能仗着你这点儿虚名，欺我的棍法不如你，我倒拿拿棍，和你见个高低，谁赢了，算是谁强。”

陈雅田这么一逼，逼得宋满实在不能再退让了，只得将手中棍往地下一顿说道：“陈雅田未免欺我过甚，你难道真以为我老了，容易压服下来，好得声名吗？好，好，请拿棍过来吧。”陈雅田还没答话，旁边想瞧热闹的团兵已将自己手里拿的木棍，递给陈雅田。

陈雅田的棍法，不过不甚高妙，然有了他那么好的拳脚功夫，也就不是寻常会棍的人所能和他挈长较短的。陈雅田接棍在手，也不答话，起流水点杀进去，他不知道宋满的棍已超神入化了，才一踏进步，前手大指拇就实打实落地着了一下，打得破了皮，冒出血来，只因年轻气壮又十分要强，忍住痛用“直符送书”逼过去。他不逼倒没事，宋满的棍颠，如蛇吐信，没有一霎眼的工夫，前胸肘膝，连着了好几下。好在宋满没有伤害他的心思，棍颠到处，只轻轻地使他知道便罢。然陈雅田已是又羞又愤，赌气将自己的棍一掼，一手就把宋满的棍也夺过来掼了，要和宋满打拳。宋满这就不敢了，慌忙避让着，拱手说道：“四相公要和我比拳，就是要我的老命，用不着动手动脚，只须你一下就够了。”

陈雅田满脸怒气，见宋满这么说，竟不好意思再逼过去动手，只得恨恨地指着宋满说道：“老奸巨猾，我这一辈子也不愿意和你这种人见面。”陈雅田一时气头上虽是这么说，然心里不由得不佩服宋满的棍法，便是宋满也极佩服陈雅田的手快，自后常对人说：“我的棍，称雄五十年，和人较量的次数以千计，不曾遇见能敲响我棍一下的人，陈四相公居然能从我手中将棍夺去，可见他手法之快了。”于是二人从此都成了知己。

《小说世界》第3卷1期　民国十二年（1923）7月6日

述大刀王五

大刀王五，耳其名者，皆许为关东大侠。余友江西人丁季衡知五甚悉，尝为余言其生平梗概，余以为颇足资治技击者之观省，故为述之。

五字子斌，赋质魁伟，生有强力，善御双钩，北人多称为双钩王五。为人好任侠，喜交游，绿林豪客，震惊其名，莫不詟服。商旅因争求护焉，五遂为会友镖局于京师，业甚盛，四方治武技有声者，慕名投谒，尝接踵至。五因喜交，款洽逾恒，门下旅食之徒，辄以百计，数年如一日，未尝间辍。

御史安维畯，以弹李相，触怒西后发口，朝野震惧，无敢近安者，即亲故亦望望然去之，唯恐波及。五独投袂而作曰："李贼祸国无敢言，言者获罪无敢救，朝中除安公外，尚有人乎？某无言事之资，无救安之力，唯有躬护安公出口外，以明向慕之怀耳！"因见安，以意为请。

安于五素未谋面，闻五言，则大惊叹，坚谢不获，姑从之。沿途起居服食，五躬亲调护，备极周至，一若仆御之勤勤奉其主者焉。安益不自安，后固却之，五曰："某来非他，正欲人知公骨鲠可敬，而愧夫忘国媚权之朝臣耳，卒殷勤护出口外。"五名因是益著，显于公卿间，四方之士，归之者日益众。

五居有室，用以习武事者，室中武具备具。囊三石沙悬室中，五以腿为前后踢，激囊越头而过，其力之巨，见者挢舌。五亦殊自负，谓侪辈无及己者。

一日，五正击囊，忽闻太息声发自室表，审睇则有人四十许，高颧鹰目，体逊中人，盖食客中之山西人，董其姓，未肯告名者也。董至五许将一月，五尝与言技，董初以病谢，五谓其非能者，杂食客中礼之，至是闻太息，则请故。董笑曰："无他，吾耳为吾目诟病，吾天君为之不宁，是以叹耳！"五未喻，请所以，董曰："吾不惮修阻，存君于此，以耳君名，谓技必有足观者，不虞负吾目之至于斯也。荒时废事，虚此一行，安得而不叹乎？"

五以勇名震关内、外十余年，曾不闻有面毁之者，闻语，愤火中结，作色对曰："某技诚无所底，然未尝奉迎，何辱见临，既荷存注，请证瑕隙。某顽躯颇耐颠扑，其赐教勿吝，若徒为大言欺人，则君不求来而自来，当令君求去而不能去矣！"

董曰："无礼哉孺子，辄敢反唇稽长者，无惑乎技之不进也！子姓王行五，则王五之可也；名子斌，王子斌之亦可也，胡为以技冠其名，而曰'双钩王五'哉，此双钩云者，谓非迎人之柬得乎？苟吾为吝教者，早舍子他适矣。子既以双钩冠名，吾即以身验双钩之利否。"

五双钩未逢敌者，复易视其微弱，乃操钩而前曰："君所御为何？室中武具皆备，一唯君择。"董遍视各具，略不当意，五曰："谓其轻而非利乎？"董曰："特病其重且锐，易创人耳！"五曰："不创人，安用具焉？殆不欲见教耳。"董不答，举目见支帘小竹，欣然揭之曰："即此可入剑树枪林矣，子但进扑无忤。"

五犹豫曰："小竹宁胜击之具，子不欲角，罢斗易耳，无为作态凌人。"董夷然笑曰："子真不解技，以子之能，讵足当吾角？具之重且锐者，创子不为勇，而人将谓我欺子矣。"五曰："咦，是更欺我之尤者也，脱受刑者不为我，人复将谓我何耶？"董曰："毋然，吾已得见子技矣。吾诚爱子，宜令子伏而就我，非然者，何辱事手脚。"五曰："如此，则请君先之，不幸而创，咎不在我。"董曰："可慎之，吾当以中平枪加子矣。"言已，竹已及五，五左钩格竹，将以右钩还刺，钩及竹，即受巨震，腕为之戾，钩胶，苦不得脱，竹长，右钩亦不及董。董徐徐屈伸其竹，类触五胸次，五情急弃钩，将夺竹，董已抵竹于地曰：“使此非竹者，子胸不已创钜而痛深乎？”

五疑未尽己长，请复角，董曰：“中平枪为枪中之王，非唯子不能格，天下鲜有能格之者。此番其慎备子下三路，吾生平不以暗器伤人。”五颔之，遂复角董竹。及五膝，五发钩，复受震，戾肘于背，身为之俯，左钩又不得逞，五再弃钩。董笑问服未，五忸怩良久曰：“输若长手矣（治技家以械斗为长手，徒手为短手），请更以短手相见可乎？”董曰：“从未说则可。”五问将何说之从。董曰：“有从子业者乎？”（五）曰：“有。”（董）曰：“将四人来，支被于室隅，然后与子角耳。”五曰：“何谓也？”董曰：“短手与长手异，长手不惮倾覆，第具之不创人者足矣；短手非倾覆人，将无以见其长焉。支被以承之，则吾不虑子或以倾覆见伤，而致我蒙欺人之诮。”

五极怒其见轻，置不答，但攘臂请角，董不可，必支被而后交手。五自思一足之力，无虑三百斤，董当之，必无幸，支被之辱，安知不在彼也，遂从之。命从业者四人，支被于庭，乃奋身而斗。

适数合，五抵隙进以腿，未及董，董手已出五臀后，五一足不能支，竟仰堕被内。五羞愤无地，亟思有以复之，自念其腿能作前后击，适为所乘，悔不以击后者击之，此度当复三败之辱矣。亦不作语，立趋扑董，董左右避，又数合，五阳以腿进击，实觇董手及身后，阴以后击者乘之。讵董捷不可目，后击之腿，方发不可遏，乃董手已及五腹，无可支吾，仍投体于被。五至是始信非敌，顿首请属为弟子。董曰：“技之易知而难及者，莫武技若也，技未及，而名先及之，适足自丧其驱而已。他技角于人不胜，足以为辱，未足以戕肢体，捐生命也。唯武技辄孤注性命，故治武技者，其技愈高，其虑名也亦愈甚，彼嚣嚣然，患人不己知者，特未尝知技耳。今子以名先及之故，致技终无由进。吾乡治技先辈，有自京师归者，为吾言子，殊致惋惜，因不惮修阻，思出子于死徒，然已嫌失之晚矣！”

五感激泣下，言当屏绝人事，昼夜勤习，或不恨晚。董曰："非此之谓，夫名者，所以死治技者之具也。治技而得名者，无不死于技，不必其技之高下，其死一也，未闻有幸免者也。今子已勇名震关内、外，欲免死难矣，吾为子谋，唯能使子不死于技，若死于名则命，吾无能为役也。西北之能者，多与吾有旧，吾当以单刀法授子，至不获已，与人角，宜无不胜，苟其能有加于子者，非吾徒，即吾友，举山西董以告，必见宥焉！"五再拜受教。

单刀亦称大刀，故人呼之为大刀王五。董去，五谢宾客，遣徒众，日从事董法。岁庚子，义和团祸作，联军陷京师，德军以其大使，实戕于拳匪，误善拳勇者，于匪为类，捕杀唯力所及。而任侠好义之王子斌，亦遂被害焉。

有人见其就刑时，容态自若，夷然语观者曰："吾师真神人，数年前已知吾之必死于名也。"观者唏嘘，莫能仰视，死时四十有六，其刀法无传人。

《国技大观·拳师言行录》　民国十二年（1923）9月3日

赵玉堂

十年前旧友皖人农劲荪，曾为余言霍大力士俊清事甚详，余既为之传于《拳术见闻录》中矣。农与霍公交甚久，霍公平生一言一行，无不能言之纤悉靡遗，上海精武会之创设，农一言启之也。

余询农，霍公平生，亦有服膺之人否？农沉思久之曰："霍公平生心许者，其唯赵玉堂乎。若言服膺，则未尝闻也。"因为余言赵玉堂事曰："赵玉堂者，直隶人，霍公弟子刘震声之甥也。赵氏世精拳艺，男妇老少皆以能武名于当时。及玉堂，数岁而孤，母刘氏，震声之姊也，抚玉堂成立，而授之以技。玉堂生而敏悟，矫捷异常儿，然母教极严，二十以前，未尝令出以技与人角也。玉堂天性笃厚，事母以孝闻。有叔曰赵善山，北道有名之镖局头儿也，河南、直隶、山东以至哈尔滨之绿林，无敢犯其镖者。

"玉堂时年二十五，家中本无遗业，依母针黹度日。无赖者知玉堂勇捷，以越货诱玉堂，玉堂以为然，遂劫行商，得物而取其轻者，归则饰以他词奉母。然行商有善山之镖旗，或携有善山之名刺者，则不劫，习久渐安，赵母不及知也。行商见善山之镖独无恙，因争求护于善山，善山之生涯日盛，而玉堂则终日无所获矣！

"无赖者复设词激玉堂，欲玉堂并劫善山镖，玉堂曰：'吾不畏彼，第以亲亲之谊，不敢出耳，吾当往说之。'遂诣善山许，慨然语善山曰：'吾家所贵乎能武者，以有勇能立事功，为国出力，为家增

光，使人慕为好男儿也。与龌龊商人做看家狗，何为者哉！’

“善山闻言大怒，斥玉堂无状。玉堂不言，疾趋而出，善山虑其将劫己镖，亦戒备而出，夜分无所见始归。方就寝，忽闻门外剥啄声甚厉，善山启门，不见有人，问为谁，则有声自内出曰：‘我也。’亦不审其音，趋入内，又不见，又问之，声又自外至曰：‘我也。’如是三数出入，善山怒曰：‘谁恶作剧？再不出见，吾将以恶口相加矣！’语未已，则见玉堂据案而坐，从容笑曰：‘叔乃不识堂儿乎？’玉堂年幼，年事略长者，皆呼为堂儿，故以自名也。善山愤，不知语所从出，玉堂笑曰：‘叔为人保镖，脱有能于堂儿者，叔之头，毋亦将不保耶，适从叔头飞过者六，而叔不及觉也，堂儿为叔羞之。’言已，倏不知玉堂所在，但闻室外数武，笑声大纵，渐笑渐远，瞬息而杳。

“善山愤火中结，无可为计，翌日哭诉赵母，赵母亦愤，呼玉堂责之曰：‘汝不肖竟至此乎？欺一年迈之叔，不得谓勇，失长幼之节，忘尊卑之分，何以为人，不亟请罪，将驱汝出赵氏之门矣！’玉堂无奈，至善山前屈膝谢罪，自是不复劫行商。

“玉堂闻霍公以勇名于天津，其舅氏刘震声亦相从于淮庆会馆，遂请于母，如天津省刘，实将以窥霍公之能也。抵淮庆会馆，闻刘言霍公救教民，诛义和团首领等事，玉堂极为心折。

“一日玉堂与霍公绕丹墀并肩闲步，霍公欣然曰：‘夙闻震声言堂儿矫捷，曷一试扩吾眼界？’玉堂逊谢，霍公固言之，弹指间，玉堂已飞登屋脊矣。从丹墀至屋脊，高几三丈，霍公脱口呼好，呼声未歇，玉堂已复立原所，绝无声息，霍公亟称其能。

“玉堂归，以善山故，不劫行商，生活颇苦，乃奉其母居哈尔滨，每于夜间窃钜商家财物，甘旨之余，尽供挥霍。数月之间，盗案迭出，俄国警署，侦缉不遗余力，卒不得盗主名。而被盗之家，皆门窗未启，每有盗后数日始觉者，遂渐疑非赵玉堂，无此矫捷。侦玉堂所居，乃在僻野，并不与其母共处，唯白日诣母二三度，夜则独宿于僻野之孤室中。室四周以土为墙，树皮覆其上而加泥焉，无窗牍，一门供出入而已，昼出则反扃，室中作何状，人不及知也。

“俄警署既侦得玉堂宿所，复侦其行动，已得证实，将加逮捕，又虑其勇，乃于夜深，出武装警察二百名，围孤室，数十名登屋顶，实弹于枪四拟之，而以善拳术之华人四名，持械当门而立。严密布置已，始叩门呼堂儿，则闻玉堂自内应曰：‘请稍待，即奉迎。’门忽辟，但闻砉然一声，门破裂腾起，善拳术者略避让，已失玉堂。二百余人，无一见玉堂踪影者。盖玉堂于启门时，一足踢门，使破裂有声，当门而立者，必惊避，乘其惊避之际，已从头上飞越而过。夜昏如漆，玉堂又全身衣黑，出以不意，故无见者。善拳术者，率警察入室搜索，室中除稻草破絮外，一无所有，归以情告署长，署长殊骇异。

“署长为俄之拳斗家，嗜武若命，闻玉堂事，颇致爱惜之意，令于众曰：‘有能生赵玉堂者，赏千金。’久之不能获，而盗案续出如故，署长忧之，有华人进策曰：‘闻赵玉堂事母甚孝，若拘其母，赵必自至。’署长以为然，遂遣人拘赵母至，署长辟精室以居之，无何，玉堂果自投曰：‘速释吾母，吾所为，吾母皆不知，尽法以处为可也。’

“署长见之，惊叹不已，立释赵母出，而谓玉堂曰：‘以汝之青年，汝之技艺，何所之而患不得存活，乃甘为盗贼何也？’玉堂曰：‘吾武技外无他艺，卖技江湖非所愿，以力佣人，所得复无几，舍为盗，无以养母、自养也。’署长曰：‘养母月需几何？’玉堂曰：‘养母月仅数十金，自养非百余金不可，合之月需二百金也。’署长曰：‘月畀汝二百金，供吾驱使可乎？’玉堂喜出望外，顿首称甚愿。署长喜，遂置玉堂于署中，闻至今尚居哈尔滨也。”

农之言如此，余遂因以书之。

赵玉堂治技之功，无足为异，我所异者，吾国有此等人而不能用，乃至为他国人所收买，也不亦哀哉！

《国技大观·拳师言行录》　民国十二年（1923）9月3日

拳术家李存义之死

北方最盛行的拳术，大都知道是太极、形意、八卦三种，这三种拳术各有各的好处，任是谁人，也不能随意分出个优劣。北方拳术名家，对于这种拳，有专练一种的，有兼练二种的，也有三种都能抉取精微的。

李存义是北方拳术名家中的老前辈，平生于太极拳造诣独深，形意、八卦也有相当火候，在北方拳术界中，近四十年来，允称独步。不知道拳术的人，不谈论拳术便罢，谈论拳术，便没有不满口推崇李存义的。李存义在拳术界中的声望地位，和伶界中的谭鑫培不差什么。

在下十五年前，在东京和一般北方会拳术的朋友往来，耳里无时不听得“李存义”三个字。不是说某种手法在李存义如何运用，便是说李存义某次与某人交手系如何的打法，因此在下虽不曾见过李存义的面，脑筋里总觉得李存义是个很熟识的人。后来回到国内，凡遇着北方会拳术的朋友，无论如何仓促，李存义此刻还好么这句话，是免不了要问的。

去年马子贞将军统率了许多北方健儿，到上海来，在公共体育场开全国武术运动会。在下这时又遇着一个多年不见面的北方朋友，寒暄了几语之后，便问道：“李存义先生这回能来参与这种盛会么?”这朋友听了在下问的话，翻起一双眼睛，望着在下怔了半晌说道：“你还不知道李存义已死了么?”在下也怔住了，问道：“已死了吗?

什么时候死的，何以前几月，我有个朋友从北京回来，还对我说，曾会见李存义呢。并说李存义究竟是个内功做到了家的人，哪怕这么高的岁数，精神还了不得，寻常少年人哪里赶得上，照这种情形过下去，只怕能活到一百四十岁呢!”这朋友长叹了一声，点头说道：“若果然照他平常的情形过下去，便不说能活到一百四十岁，再活二十年，连我也能担保的。我当闻得他老先生死耗的时候，也和你是一般的心理，四处打听所以致死的病症，竟打听不着。后来才有一个知道底细的朋友，悄悄地说给我听，并叮嘱我不要向人乱说，替李老先生保存一点儿身后的荣誉。”

在下见朋友说得这般慎重，唯恐他谨守他朋友的叮嘱，不肯把底细转述给我听，便用极诚恳的态度说道：“我和李老先生虽不认识，然确是我十五年来，心中最崇拜的人，如果致死的缘由确有妨碍他身后的荣誉，我决不拿了向人乱说。”这朋友笑道：“有什么妨碍，古今多少豪杰，十九死于所长。在我辈看来原不算一回事，李老先生之死虽说是被人打死的，然我并不承认于他的名誉有损。”在下忙问被谁人打死的，朋友道：“就是这回到上海来，开全国武术运动大会的马子贞将军的部下，马子贞不是多年就印行了几本新武术的书吗?”在下答道：“不错，那书有什么关系呢?”朋友道：“李存义之死，就说是死在马子贞的新武术上，也可以说得过去。”

在下听了这话很觉得诧异，暗想：“马将军的新武术，才现世不久，纵然有练得好的人，也不见得能将李存义打死。”只得问道：“这话怎么讲?”朋友道：“听说马子贞在天津，因想集合许多拳术名家，在各名家所练的得意的拳术里面，每一种拳提出几手最好的来，合成一种拳术，以补前此所创新武术之不足，于是李存义也在被邀请之列。马子贞将自己想集各家之长的意思，说给李存义听了，要李存义从太极拳里面，提出几手来。李存义很不以马子贞这种主张为然，说：‘一种拳有一种拳的体态，不但身法手法，与他种拳不同，运气用力，也完全不能与他种强合。至于太极拳法，更是天衣无缝，无所谓哪一手最好，哪一手次好，哪一手不好，若要提一两手与旁的拳合，世间没有合得他上的拳。’马子贞说：‘我也知道太极拳很好，但我原欲集各家之长，创设一种混合体的新拳术，李先生不要误会了，以为我是疑心太极拳不好。’李存义说：‘混合起来断不能成一种拳，你口里说知道太极拳，只怕未必，你若真知道太极拳的好处，便不至要我在太极拳里面，提出几手来的话。什么新武术，新武术是什么东西，你不要以为我老了，能说不能行，你这里练新武术的人多，不妨和我走两趟，看是新武术行呢，还是太极拳行。’马子贞笑道：‘谁不知道李先生是拳术界中名宿，莫说我这里没人是李先生的对手，便有也不敢和李先生动手。一则我这番迎接李先生到这里来，为的是崇拜李先生的德望，决没和李先生动手的道理；二则李先生这么高的岁数了，我这里都是年轻晚辈，更不敢许他们在长辈前无礼；三则中国从来拳术家的恶习，动辄便和人打起来，每每不死便伤，以致社会上视练武如畏途，社会的信仰心愈薄弱，拳术的前途便愈黑暗。我是历来抱提倡中国武术的人，就是旁人有这种动辄相打的行为，我的力量能禁止的应禁止、能劝阻的应劝阻，岂有我自己反主张人和李先生动手的道理。’李存义更加不服道：‘不和人动手，用得着什么拳术，提倡了又有什么用处？拳术不动手不见高低，要提倡拳术，就免不得要打着瞧瞧，看毕竟是谁的拳术好，便提倡谁的拳术。我知道你跟前教师不少，你不要以为我老了，借故不教人和我动手，须知本领没有老少……’

“李存义正说到这里，门开处走进来一个四十来岁的汉子，马子贞和李存义在房里谈话的时候，部下的教师们，都在门外偷听。有个姓杨的教师，本领在一般教师之上，一般教师见了李存义这种目空一切的神气，又听了这类逼着要和人动手的言语，都有些忍耐不住，大家推着姓杨的进房，都说如果李存义定要和这里人过不去，我等为保存提倡新武术的资格起见，不能不答应他，哪怕他有三头六臂，既找上门来了，也没有避免的方法。姓杨的当然也是这种心理，因此就推开门进来。

“李存义曾经马子贞介绍，知道进房的汉子是姓杨的教师，哪里看在眼内。一时想显自己能为的心思太切，随立起身，指着姓杨的，对马子贞说道：‘他就是你这里的教师，我和他走两趟也使得。’马子贞连忙摇头说道：‘不行，我提倡武术的章程，不许和人以炫耀本领的目的交手。’姓杨的也㧑谦着说道：‘你老人家的本领，谁的耳里也听得说，我虽不曾领教过，然而人的名儿、树的影儿，你老人家有这么大的声名，本领想必是不差的。我们这里的章程限定了，就是一点儿本领没有的人，到这里来吹牛皮，我们师长也不许我们动手，何况是你老人家，这一大把子年纪的人呢?’

“李存义不听杨教师这番似恭维带讥讽的话倒也罢了，听了不由得更冒上火来，对马子贞说：‘非得走两趟不可，不然你手下的人，背后定要骂我在这里瞎吹牛皮。’马子贞见李存义执意要打，自己也未免有点儿忍气不过，便对李存义说道：‘李先生既这么说，我也不便过拂尊意。我这里章程，只限定了不许和外人无故交手，自己人每每因研究的目的，也有免不了必须走两趟的时候。我这里有一间房子，无论什么人在外面，都不能向里面张看，李先生如定要和杨某玩玩，就请到那房间里去，连我都不在那房里，只两位去里面，随便玩几手，不问胜负谁属，外面不会有一人知道。’李存义连说很好，马子贞把李、杨送进那间密房子，自己退出来将门带上。

“杨教师向李存义拱手问道：‘请问是来单盘呢，还是来双盘呢?’（二人同时动手为双盘，甲让乙先打若干下，打完了甲再如数打还为单盘）李存义说单盘也好，杨教师道：‘既来单盘，就请你老人家先来吧。当下又议定了每人打七下，李存义推让了几句，只得先动手。七下之中打着了杨教师三下，杨教师体强气壮，虽着了三下，并不甚感觉痛苦。李存义打过之后，只得让给杨教师打。

“李存义的功夫，虽是到家，然毕竟多了几岁年纪，哪及得杨教师矫捷。加之李存义的家境很好，近年来对于自己的技艺，不能如少壮时候下苦功；杨教师正在壮年，又正在教学相长的时候，因此七下之中，竟有五下打着了，并有一下打在李存义胸前。李存义当时便觉得这一下颇有些儿分量，不过还能提起气功来，支持得住，得以保全一时的颜面。

“这么一来，再打的勇气，自然没有了，也没说什么，很丧气地辞了马子贞回北京，听说在火车上就咯了几口鲜血。这血不见得是伤了内部，只因他是个十分要强的人，不待说自认这回的事，为平生第一次受人挫辱，连急带气，所以咯出血来。到北京没多少日子，便归了道山了。这事外面知道的人很少，马子贞是个长厚人，当然代他守秘密。”

在下听朋友述到这里，忍不住仰天长吁了一口气道：“有这种事吗？照这种情形看来，李老先生之死，不能说是死于新武术，只能说是死于太极拳。因为拥护太极拳的心思急切，才有这番结果，这真是以身殉技了。”

在下于今把这事写出来，也可使专讲门户派别的拳术家得着一个教训。在下敢武断说一句，于李老先生平生的荣誉，丝毫没有妨碍，因为学术技艺，都是没有止境的，强中更有强中手，何况李老先生这么高大的年纪呢？

《侦探世界》第24期　民国十三年（1924）5月

李存义殉技之讹传

第二十四期《侦探世界》，在下做了一篇《拳术家李存义之死》，是说李先生死在一个姓杨的手里。当在下做那篇文字的时候，因耳里所听的，是那么一种事实，当时很觉得以道高德昭的李先生在拳术界中享盛名数十年，而其结果乃如此，实在令人痛惜不置，所以将所听得的情形，做成那一篇文字，以志感慨的意思。然做过之后，心里仍不免有些疑惑，以为李先生的拳术，为当世名宿，非等闲可比。并且曾听得长沙王志群先生说："李先生有几个徒弟，已为今世极不易得的好手。"何至便被名字不见于经传的杨某打伤，且至于送命呢？即算李先生年老气衰，误为奸人所算，何以李先生去世了这么多日子，从没听说李先生的高足，对于那姓杨的，有施报复的举动。难道那姓杨的，真是一个了不得的人物，李先生纵有好徒弟，也不敢向他寻仇吗？然则事隔多日，何以姓杨的并不在拳术界中崭露头角呢？这种疑惑在下存之于心，已有好些日子了。直到昨日，会见一个知道李先生生平最详细的拳术家，闲谈中，在下谈到李先生之死，那拳术家忽然跳起来道："谁说李存义是死在姓杨的手里？这话来得太荒谬了，太无根据了。"

在下听了，不觉吃惊问道："原来李存义不是这么死的吗？我也正有些疑惑，我是一个多年就存心钦仰李先生的人，巴不得这话荒谬没有根据。不过说这话给我听的人，说得有源有本，我不是深知道李先生的人，不由我不认为事实。足下既说这话荒谬无根据，实在情形，毕竟怎样，务请说给我听。”

那拳术家说道：“李存义的武艺，高与不高，本来是可以随人说的。和他有嫌隙的人，存心破坏他的名誉，固然可以将他的武艺，说得一文不值半文。如果真有武艺强似李存义的人，也不妨批评他的武艺不好。只有事实是有一定的，不能随人的爱憎，将事实变更，颠倒黑白，诬人名誉。我于今且简单说几句，便可以证明足下所听得的这些话，的确是荒谬无根据的了。马子贞请李存义去，是在民国二年七月，马子贞在山东济南镇守使任上的时候。而李存义之死在民国十年二月，其间相隔七八年，世岂有受伤七八年之后才死的道理？这种事实，何能随人的爱憎而变更颠倒呢？”

在下不禁狂喜道：“好极了，我正苦没人能证明我所听的话不实在，心里虽对于这事有种种的疑惑，只因我一则不知道李先生的生平；二则不知道马子贞部下的人物，听了这种消息，唯有感叹，无从判别是非真伪。难得足下知道详尽，即请把实在的情形说出来，我好据实再做一篇更正的文字，方对得起李先生在天之灵。而我十数年来钦仰李先生的诚意，也就可以不因此而有遗憾了。”

那拳术家道：“我对于李存义、马子贞二人，都无所容心，只就我所确实知道的事实说一说。李存义，字忠远，直隶深县南小营村人。少小时就慷慨好义，初学拳术的时候，从刘奇兰先生，学习形意拳；后从董海川、郭云两先生学八卦拳，也兼习形意拳。至于太极拳，我始终不曾见他练习过。他在北洋享武术的盛名很久，经他教授成为武术界健全的人物极多。他平生待人接物，恭而有礼，轻易不见他有疾言厉色的时候。更喜欢奖掖后进，门弟子质疑问难的，自朝至暮，现身说法，毫无倦容，务必使门弟子疑难之处，得完全了解才罢。这是由于他好艺出于天性，而学养又能兼到的缘故。所以凡是曾和他接见过一次的人，莫不心悦诚服地说‘其学可及，其养不可及’。他既是一个最有修养的人，休说他的学力已到了绝境，便是第二等武艺的人物，但能养也决不至得足下所听得的那种惨结果。误传那种消息的人，是不是有意中伤，虽不得知，然与事实相差太远，即令不是有意，也不能辞荒谬的罪。

“民国二年，马子贞在济南镇守使任上，发愿要统一中国的武术。统一的方法，就是想将中国研究各派武术的人，拣出类拔萃的，由马子贞出面，延聘在一块，大家各出其所研究有得的精华，融会贯通，创成一种混合的新拳术。就拿这种特创的新拳术，教成一大批人才，再由马子贞将这一大批人才，分派到各处教授，渐渐推广，及于全国，于是中国的拳术，便可由此归于统一了。马子贞既是这么一个志愿，已经被延聘幕下的各派拳术家，当然有几个。那时做山东省长的是蔡儒楷，知道马子贞这种志愿与办法，便对马子贞说道：‘君欲统一中国拳术，形意、八卦这两种拳的法门，似乎非研究加在里面不可。北洋李存义，为武术界老前辈，并是研究形意、八卦两种拳种之杰出者，应该派人去，礼聘他到这里来。’马子贞见省长这般说，只得打发一个姓郭名永禄的人，迎接李存义到山东。

“李存义以拳术雄视北方数十年，北方拳术界中的人才，谁强谁弱，纵不能遍观尽识，然一般稍露头角的，即未见面，也已闻名。及到马子贞部下一看，知道能手很多，心里甚是欢喜，以为可得些切磋的益处。想不到马子贞见面便对李存义说道：‘敝处的武术，起手就用打人的方法，不知形意拳的用法怎样，请李先生指教指教。’李存义见马子贞开口就要他较量武艺，心里不免有点儿不愉快。只因自己处于来宾地位，又本为研究武术而来，不便表示不愿较量的意思。其实李存义之不愿轻易和人较量武艺，就是他平生待人接物，恭而有礼的缘故。因为武艺不较量则已，较则胜负立分，胜了的志得意满，负了的便不免恼羞成怒。殊非他平生待人以礼让为主的本意，并不夹着丝毫畏缩的心在内。但是马子贞的志愿，既在融汇各派之长，创造新武术，其势又非互较一番不可。

“李存义明知终不免于一较，不可以谦让得畏缩的声名，有玷宗派，只得问马将军怎生比法。马子贞道：‘敝处比武素有定规，拿白粉在地下画一个圆圈，随二人的便，一个站在圈子内，一个站在圈子外，动手的时候，在圈子内的，不能打出圈外来；在圈子外的，也不能打到圈子内去。’李存义原没有求胜人的念头，就立在白圈子内。马子贞指令一个兵士装束的拳术教习，和李存义较量。那教习的武艺，果然矫捷异常，确不是等闲之辈，竟与李存义支持到半小时之久，才被李存义捌住手腕，一腿打扑在地。但是这一腿打去，却打出了白圈，马子贞急忙喊道：‘这不能算是你胜了，你的前足出了圈外，违背了定规。’李存义听了，从容笑道：‘是，只怪我的武艺，不用前足不能扑人，用前足自不觉出了圈子。’马子贞见李存义态度闲雅，绝没有骄矜使气的样子，似乎自觉说得太唐突，即改口带笑说道：‘好，好，你真是名手，请你就在敝署当教官。’随即送了份委任状给李存义，月俸六十元。

“他怎么甘愿干这玩意儿呢？只因有打扑了这个教习的事，觉得不受委任就走，反为不好。既成了在一块共事的人，受扑的便有嫌怨，也可以消释了，所以接受委任，并不推辞。在那里住了两天，第三天有个姓杨的教习，直到李存义的卧室来拜访。李存义殷勤招待，杨教习寒暄了几句之后，便质问形意拳的用法，词气之间，很带着寻瑕抵隙的意味。李存义明知其用意所在，然以自己才来不久，与杨某又是初次相会，不能不存些客气，仍以研究学理的态度待杨某。那姓杨的武艺，不待说也很有些惊人的地方，加以年壮气盛，咄咄逼人，使李存义不能不出手自卫，一个不留神，将杨某也打扑在院子里。李存义吃了一惊，连忙上前扶起来赔话道：‘对不起，对不起，我偶然失手，老哥不可见怪。’幸当时没有第三人在旁边，杨某也是一个能虚心服善的人，并没有嗔怪的表示。不过李存义的为人，素来谨慎，逞强争胜的心思，更从来没有。终恐因此贾怨，于提倡武术前途，必多妨碍，遂极力与杨交欢，并愿结盟为兄弟。杨某见李存义这么抝谦温蔼，本来没有嗔怪的表示，至此更不把这回事搁在心上了。

“李存义在济南没多久，就因赴王芝祥的约，辞职到广东去了。直到民国九年八月，李存义在北京得了痢病，医治无效。到这年年底，才由几个常在他跟前的徒弟，送他回深县原籍，还支持了一个多月，到民国十年二月才去世。这便是李存义到马子贞幕下以及去世的实在情形。

“从马子贞那里辞职出来的时候，不但双方都没有受伤的事，并且好来好去，彼此连嫌隙都说不上。李存义年高德劭，固不至掩败为功，便是马子贞，他是个以提倡中国武术自任的一世贤豪，也决不至造作蜚语，厚诬长者。向足下妄传那种无稽消息的，必为局外不明当时情形的人，以讹传讹，以伪传伪，才有那种与情理事实两相悖的报告。”

那拳术家说完这一大段事实，在下不禁怔住了好一会儿才说道：“原来是这么一回事，我就实在太对不起李先生了。”李先生虽已去世了几年，然其人生前学力，为武术界斗山，一言一动，都足为后生矜式。反使他死后无端遭此不虞之毁，这如何使得？只是那篇记载，已经在第二十四期《侦探世界》杂志里面刊布了，无论有多大的力量，也收不回来。唯有再根据这位拳术家所说的，重记一篇，以代更正。然在下对于李先生在天之灵，终觉抱歉之至。

《红玫瑰》第1卷6期　民国十三年（1924）9月6日

孙禄堂

孙禄堂在拳术界的声名不减于李存义。论班辈，却比李存义晚一辈；论本领，据一般深知二公的拳术家评判，火候还在李存义之上。

孙禄堂原是专练八卦拳的，虽兼练形意拳，然功夫究不如八卦拳老辣。后来知道太极拳的妙用，在八卦、形意二拳之上，便改变趋向，专练太极拳。

从来拳术家肯下苦功的，大概要推孙禄堂为最。孙住的地方，离教他太极拳的师傅家中，有二百来里旱路。孙在家用功，每遇到疑难之处，自己思索不得，立时就动身到他师傅家去，决不因路远踌躇。他家清贫，总是裹一点儿干粮，在路上充饥。二百来里路一气走到，不在路上停歇。见着师傅把疑难之处解释明白了，又立时欣然归家，也不在师傅家停歇。在他心目中，看这来回四百来里路，直如平常人看三四里路一般容易。

他做功夫并不限定时间地点，随时随地都在用功，所以孙禄堂的武艺纯熟自然到了绝境。

他近年著了八卦拳学、形意拳学、太极拳学三部书，凡是研究这三种拳术的人，没有不拿他这三种书当参考资料的。他的声名，当初原只拳术界中人知道，自这三种书印行，声名就渐渐地扬溢了。

日本著名的柔道家坂原，在日本是很强的四段。闻了孙禄堂的名，又看了孙所著的书，特地从日本到北京来，拜访孙禄堂。孙禄堂殷勤接到家中款待，住了几日，略略做了点功夫给坂原看。坂原研究的是柔道，是两人对扭对搏的，像中国这种单独研练的拳术，坂原不曾研究过。因此孙禄堂虽演出些手法，坂原却看不出功夫的深浅来。见孙禄堂的体格并不魁梧，态度又很温雅，不像有多大气力的样子，以为是徒有虚名的。

坂原来访孙禄堂的目的，一不是崇拜英雄，二不是想研究中国的武艺，只是仗着自己的柔道在日本很享些声名，想凭着一身本领，到中国来出出风头。知道孙禄堂是当今中国拳术界负盛名的人，心想若能将孙禄堂打翻，声名在孙禄堂之下的拳术家，当然不敢出头露面，和他较量。他这一来在中国拳术界的风头，不出得十足了吗？

坂原非不知道日本的柔道，原是从中国流传过去的。但他的心里以为围棋也是从中国流传过去的，而日本围棋界四段的高部道平、濑越宪作，先后到中国来在中国围棋界里，风头出了个十足。以为中国围棋的程度如此，拳术的程度大约也差不多。坂原自己的艺术阶级，也和高部濑越一样是四段，所以敢抱定一个出风头的目的到中国来。加以见孙禄堂言不惊人，貌不动众，更觉得这回出风头的目的，有把握可以达到。

在孙家住过三五日之后，自以为看透了孙禄堂的本领，要和孙禄堂交手。孙禄堂是个生性诚笃的人，平常待人接物，十分谦虚有礼。坂原远道前来拜访，孙禄堂只认作一番崇拜自己的好意，绝对不疑心有将自己打倒，好借此扬名出风头的心思。在殷勤款待的这几日当中，只自己做功夫给坂原看，却不曾要求坂原显什么本领，忽见坂原要和自己交手，连忙谦逊道：“我从来不曾和人交过手，因为一则拳脚生疏，不愿意献丑；二则拳术是一类很凶的技艺，动手便难保不伤人或受伤，非真到万不得已的时候不宜使用。先生过都越国到寒舍来，我正感念得很，岂可与先生动手动脚。我一点儿功夫已经做给先生看过几次了，更用不着真个交手。”坂原听禄堂这么推辞，疑心真是不愿意献丑。心里很高兴，面上却做出失望的样子说道：“我从敝国特地到这里来，所希望的就是先生肯赐教几手功夫。几日来虽承演了些手法给我看，但彼此不同道，看了仍不能领会，觉得与贵国普通知道拳术的人所奏演的，没有什么区别。若只图看看贵国拳术的模样，非但用不着到先生这里来，并用不着到贵国来。日本人当中也多有曾研究过贵国拳术的，教他们演给我看看就得咧，我尝听得说贵国的拳术家有句古话：‘动手见高低’，可见得拳术不动手是不能见高低的。”孙禄堂见坂原说话带些不相信自己的神气，只得说道：“不错，这句古话是有的，但是我并没有要和先生见高低的心思，所以这么说。”坂原即立起身来将上身的洋服边脱边说道：“先生不要辜负我一番拜访的诚意。”孙禄堂到了这时分，知道再不能推托了，遂也起身拱手道：“我平生还不曾见过贵国的柔道，不知道是怎么样的法度。请先生不要存个决胜负的念头，可以解说给我听的所在，不妨互相交换，庶几彼此都能得着互相发明的好处。”孙禄堂说这话，确是出于诚心，而坂原听了不由得心中暗笑。

于是一宾一主，就在孙家一间很长的客厅里交起手来。孙禄堂有十来个徒弟，都立在远远的看。坂原一心想把孙禄堂打跌，很凶猛地一步一步逼过去。孙禄堂确实不曾见过柔道的手法，存心要看出一个路数来，手手只略事招架。坂原逼进一步，便退后一步。坂原的身法手法，孙禄堂已看得了然了。知道绝对不是自己的对手，只须一出手，就能把坂原屈伏。但孙禄堂是个生性诚笃的人，忽转念坂原在他本国很有点声名，功夫做到四段，也不容易。我如将他打败，他将来回国颇不体面。他本好意地来拜访我，不可使他扫兴而去。孙禄堂这么一想，即一倒挫，退了五六尺远近。对坂原拱手道：“罢了，罢了，已领教过了，钦佩之至。”坂原因孙禄堂只有招架，不能回手，已存了个轻视的心思。此时见孙禄堂一步退了五六尺，背后离墙不过尺来远，没有再退一步的余地。孙禄堂只顾向前望着，他自己好像还不觉得的样子。不由得更暗暗欢喜起来，以为趁孙禄堂尚不觉得背后没有退步的时候，赶紧逼过去是个求胜的好机会，哪敢怠慢，故意发一声吼，使孙禄堂专注意前面，不暇反顾。只一蹿便到孙禄堂跟前，刚要施展柔道中极毒辣的手法，谁知孙禄堂见坂原不肯住手，反紧逼过来，已看出坂原不良的心事了。哪用得着什么退步，也容不得坂原施展，随手将坂原捞过来轻轻地向前一抛，只抛得坂原四体凌空，翻了一个跟头，才落下地来；并没有跌倒，仍是两脚着地。看落下的所在，正是起首时坂原所立的地方，离孙禄堂已有一丈四五尺远近。坂原这才大吃一惊，知道孙禄堂的本领比自己不知要高强多少倍。自己一晌想出风头的心理，确是不度德不量力。心里并很感激孙禄堂，毫没有给他过不去的心思，定要跟着孙禄堂学拳。

孙禄堂因坂原是个日本人，素知日本人厉害，不问对于什么学术，都肯拼命地研究。若将太极等拳术传到日本去了，十年之后，中国的拳术家，绝不是日本拳术家的对手。不须二十年，也就要成今日两国围棋的现象了，决心不肯收坂原做徒弟。坂原见要求做徒弟不许，就再三地说，只要能学了刚才一抛丈四五尺远的那一手，也就罢了。孙禄堂笑道："中国的拳术，须全体会了，才能分作一手一手地使用。专学那一手，是永远没有成功希望的。"坂原这才垂头丧气地回国去了。

《红玫瑰》第1卷16期　民国十三年（1924）11月15日

秦鹤岐

现在长江流域的武术家，不知道秦鹤岐这名字的，在下敢武断说一句，是绝少绝少的了。普通知道秦鹤岐的，可分出两种性质来：一种是知道秦鹤岐武艺高强的，秦鹤岐今年活到六十三岁了，还不曾逢过敌手；又很有几次的机会，使他显出惊人的能耐来，所以声名扬溢，远近皆知。一种是知道秦鹤岐为伤科圣手的，江湖上有一句老话，未曾学打先学药；可见得学打的人，都是要研究研究伤科的。只是武艺既有强弱之分，伤科的学问，当然也有精粗深浅之别。秦鹤岐的武艺和外面一般负盛名的大武术家比较，自是当仁不让，他自已也未必承认弱似哪个。若和他秦家历代相传的祖宗比较，则他这一身武艺，就不免有一代雄鹰一代鸡的遗恨了。但是秦鹤岐的武艺，便赶不上他自已历代祖宗。至于伤科，却又比他历代祖宗更研究得精到。这一则是由于他性之所近，二则由于最近几十年来，欧西的医学，盛行于中国，使他有可资参考与佐证的所在。因此他的伤科，不但继承祖训，且能发挥而光大之。

人的名儿，树的影儿。秦鹤岐伤科既研究得这么精到，悬壶几十年，经他手治好的，不待说是盈千累万的人。一人传十，十人传百，声名又安得不震惊遐迩呢？不过依上说两种性质，知道秦鹤岐的，仅知道秦鹤岐是个善伤科的武术家罢了。至于他家武术的来源，以及他本人几次显出惊人能耐的事实，外面知道的人很少。

在下震惊他的声名，已有好几年了。虽苦于没有机会去拜识这位武术界的名宿，然间接从秦鹤岐的朋友口中，所得来的消息，已有不少了。并有几件在武术中，是很有价值的。在下素性喜表扬人的武德。像秦鹤岐这种于武术中有价值的事实，在下尤乐为之宣传。不过希望看官们不要拿着当武侠小说看，但在下所知道的，究属传闻之词，中间或者不免有不实不尽之处。是又希望比在下知道详细的看官们，加以纠正，或另写一篇出来，使知道秦鹤岐的程度和在下差不多的人看了，能更知道得详尽些。那就不是在下一个人的希望，可说是宣传武化的人所应尽的责任啊！

闲话少说，却说秦鹤岐的原籍，并不是上海人。他以前第八代的祖宗，康熙年间才从山东迁到上海浦东来，就在浦东落了业。至于他这第八代祖宗迁到浦东来的历史，也是武术界中一段很有价值、很有趣味的故事。要写秦鹤岐的事迹，就不能不先将这一段有价值有趣味的故事写出来。秦鹤岐的八代祖，说的人已不能说出他的名字。说的人因与秦鹤岐有朋友的关系，随口以秦先生代之。在下图着落笔时的便利，不好任意杜撰一个名字，也只好跟着人称呼他秦先生。

秦先生当少年的时候，生性喜欢练武艺。山东是个民性最强悍的省份，是一般人都知道的。因为民性强悍的缘故，练武艺的从来非常之多。但看中国的响马贼，只山东一省出的最多，就可以证明山东会武艺的人多了。秦先生既生性喜武，又生长在这历来尚武的山东，从十几岁研练到二十多岁，其造诣自不待说是很有可观的了。不过武艺这种东西，造诣是没有止境的，强中更有强中手。要做到登峰造极这一步，无论什么人，竭多少时间的力量也做不到。这便是所谓天外有天，永无穷境的缘故。

秦先生苦练到二十八岁的这一年，在山东的声名，已是震动一时了。会武艺的一享了盛名，在中国武术界的惯例，自然免不了有同道中人前来拜访。拜访的原因，异人同辞地都说是慕名。其实何尝是慕名？忌名也罢了！拜访的目的，也是异人同辞地说是领教，其实领什么教？无非想打倒人，以成全他自己的声名罢了！当时来拜访秦先生的，一个也逃不出这两种的范围。只是那时秦先生的本领，虽仍是不能说做到了登峰造极的这一步，然普通来拜访他的，却没有一个能达到了来拜访的目的。落在一般襟怀狭小、故步自封的武术家，练武练得了这种成绩，纵不昂头天外，骄气逼人，也可以自己安慰自己，不必再和初练的时候一般下苦功夫了。终成大器的人物，毕竟不同。秦先生越是在山东打得没有对手，越觉得中国之大，本领强似自己的人必然很多；并相信越是有真本领的人越不会无故找寻同道的动手；要求自己的本领有进境，势不能不亲往各省细心访求。好在秦先生那时父母已经去世，自己又因练武的关系，不曾娶妻。单独一个人，来去没有牵挂，正好出门访艺。因多年就闻得少林拳棍的名，遂径到河南少林寺。谁知少林寺拳棍，只是历代相传的声名。那时寺内的和尚，并没有练拳棍的，秦先生大失所望。在寺内盘桓了多时，才知道众和尚中，有两个老和尚，年纪都在七十岁以上了，武艺高到不可思议。其来历没人知道。秦先生便在寺内从两老和尚学艺，直学到三十九岁，已经过十一年了。

这年少林寺不知为了什么事，被官军围剿，大约牵涉着种族革命的关系在里面。官军在夜间将少林寺包围，用火箭向寺内乱射。官军存着聚而歼之的念头，所以围得水泄不通。一声儿不警告，就四周用火箭放起火来。寺内几百僧众从梦中惊醒，都慌乱不知所措。

秦先生当这种时候，真是艺高人胆大，哪里把这些官军放在眼里。但是因有两个师傅在跟前，不敢鲁莽举动罢了。便在两个师傅面前请示道："弟子愿一身当前，将重围冲破，救一寺僧人性命。"

老和尚从容说道："劫数如此，不可救也。你不在此劫之内，你自逃生去吧。以你此刻的本领，能不伤一人出去，仍以不伤人为好，免得自重罪孽。"在这说话的时候，正殿已经着火了。老和尚催秦先生快走。满寺僧人号哭的声音，惨动天地。秦先生见师傅不许他救众僧人，不由得着急道："弟子一人逃去，两位师傅怎样呢？师傅不走，弟子宁守在这里。"说时也流下泪来。老和尚挥手说道："你能逃，还着虑我两人不能逃吗？"秦先生听了这话，才恍然两师傅的本领在自己数倍以上，岂有逃不出去之理。只是这时四围都已着火，总不免有些觉得两师傅都是八十岁的人了，自己做徒弟的不在跟前，心里实在放不下，因此迟疑不肯走。老和尚似乎知道秦先生的用意，遂捏了一捏指头说道："你快向东南方逃去。在五里外某处一株大松树顶上等我，我只待经过这劫便来。你此去东南方甚利。"秦先生至此才向两老和尚叩了几个头，施展出十一年来所得的功夫，就在院中凭空一跃，即飞出了重围。

回头看少林寺时，已烧得如一座火山。因牢记两师傅的吩咐，在五里外松顶上等候，不敢停留，顷刻奔到了指定之处。秦先生才飞身上了松树顶，天色已将发亮了。只见半空中远远地来了四盏红灯，越来越近。定睛看时，原来就是两师傅每人两手擎两盏斗大的红灯，凌虚向东南方飞去。经过松顶的时候，都含笑对秦先生点头，转眼就没入云雾之中去了。秦先生从松顶上下来，因两师傅有此去东南方甚利的话，便不回山东原籍，一路寻觅可以安身的地点，到浦东就住定了。渐由小本经营，几年之后，即成家立室起来。

两个老和尚也到了秦先生家里，一个没住多久，仍出外云游，不知所终。一个直在秦家住到一百零三岁，就在秦家圆寂了。老和尚所有的本领，都传授给秦先生，秦先生也活到一百多岁，见了曾孙才死。秦先生的伤科，自然也是精妙极了。连同武艺，一代一代地传下来，到秦鹤歧已是第八代了。中国武术家能历代流传，不坠不失，像秦家这样的，只怕也可说是绝少绝少的了。

秦鹤歧从小即苦练他家传的武艺，也不找人较量，也不向人夸张。秦家的家教是绝对不许子弟学了武艺在外面逞强的，因此秦鹤歧练到三十多岁，虽练了一身本领，除同道的人知道而外，便是浦东本地方人也少有知道的。

这日秦鹤歧因闲着没事，在外散步，顺便到一家茶楼上，想喝杯茶消遣消遣。上楼就拣了个临街的座位坐下来。秦鹤歧虽生长在浦东，却并不曾在这茶楼上喝过茶，不知道这茶楼的性质。原来这茶楼是一个船户开设的，平日在这楼上喝茶的人，船户居十之八九，不过有一二成商民。船户有什么事须集会的时候，照例以这茶楼为集会的地点。遇了这种时候，这茶楼便不卖外客的座位。有时就不是集会而来这楼上喝茶的船户太多了，没有座位，也得强令外客腾出座位来。一般商民都畏惧船户人多势大，每每不敢表示反抗的意思，忍气将座位让给船户。后来浦东人都知道这茶楼是船户的势力范围，已没人肯上去喝茶了。

秦鹤歧不知道这种情形，才上楼坐定，还不曾喝了一杯茶，凑巧紧跟着上来了一大帮船户，约莫有四五十个。这时在楼上喝茶的，已有十多个人，不待说尽是船户。唯有秦鹤歧一人，非其同类。衣服容貌，谁也能一望便知道不是个驾船的人。那四五十个船户上得楼来，登时把楼上所有的座位都坐满了。剩下五个人走到秦鹤歧所坐的这张桌上，挥手教秦鹤歧让开。秦鹤歧既不知道这茶楼的性质，也从来没听说有这种无理的事。并且这五个船户，都只挥手大喝让开让开，没一个肯略假词色，说句温和些儿的话。

秦鹤歧正当壮年气盛的时候，如何能受这种横不讲理的待遇？当然坐着不动。据理和船户争道：“凡事得论个先来后到。我一般地花钱来这里买茶喝，并非不给茶钱，为什么就这么教我让开呢？”这五个船户也都是从来没见过有不同业的人敢在这楼上不肯让位的事，听了秦鹤岐的话，不但不自觉得理亏，倒比秦鹤岐的气更来得大。其中有一个性急的，早忍不住，对着秦鹤岐的面孔，大呸了一声道：“你聋了呢，还是瞎了呢？”这呸一声不打紧，却呸了秦鹤岐一面孔的唾沫。

秦鹤岐到了这时分，无论有多大的度量，也不能忍耐了。托地跳起身来，就桌上拍了一巴掌骂道：“你们难道都是些强盗吗，怎的竟这般不讲理？你们不聋不瞎，也应该知道我秦某不是好欺负的。”秦鹤岐这几句话，倒骂得这五个船户怔住了。五人的心里都以为这茶楼在浦东开设的日子不少了，浦东人没有不知道这茶楼是船帮的势力圈，从来教外人让座，无有不唯唯遵命的。今忽然见秦鹤岐这么强硬，而说话的口音又分明是浦东人，何以竟有这般胆量呢？五人因是如此心理，所以一时倒怔住了，不好怎生摆布。同时两旁桌上的船户，便不假思索，三五个年轻力壮的早已挺身抢过这边来，指着秦鹤岐回骂道：“你不是好欺负的，我们倒是好欺负的？我们也没工夫和你多说，请你滚出去打听明白了再来。”边骂边动手来拿秦鹤岐。

秦鹤岐见有人动手来拿，反笑起来说道：“好的，看你们人多便怎样！”趁那人来到切近，只伸手用两个指头轻轻在腰眼里点了一下，那人登时两腿一软，身不由主地痿瘫了下去，眼也能看，耳也能听，心里也明白，只浑身如喝醉了酒的一般，没丝毫气力，连四肢都柔软如棉，不能动弹半点。余人见这人无故倒地，虽也有觉得奇怪的，只是都是些脑筋简单的人，哪里知道见机呢？一人不济，三四人一拥上来。秦鹤岐一用不着解衣捋袖，二用不着躲闪腾挪，只两手穿梭也似的在每人腰眼里照样各点一下，顷刻之间左右前后，横七竖八地躺了二三十个，就和一盘眠蚕相似。座位隔离远些儿的，因不能近秦鹤岐的身，才看出这纷纷躺下，一躺便不能转动的情形来，不由得都惊得呆了。任凭这些船户有万丈高的气焰，天大的胆量，眼见了这种情形还有谁敢上前来讨死呢？

秦鹤岐点倒了二三十个船户之后，等待了一会儿，不见再有人上来，才高声向这些座上的说道："怎么呢，要送死的请早，我也没工夫久等。"众船户有面面相觑的，有以为打死了这么多同伙，势不能就此善罢甘休，溜出去叫地保街坊的。秦鹤岐高声催问了几遍，见终没人再敢上来，便跳过躺着的船户的身体，待提步往楼下走。众船户自是不肯放秦鹤岐走，然也不敢动手来拿，只得大家将秦鹤岐包围着。年老些儿的就出头说道："你打死了我船帮里这么多人，就想走吗？没这般容易的事，我们这里已打发人叫地保去了。"秦鹤岐从容笑道："很好，我正待去叫地保来收尸。你们既打发人去了，我就等一会儿再走也使得。"回身坐下。

等不一会儿，有两个船户跟着地保和几个街坊绅士来了。一上楼，船户就指着秦鹤岐向地保道："他就是凶手。"地保、街坊都认识秦鹤岐的，见面很惊讶地问道："就是秦先生在这里吗？毕竟是怎么一回事？刚才他们船帮里人来报，说这楼上打出了几十条人命，把我们吓得要死，急忙赶到这里来。秦先生府上是浦东有名的绅耆人家，这里到底为着什么？"秦鹤岐便把争座的言语、动手的情形说了一遍道："这茶楼的招牌上并不曾写明不许非船帮的人买茶，如何能在人一杯茶还没有喝了的时候，教人让座呢？即算这茶楼上有这习惯，也应该向人将情由说明，要求通融办理才是。然要求尽管要求，人家花钱买来的茶座，让不让还只能凭人高兴。不论如何，断没有恃众欺人，硬动手要将人打下楼去的道理。这楼不是才开张不久的。我今日初次上来，就遇了这种对付，可见得平日在这里，曾受他们欺负的已不知有多少人了。他们不先动手打我，我只一个人在这里，绝不会先动手打他们。他们既仗势打人，又经不起人家的打，只一个一下就打得都赖在地下不肯起来，请诸位去仔细瞧瞧，看是不是伙同放赖，想借此讹诈我。”

地保和街坊齐向躺着的船户一看，只见一个个都睁眼望着人，脸上也没一点儿不同的颜色，只不转动，不说话。地保拣一个望着自己的问道：“你们为什么都这么躺着不起来，身上受了伤么？”这船户只将两眼动了一动，仍不开口，一连问了几个，都是如此。地保说道：“秦先生是浦东的正经绅士，他家历来待人很和平的，并且这回你们船帮里人多，他只得一个人，料想他不至无缘无故动手打你们。你们于今又没打伤什么地方，何苦都赖在地下不起来干什么呢？你们报事的人也太荒唐。现在一个个面不改色地睡在这里，说什么打出了几十条人命。”船户中有两个略有些见识的说道：“我帮里人若是想借此讹诈，就得装出受伤的样子，不会都睁开眼望人。分明是姓秦的用点穴的功夫，将我帮里人点成了这个样子。仍得姓秦的动手，才能救得转来。”

地保和街坊听了这话，才恍然秦家的武艺是历代相传，有很多人知道的。遂转向秦鹤歧道：“他们都是些不懂道理的粗人，秦先生不必与他们计较，请秦先生看我等的情面，将他们救起来。再教他们向秦先生赔罪。”秦鹤歧笑道：“我要他们赔什么罪？诸位先生教我救他们容易，只是要这茶楼的老板出面和我说个明白，看他为什么不在招牌上将不卖外客茶座的话写出来，是不是有意把外客招来，受他船帮的欺侮。他把这道理说给我听了，我不但愿将这些人救起，并愿向他赔罪。”地保即高声说道：“这里的老板本也太糊涂了。他茶楼上闹出这么大的乱子，他为何还躲着不出来。”当下就有个堂倌出来说：“老板病了，不能起床，因此没有出来。”地保和街坊绅士久已知道这茶楼是船帮人开的，素来横不讲理地驱逐外客，也都有心想借此勒令茶楼老板取消这种恶例。听了堂倌的话，即正色厉声说道：“胡说，什么病这般厉害，不能起床，抬也得抬到这里来。这里老板不到，休说秦先生不答应，我等也不答应。他店里出了乱子，他安闲自在地睡着，倒累得我等来劳唇费舌，于情理上也恐怕说不过去。”

众船户急欲救人，又见地保街坊都动了气。这些船户平日倚着人多势大，欺侮单弱客人，是再厉害没有的了。及至遇了力量声势都比他们大些的人，认真和他们交涉起来，便吓得都缩着头不敢露面了，巴不得把老板拖出来抵挡一阵。也跟着地保街坊催堂倌去叫老板。这老板自然也是和众船户一类欺软怕硬的人物，并不是真个有病，只因知道这回遇了对手，自觉理亏，不敢出头，才教堂倌说病了的话。堂倌这时被逼不过，只得到里面如此这般地向老板说。老板明知非自己出来，这事不能了结。只索硬着头皮，跟堂倌一同出来，仍装出有病的样子。出来除向地保街坊道谢，并向秦鹤岐赔罪而外，没有道理可说。

秦鹤岐到了这时候，在势不能不强硬到底，据理教训了这老板一顿。地保街坊也勒令这老板从此取消驱逐外客的恶例。老板当众答应了。秦鹤岐才使出手段来，在躺着的船户身上每人按摩了几下，按摩过了的就霍然跳了起来，一些儿不觉着痛苦。秦鹤岐自从显了这回手段之后，浦东才无人不知道他的本领。

秦家祖遗的产业，原有三四万。传到秦鹤岐手里，因经营得法，那时已有七八万财产了。有七八万财产的人家，在浦东地方，当然要算是一个富户。三十年前的银行业不曾发达，富户将银钱存放银行里的很少。除了买田购地而外，余下的银钱多是搁在家里的。秦鹤岐家既有七八万银子财产，通常存放在家中的银钱，至少也有一千八百。因此远近一般做没本钱买卖的窃贼，无时无刻不转秦家的念头。无奈秦家的房屋，因是祖传巨宅，异常坚固。想从墙壁上凿窟窿进去实行偷盗，是一件绝对不容易办到的事。并且秦家是远近知名的好武艺，而秦鹤岐在茶楼上显手段的事，更传播得四境皆知，那些窃贼越是不能达到目的，越是念念不忘。酝酿了多时，居然被一个会些武艺的窃贼头目，邀集了二三十个亡命之徒，也都懂得些武艺的，打算趁黑夜偷进秦家，硬把秦鹤岐杀翻，抢了银钱远走高飞。

那时好像是八九月间天气，秦鹤岐为图练功夫便利起见，不曾和他夫人同室。独自一个人，住在一间很宽大的房子里面。每夜须练到二更过后，大家都安睡了许久才睡。秦鹤岐所睡的房间及入睡的时刻，窃贼都探听得明白了。派定了某人先动手，某人紧跟上去，某人从旁帮助。任凭秦鹤岐有登天的本领，乘正在睡着的时候下手。八九月间天气，既不能盖多厚的棉被，又不能穿多厚的衣衫，要杀翻尤比较冬季容易。众窃贼布置得铁桶也似的严密，无论如何绝不任秦鹤岐有逃生的门路。才趁月色无光的这夜，相率到秦家来。

秦鹤岐这夜练过了武功，觉得有些疲倦了，就上床安歇。窃贼的种种布置，事先没得着丝毫音信。照例一上床就入了睡乡。但是练武艺的人，本来睡觉比寻常人警醒些，而秦鹤岐又处于夜夜防盗的地位，不待说更不敢放胆鼾睡。刚合上眼蒙眬不久，猛觉有人撬得房门响，惊醒过来。一听就知来了不少的人。连忙翻身坐起来，正待下床，黑暗中觉得有很尖锐的东西朝着自己胸前刺来，来势甚为凶猛。哪来得及避让，只顺手往旁边一牵，恰好牵着了一支矛杆。来的势猛，这一牵的势更猛，那矛已脱离贼手，直射向床角落里去了。那持矛的贼不提防这一牵的力量有这么大，赶不上提脚，已扑地一跤，向床前跌下。秦鹤岐哪敢怠慢，下床一脚踏在贼背上，只将足尖一紧，贼哇地叫了一声就这么死了一个。第二个紧接着上来，迎头向秦鹤岐一刀劈下。秦鹤岐背后被床缘抵住，不能退步闪开，只得仗着身上的硬功夫，明知劈来的是一把单刀，也不害怕，举右手迎上去，刀锋正劈在手掌上。谁知这使刀的贼极刁，将刀顺势往自己怀中一拖。不问什么硬功夫，遇刀只能受砍不能受拖，这一拖就险些把秦鹤岐的右手掌截断了，只痛得秦鹤岐冒起火来，也顾不得右手掌的伤痕怎样，左手朝贼人胸前，屈一个食指，一钉锥戳去。贼人哎哟了一声，还不曾倒地，秦鹤岐的右手早到，一把撩住贼人的下阴，也是一拖。可怜连小肠都拖出来好几尺。用不着说，这贼也登时倒地死了。第三个使一条檀木齐眉棍，没头没脑地劈将下来。秦鹤岐更懒得避让，踏进迎头一拳，连喊叫的声音都没有，贼人的脑袋已被这一拳打作三四开，脑浆迸裂，也不能活了。这三个能耐高些儿的贼都死了，以外的不敢单独上前，然也不甘心饶了秦鹤岐就走。大家逼在一间房里，与秦鹤岐混战了一会儿。毕竟二三十个贼人手中所持的刀矛棍棒之类的武器，都被秦鹤岐在黑暗中夺了。个个都剩了一只赤手空拳，没有恋战的资格了，才相率逃去。秦鹤岐因打死了三个之后，不由得心里软了，不忍再下毒手打人，只要夺了各贼人的武器，便不能伤自己就罢了。所以众贼能不受伤逃去。若秦鹤岐不如此存心，尽着平生本领施展出来，这二三十个毛贼，一个也休想有活命。

等到秦家的妇孺老弱，以及仆婢惊醒起来时，众贼都已逃去了。房中除三个贼尸外，满地都是武器，有多半被秦鹤岐随手折断了。秦鹤岐脱衣看自己两条臂膊，也现了无数的伤痕。不过都是皮肤上的轻伤，只右手掌伤了筋骨，他自己既是伤科圣手，家中有现成的伤药，毫不费事地就治好了。

这事自免不了要报官相验，官厅派员验了尸，问明了格杀情形，十二分佩服秦鹤歧的本领。逆料贼人受了这回大创，必然要来寻仇报复。官厅知道秦鹤歧是个极正直的人，饬地保将贼尸葬埋之后，即送了一杆六响手枪给秦鹤歧做自卫之具，免得遇急难时赤手和有武器的贼对搏，致受伤害。秦鹤歧得了这杆手枪，胆量自然更壮了。

这事没经过多少时日，那些从秦鹤歧拳头底下逃得了余生的恶贼，果然又纠众前来，意图报复。这回秦鹤歧却发觉得早些，贼人正在撬后门的时候，秦鹤歧还不曾睡。听了响声觉得有异，即抽了手枪，蹑足到后院。听撬门的声音很急，快要被贼撬开了。忙向天开了一枪，才对着后门高声说道："劝你们不要再来和我姓秦的为难，上次他三人若不下毒手要我的命，我也不至要他们的命。上次已开了你们一条生路，还想来报复我吗？官厅于今已给我这手枪自卫，你们的武艺就比我高强，料也挡不了这手枪。就进来也讨不了便宜去。"秦鹤歧说完这几句话，外面登时没一些儿声息了。自后便没人再敢前来尝试。

秦鹤歧三个字的声名，自经过这一度的宣传，比上次在茶楼上显手段更容易使闻名的人震骇。因为茶楼上虽也一般地打倒了二三十个人，然都是些毫不懂得武艺的船户，又在白天。船户不知道秦鹤歧是何许人，存着骄矜欺负人的念头，不提防秦鹤歧有这么厉害，所以都被点倒在地。至于这二三十个窃贼，都是挑选了会武艺的。黑夜乘秦鹤歧不备，二三十件兵器，打秦鹤歧一双空手，竟打成如此一个结果，安得不骇人听闻呢！

宣统元年，天津霍元甲因与英国大力士奥皮音订了约在上海比武。霍元甲一到上海，就闻到了秦鹤歧的名，特地到秦家拜访，这时秦鹤歧已住在英租界戈登路了。与霍元甲会面，彼此谈论得很投契，自然双方都存着钦佩的心思。秦鹤歧评判霍元甲的武艺，几句话说得异常中肯，说后不久便应验了。秦鹤歧说霍元甲当练武艺的时候，因急于做手上的功夫，将身上的功夫忽略了些，以致手上功夫先成功，身上还没到成功的时候，若尽手上的功夫使出来打人，受着的固然是受不了，而自己身上也不免受伤。这话说出来，在外行固是不明了这道理；便是内行，也多有不承认有这么一回事的。及至霍元甲在张园摆过一个月擂台之后，身体上果然发生了毛病，起病虽尚有其他的原因，而秦鹤歧所说的这种弊病，得居原因之一大部分，许多内行朋友才相信秦鹤歧的话应验了。

霍元甲被小鬼毒死后，有些会武艺的人研究秦鹤歧评判的道理。秦鹤歧说道："这道理不容易明白吗？且拿一艘海军战舰做比譬：二万吨战舰上的巨炮，在二万吨的舰上开起来，有十二分的威力；无论什么坚城要塞都可以攻破。然若将这种巨炮移到一万吨或几千吨的舰上，不开则已，开则载炮的舰必先自受了伤损。这就是因为吨数太小了，受不起那么大的反动力的缘故。拳术何独不然？一拳打出去的力多大，反动力也有多大。霍元甲右拳打出去的力，足有八百斤；而身上所能受的，才四百余斤。不用全力打人，没有妨碍。一用全力，自己身体就先吃不住了。这便是霍元甲致病的大原因。"一般人听了这种比譬，不由得不佩服秦鹤歧的见解高妙。

数年前，唱武生的戏子赛活猴来上海唱戏，闻了秦鹤歧的名，也是特地到秦家拜访。赛活猴的武艺也是曾下过死功夫的，平生不大肯许可人。会着秦鹤歧的面，谈了些武艺中的言语，究竟看不出秦鹤歧的本领来。又有些不敢明说要比试比试。一则恐怕敌不过秦鹤歧，跌了跤，便无面目再在上海立脚；二则见秦鹤歧已是六十岁的人了，又不是拿武艺在外面夸张骗饭吃的人，无缘无故地说要较量武艺，总觉有些说不出口似的。因此只坐谈了一会儿就起身作辞出来。此时的秦鹤歧，早已矜平躁释，炉火纯青的了。哪里还有无故想和人较量武艺的心呢？见赛活猴作辞，即殷勤送出大门，拱手道再会。赛活猴忽然觉得既会了面，安可虚此一行；念头一转，便不暇仔细思量，趁秦鹤歧拱手的时候，猛不防双手在秦鹤歧脉腕上一按，打算用平生气力，将秦鹤歧的拱手按下。谁知秦鹤歧的手就和生铁铸成的一般，哪里按得动丝毫呢？秦鹤歧随手往上一领，便把赛活猴的身体领得悬空起来了，不能上，不能下，只得恭维秦鹤歧道："到底名不虚传，黄忠不老，拜服拜服。"秦鹤歧笑着从容放下说道："领教了。"赛活猴不觉羞得满面通红而去。秦鹤歧事后向一般朋友说道："赛活猴倘在二十年前和我开这玩笑，就不免要请他吃点儿小亏。在今日来见我，实不能不算是他的幸运了。"前年山东马良到上海来开全国武术运动大会，还请了秦鹤歧出来。当场演了些他祖传的武艺，给一般人见识见识。只可惜在下没这缘法，不曾去瞻仰这位老英雄的丰采。

《红玫瑰》第1卷36期　民国十四年（1925）4月4日

杨登云

凡是与现在上海武术界接近的人，大约不认识刘百川这个拳教师的很少，便是不曾会过面的，十九也得闻他的名儿。不过上海一般与刘百川认识的朋友们，无论当面背后，多不叫他刘百川，也不称他刘子潮，因见他是个瘌痢头，都直截了当地呼他为“刘瘌痢”或“刘瘌子”。他听了不但不怪，并且欣然答应。他自从到上海来至于今，才有五六年。虽是以教拳为生活，然在上海以教拳为生活，像他一样，年数还比他长久的，何止数十人？只是和他一般得声名的，却是不多几个。

在下初次和他会面的时候，记得是壬戌年的冬季。那时在下在中国晚报馆编辑《小晚报》，有时也做些谈论拳棒的文字，在《小晚报》上刊载。于是就有些会拳棒的朋友，误认我对于拳棒是确有研究的人，纡尊下顾。而刘百川也就在这时候，因汪禹丞君的绍介与我会面的。那时他才到上海不过一年，在汪禹丞君所办的中华拳术研究会里担任拳术教授。他初次与我相见，即口讲指划，唾花四溅。谈到兴发，表演几个架势，跺得地板震天价响，墙壁都摇动起来。我此时也很赞叹他豪爽痛快，然心里总觉得他的江湖气太重，而所发挥的又未见精透。

相见后不多几日，中华拳术研究会即假座宁波同乡会，开周年纪念之拳术表演会。这夜由刘百川邀来帮场的拳教师虽也不少，然并没有表演出特殊技艺的。在下不耐久看，已打算回家了，只因表演次序单上，最后载有刘教师的“千斤铁板桥”。在下看了这名目，不知道是什么玩意儿。又见演台角上，安放了一块二尺六七寸见方、七八寸厚薄的大麻石，不知是做什么用的。找着汪君打听，汪君笑道：“这就是刘瘌子的大玩意儿，也还有点儿道理，且看了再走吧！这里人手不多，到时说不定还得请老兄帮帮忙。”我见汪君这么说，只得不走了。

等到各教师按次序都表演完毕了，即见刘百川一手托了一条很粗壮的板凳走出台来。将板凳作“二”字形安放台口，脱去上身衣服，露出粗黑多毛的赤膊来，放开破喉咙对台下观众说道：“兄弟这个玩意儿，名叫‘千斤铁板桥’，看了是有些吓人的。其实兄弟若没有这力量，也不至来干这玩意儿，望诸位看时不要害怕。”说毕将两条臂膊接连屈伸了几下，好像是运动气功的样子。只见他身上的肌肉，登时膨胀起来，较平时壮大了许多。随即仰面朝天地睡在两条板凳上，腰背悬空。在旁边做帮手的人七八个壮健汉子，一齐动手将那块大麻石托起来，平平正正地放在刘百川胸腹之上；又有四个大汉子，擎四个大铁槌，各尽平生气力，朝着石块上打去。在下也是其中擎铁槌的一个，不过那块麻石，质地异常坚结，又太厚了，虽有四个铁槌敲打，但是敲了几十下，只敲得石屑四迸，苦不能将石块敲破。喜得当时还有一个上海著名的李大力士在场，看了忍耐不住，提了一个约重四五十斤的大铁槌，跑出台来，两三下就把石块槌得四分五裂。刘百川见石块已破，便一跃而起，拍着胸脯给观众看，没有一点儿伤损。观众无不摇头吐舌。那石板的重量，虽没有一千斤，然实重也有七八百斤。并且那麻石极不平整，台角上的木板尚且被那石压成许多破痕，而刘百川胸脯上的皮肤，没有伤损，这点能耐也就不小了。

后来会见了一个老走江湖的武术家，偶然闲谈到这事，那武术家却不在意似的笑道："这算不了一回事，与空手劈碎大块麻石的同一江湖眩人之术，毫不足奇。"我说："难道所劈的石块是假的吗？不曾搁在他胸脯上么？"那武术家道："这如何能假？"我说我亲眼看了，亲手摸了，知道确是不假，何以算不了一回事呢？武术家道："我所谓算不了一回事者，因为这不是真能耐，不是真武艺。论情理这人胸脯上能搁七八百斤重的石块，听凭四五个大力的人用铁槌敲打，应该不问多重的拳头，也打他不伤，也打他不痛。其实不然，其不能挨打的程度，与平常拳师一样。即如空手能将斗大的麻石劈成粉碎，论情理这种硬手还了得？应该打在人身上，不问什么人也受不住。其实打在人身上，也与平常拳师的轻重一样。可见这不是真能耐，不是真武艺，只能算是卖看的一种把戏而已。你若不相信，我也可以当面试演给你看。"

在下因这样把戏，非有相当的地点及准备不能试演，心里又相信他不至说假话，便点了点头说道："用不着试演，我已很相信了。不过既不是真能耐，不是真武艺，然则是道法吗？"那武术家笑着摇头道："'道法'两字谈何容易，若果真是道法，怎么还算不得真能耐！"我说："那么究竟是什么呢？"武术家沉吟了半晌说道："我也在江湖上混饭吃，说话不能烂江，一言以蔽之，不可究诘罢了！"在下听了这番话，不好再问，然至今还不明白到底是怎么一回事，也无从证明那武术家的话是否确实。

近一年来，时常与上海武术界中人会见，提起"刘百川"三字，知道的尚少；一提到"刘癞痢"，倒是都说认识，并且异口同声地称赞这癞子的武艺了得。在下计算起来，已有四年多不与刘百川会面了，很想会会他，好顺便打听他学武艺的历史。遂托朋友带信给他，看他能否趁闲暇的时候，到我家里来谈谈。机会还好，托信去不到几日，这位刘教师居然下临寒舍了。相见时口讲指划，唾花四溅，粗豪爽直的神情，还是和当年一样。

这日天气很热，进门就脱去了草帽，露出光顶来。我留神看他那光顶，凡是没有头发的所在，都低陷下去一二分深不等，与寻常的瘌痢头不同。我知道他是不忌讳人家叫他瘌痢的，便问他这瘌痢头是何时成的。他笑嘻嘻地把那成瘌痢的历史说出来，使我听了异常高兴。因为他成瘌痢的历史，就是他学武艺的历史，也就是他半生的履历，且有记述的价值，故不惮烦琐地写出来。也可以见得我国的剑仙、侠客，无时无地不有，只是无缘者不能遇，无福者虽遇亦无所成就也。

刘百川是安徽六安人，虽不是世家大族的子弟，但他的曾祖、祖父，都以经商为业。在乡镇之中，开了一个招牌名“刘全盛”的杂货店，已有五六十年了。地方远近的人，没有不知道刘家是一门忠厚的。刘百川生长到十四五岁的时候，照他家的家规，是应该已读过了几年书，要到自家店里，跟着父兄学做生意了。只是刘百川生性不似前辈人忠厚，从十岁送他进蒙馆读书，他就只表面上奉行故事，骨子里专跟着附近一般顽童无法无天地胡闹。好在他父兄对于读书的事，也不认真，每日放学回来，更不知道盘诘。父兄是忠厚人，以为子弟也忠厚，见刘百川每日进学堂去了，只道是发愤读书无疑的了；谁知道他挂名读了四五年书，实在所认识的字，不满一百。到了应该进店学做生意的这年，见他提笔写起账来，竟写不成字，才知道他读书不曾用功，然已迟了。他不但读书不肯用功，并不耐烦守在店里做买卖，仍是欢喜三朋四友的，到各热闹之处闲游浪荡。

离他家四百多里路，有一处地名叫周家口子，是一个水陆交通的码头。那码头上有一个名叫石泰长的镖局，镖头就是北道上有名的“花枪”王义。还请了一个镖师叫赵老平，这两人时常押了镖走刘百川所住的这镇上经过。这时刘百川所结交的一般朋友，多是生性和刘百川一样粗暴凶横的，合伙聘了一个拳教师练习拳棒。这个拳教师与花枪王义、赵老平都是朋友。王、赵两人每次押镖走这镇上经过的时候，必停步拜访这位拳教师。刘百川因身体生得强壮，又能下苦功夫练武艺，在一般同学之中算他的拳棒最好，教师很欢喜他，因此王、赵二人也对他特别注意。

他这时同练拳棒的共有十多人，那时蒙童馆里的读书学生，因为集聚的人太多了，况且无恶不作，每每弄得地方上的人厌恶。以致有许多地方，禁止教书先生开设蒙馆。像他们这种粗暴凶横的恶少，十多人聚作一处，终日不干好事；又仗着会些拳棒，地方人简直奈何他们不得，竟是无法无天，没有他们不敢做的事。地方上人怕了他们，将他们比作一群猛虎，一个一个地取出绰号来，都离不了一个虎字，如飞天虎、坐山虎、搜山虎之类。刘百川那时就得了一个“出山虎”的名目。他们这一群猛虎，虽不曾在地方上杀人放火、掳掠奸淫，然除却强盗这类行为而外，也可以说是肆无忌惮、无恶不作了。久而久之声名越弄越大，竟至泸州府都闻他们这群猛虎的名了。

那时做泸州府的，是一个极风烈严正的人，对于地方上的败类，用访闻案也不知办过了多少。既闻了他这群猛虎之名，当下就委派了一个候补安徽直隶州崔乐书下乡查办。谁知这位崔大老爷，是个很倒运的候补官，候补了好几年得不着一件差事；一旦忽然受了这件委任，也就当作一件好差事来办，打算在一群猛虎身上捞一注大财。利用那泸州府办事严厉，凡是在地方行为不正当的人，一经拿到府里是没有轻放的，远近声名恶劣的人，无不害怕。一遇府里派来查办委员，都情愿花钱极力运动，只求委员口头上方便一句。泸州府所派去办访闻案的委员，似这般饱载而归的已有几个。

崔乐书是深知个中情弊的，一到刘百川所居的这个镇上，就派出许多差役，按照访案名单，往各家拿人，并声言一个个都须拘拿到案。刘百川这群猛虎虽然都闻风避开了，不曾被差役拿住，只是各人都有家庭，差役在各家横吵直闹，勒令各家长交出人来。各家长明知种种逼勒纯是为几个钱，也就照例托人向崔乐书说项。无如崔乐书的欲壑难填，各人倾家荡产都不能了案。

刘百川这群猛虎，被逼得愤恨极了。他们多是年轻性暴的人，不知道厉害，十多人藏匿在一处商议道："我们生长在这地方，从来只有人家畏惧我们，我们不曾畏惧过人家。我们所到之处，有谁敢在我们衣角上碰一碰？于今崔家这小子到我们这里来，不但吓得我们藏躲着不敢出头，并且把我们家里都闹得天翻地覆，不能安生。这小子张开眼睛要钱，说出数目来倾家荡产都不能缴纳。这小子若不给点儿厉害他看，老是这么藏躲着，以后我们还能在这地方混吗？"

刘百川的胆量最大，听了这话，即攘着臂膊说道："这小子住在周家饭店里，我们趁黑夜劈开门进去，抓住他一顿毒打。我们也不开口说话，把包头齐眉扎了，使他认不出面貌，听不出声音。打过一顿之后，掼下就跑。料他有天大的胆量，也不敢再在这里耀武扬威了！"他们都只是十几岁的人，有什么见识？一个人说委员可以打得，大家也都说非打他显不出厉害。于是三言两语，计议已定，当夜三更时候，这一群猛虎就蜂拥到周家饭店，劈开大门进去。饭店里人以为是强盗打劫。崔委员所带来的差役，虽也是一些吃人不吐骨子的恶物，但是教他们欺压良善，本领都觉得很大；教他们抵抗强暴，却是胆小如鼠。从梦中惊醒听说强盗来了，只吓得一个个争着向床底下藏躲。崔乐书仗着自己是个委员，以为强盗绝不敢对他无礼，翻下床来正要开门出来，向强盗打官腔。不料这群猛虎已撞开房门进来了，见面不由官腔开口，揪翻身躯就打。

崔委员见强盗居然不畏官府，只得将官腔收起来，放哀声求饶。他们多会拳棒，手脚打下来不轻，又系十多人争着打，没一人肯轻轻放过。崔乐书的年纪已有五六十岁了，怎么受得起这般捶打呢？他们见崔乐书被打得伏在地下不能发声了，才掼下来跑了。

次早探听消息，想不到崔乐书不经打，当晚就呕血而死。各家的家长，知道这祸又是他们撞出来的，逆料这乱子更闹大了。唯有教各自的子弟，分途逃往别处去，自寻生路。非待十年八载之后，风声平息了不得回来。

刘百川到了这一步，也只好独自逃生。他心里计算，逃往别处不能生活，只有周家口子的石泰长镖局，有花枪王义和赵老平在那里，不妨前去投奔他们。当下也不暇计及自己与王、赵二人有多厚的交情，人家肯不肯收留身犯重罪的要犯。从他家到周家口子有四百多里旱路，破三日三夜工夫就走到了。喜得那时王、赵二人都在局里，不曾押镖出去。

刘百川见面也不相瞒，照实将打死崔乐书的情形说了。王义说道："像这样的贪官污吏，打死了很好，也可以替那些被他敲诈了银钱的人出口恶气。你住在我这局子里不要紧，无论哪条衙门里差来办案的人，不得我们亲口答应，照例不能进局子办案。你放心住下就是。不过这事只能对我两人说，万不能使这地方的人知道。暂且躲住些时，等待外面风声略为平息，再作计较。"刘百川见王、赵二人如此仗义，不用说心中十分感激。

周家口子离刘家虽只四百多里路，然一则因那时交通梗塞，消息也就跟着迟滞；二则因镖局不似寻常人家，照例是一种庇护罪犯的所在。有这两种原因，与刘百川同时动手打崔乐书的那些朋友，虽也逃到了别处，然不久多被捉拿了。幸亏都是些未成年的人，加以不曾承认杀官的事，又更换了泸州府，只是打的打，关的关，马马虎虎地结了案。不过刘百川家里，就为这场官司破产了。

刘百川在石泰长镖局里隐居了几个月，不曾出门，自觉气闷得非常难过，见王、赵二人押镖出门，就要同去。王义巴不得多有一个伙计，好在路上照料照料，遂许可带刘百川同走，刘百川就此做起二镖师来了。王义的武艺，是在北道上享大名的，每到高兴的时候，也传授一点儿给刘百川，是这般也跟着混了两三年。

这次又押着几十辆镖车到山东去。一日走到封沛小荡山底下，在赵大房饭店里歇了。刘百川因连日天气太热，受了暑气，忽然有些腹泻起来，睡到半夜，起来到后院里大解。这后院左边便是关帝庙，庙里有几株数人合抱不交的大树。此时天上月色，正如悬挂一圆明镜，晴空万里，没有一点浮云。树影倒射在这边后院地下，微风不动，枝叶都仿佛可以数算得清的样子。刘百川一面蹲下身躯大解，一面无意识地望着地下树影，觉得树尖之上还有一点黑影，不似枝叶，又看不出是什么东西。毫不迟疑地抬头向树上一看，只见离树尖两三丈高以上，俨然是一个和尚，盘膝坐在空中，竖脊腆胸，动也不动一下。

刘百川心想难道我肚泻了这几日，连眼睛都泻昏了吗？心里边是这么想，边用衣袖揩了揩眼睛，再仔细定睛看时，确是一个和尚坐在上面。只是太离远了，看不清那和尚的面貌。觉得这事太稀奇了，也顾不得大解完结了没有，连忙拽起小衣往那树下跑去，却被一道六尺多高的土墙挡住了去路。刘百川虽不会纵跳，但是喜得这土墙不高，急搬了两块石头垫脚，翻过了土墙。立在那树底下朝上一望，因被枝叶遮掩了，看不见天空。暗想爬上树尖，便不愁看不见了，遂使出十来岁时候在乡下爬树的本领来。刚向树上爬了两步，忽觉腿上有人拍了一下，接着就听得很沉着的声音说道：“你是什么人，半夜三更爬上树去干什么？”刘百川想不到下面有人，倒吃了一吓。低头看时，原来也是一个老年和尚。刘百川跳下地来，跑到旁边，向树尖上一看，已不见那和尚了。

地下的这个和尚，现出吃惊的样子问道：“你这人疯了吗？这般慌里慌张地看些什么？”刘百川看这和尚的衣服身段，好像就是坐在空中的那个，随口答道：“我是好好的人，怎么会疯？刚才坐在空中的那个和尚，就是你么？”这和尚摇头道：“空中如何能坐人？你不要乱讲。”刘百川道：“你不用瞒我，我又不老，两眼分明看见你盘膝坐在空中，所以翻过墙来。正想爬上树尖去和你谈话，你却已经下来了。”这和尚笑道：“你在这里做梦啊，哪有这种事？我在这关帝庙住了好些时，也不曾见过有坐在空中的和尚。你姓什么？此时已是半夜了，怎么不去睡觉？”

刘百川道：“我是周家口子石泰长镖局里的二镖师，这回押了几十辆镖车上山东去。今日走到这里忽害肚泻，因此半夜起来大解，就看见你坐在空中动也不动。请问你贵姓？你这种本领肯收我做徒弟，传授一点儿给我么？”这和尚露出诧异的神气说道：“你还是一位保镖的达官么？这倒看你不出。你既保镖，武艺是不待说，一定很高明的了。失敬之至！”

刘百川连忙作揖道：“我于今虽是当了一个二镖师的名目，实在并没有当二镖师的本领。完全是花枪王义、赵老平两位师叔重义气，格外周全我，借此混一碗饭吃。”这和尚满面笑容说道：“花枪王义么？这人我也久已闻他的名，是一个欢喜交结的好汉。他于今也押镖到了这里么？”刘百川听和尚说知道花枪王义，不由得十分欢喜答道：“王义、赵老平都来了，就住在隔壁赵大房饭店里。请问你的尊姓大名，我立刻就回去叫他们过来拜访你。”

这和尚从容摇头笑道："用不着这么办，我等做和尚的人本来是没有姓氏的，不过我这个和尚与寻常的和尚不同。寻常的和尚是出家和尚，既出了家自然不要俗姓了；我是在家的和尚，因此还是姓杨。"

俗话说"福至心灵"，也有道理。刘百川平日是个心粗气浮、不知道什么礼节的人，此时心里明白了，觉得不容易遇到像这样有本领的人，既是遇着了就不可错过，应拜他为师，学些本领才好。心里一这么着想，立时就换了一副很诚恳的神气说道："我今夜有福气遇着了杨老师，这是非常难得的事，千万要求杨老师可怜我，收我做个徒弟，教我一些儿本领。"说时就拜了下去。

杨和尚连忙伸手扶起刘百川笑道："说哪里的话，我有什么本领教给你？你终日和花枪王义在一块，还怕学不到本领吗？"刘百川道："花枪王义的本领虽好，但是他有他的正事，哪有闲暇工夫教我呢？并且我虽承他两位师叔看得起，给一碗饭我吃，然我终日只是悬心吊胆，不得安逸也不好练武艺。"杨和尚问道："这话怎么讲？平白无故的要终日悬心吊胆做什么呢？"刘百川道："我知道你是和神仙一般的人，我的事不用瞒你。我是因为在家乡地方打死了人，于今逃命出来。那件命案不了结，我不能回去。"

杨和尚问："打死了什么人？"刘百川便将打死崔乐书的事，从头至尾说了一遍道："这碗保镖的饭，我不但没这本领，够不上久吃。就是有这本领，我也不情愿久吃。武艺是我欢喜练的，只苦没有好地方去，不得好师傅教；今夜既遇了杨老师，我绝不能不求你收我做徒弟。我甘心一辈子在你跟前伺候。"杨和尚道："我不是能收徒弟的人，你也不是能做我徒弟的人，这话请收起来不要再提了吧！天气也不早了，快回去睡觉，我也就要睡了。"

刘百川哪里舍得走呢？正要再叩头请求，只听得花枪王义的声音，在土墙那边说道："百川，百川！你无端跑到那边去做什么？害得我哪里不找到。"刘百川见是王义找来了，好生欢喜，几步跑到墙跟前说道："快跳过墙来，见见这位杨老师傅，他说也久闻你的名呢！"王义是能高来高去的，听了刘百川的话，只一跺脚已跳过墙这边来了。刘百川匆匆将大解时，看见空中有人坐着，及杨和尚对谈的话，说给王义听。王义不待说完，即"哎呀"了一声说道："照你所见的说来，不是别人，必是直隶杨登云老师无疑。我虽没见过面，然早已闻他的名，如雷贯耳，立在那边树下的就是他么？"刘百川点点头，王义已紧走上前抱拳说道："杨老师傅可就是直隶的杨登老么？"

杨登云合掌应道："不敢当，贫僧俗姓杨名登云。"王义行礼说道："江湖上提到杨登老的威名，谁不钦敬，谁不赞叹！不过大家谈论起来，都恨无缘与登老亲近。我今夜得在这里拜见，真可算是三生有幸了，登老此刻就住在这庙里么？"杨登云忙答礼说道："贫僧居处没有一定，这回因到小荡山采药，暂借这关帝庙小住些时，采完药就得走了。"

刘百川插嘴将要拜师的话，对王义说了道："我不打算练武艺便罢，既打算练武艺，遇了这样有飞天本领的师傅，我还不拜师，再去哪里找师傅学武艺呢？我于今是个无家可归的人，练成了武艺我方有生路；练不成武艺不能谋生，就只死路一条。他老人家若定不肯收我这个倒霉的徒弟，我的武艺也不练了。不练武艺将来不冻死就得饿死，与其日后冻死饿死，落得人家骂我没有出息，倒不如此刻为求师不得，情急而死好多了。请师叔代我向他老人家求求何如？"

王义即对杨登云说道："这小子说的话，登老也听得了，他现在的境遇委实可怜。我把他留在左右，也就是为见他无路可走。这小子心地很仄，登老若必不肯收他，他真个死了也太可惜。我与他初学武艺的师傅，是知己的朋友，此刻我那朋友已经死了。我看在死友的情分上，情愿帮助他几十串钱，不教他以衣食等费用累登老。”

杨登云道：“不是贫僧怕受拖累，不肯收他做徒弟，实在是因看他的骨格太差，不是载道之器。无论有什么好师傅，也不能造就他成一个人物。白费精神，白费气力，彼此都讨不了好，又何苦多此一举呢？于今他既这么诚心，王大哥又代他请求，我再不肯也对不起王大哥了，暂时且收了他再看。不过我有几句话，得事先交代明白。”

刘百川一听暂时且收了他的话，即拍了拍身上衣服，待上前拜师。杨登云忙摇手止住道：“且慢，且慢！我要事先交代的话还没说出来，知道你能不能答应呢？”刘百川笑道：“只要老师肯收我做徒弟，传我在空中坐着的本领，不问什么话我都能答应。”杨登云也不作理会，只对王义说道：“贫僧既看他的骨格不能成器，勉强认他做徒弟，于他毫无益处，于我却有大害。只因看他这时候的心还诚恳，如果能安排这片诚恳之心，持久到十年八载下去，就是骨格差些，也未始完全无望。不过这就得从容看他的毅力如何，一时的诚恳是靠不住的。暂时不要拜师，在我跟前过了些时，等到我认他能做我的徒弟了，再教他拜也不迟。我十多年来，山行野宿惯了，不能为他弄个地方居住。我虽是落了发，披了袈裟，然并不是出家受了戒的和尚，荤素菜随缘便吃。有时为采药到了深山之中，几日得不着饮食，只好挨饥忍渴，不能为他不到深山里去，也不能为他多带干粮。山中尽有可以充饥的草芽果实，他不能贪图美味不吃。但是在能买办衣食的地方，我有钱给他去买办，用不着王大哥送钱。”

王义道：“要学武艺，自然随时随地都得顺从师傅。”刘百川道：“这些话我若不能答应，难道想跟着老师享福吗？休说不至教我冻死、饿死，就是教我冻死、饿死，得跟着老师在一块儿，我也甘愿。”王义对刘百川笑道：“恭喜你得遇明师，将来造就是了不得的。今夜且回去歇了，明早我再送你过来。”杨登云向王义合掌道：“贫僧礼应过那边回拜，只是夜已深了，惊扰贵同事不妥。”王义谦谢了几句，即挽了刘百川的胳膊，提起来跳过土墙。回房后对刘百川说道：“你的缘法不小，眼睛也不错，遇着他就知道要拜他为师，这确是很难得的机会。”

刘百川道：“我虽则一时想起来，应该拜他为师，学些本领。但是这杨老师究竟是怎样的人，我此刻还是不知道。他在江湖上也是有名的吗?”王义道：“岂但有名，威名大得很呢！他是河间府人，十八岁上就中了武举，因不曾夺到武状元，赌气把头发削了，改成僧装，云游天下。行侠仗义的事，也不知做了多少。江湖上人只知道他的本领大，然都不知道他本领大到什么地步，能在空中行走坐卧，是曾有人见过的。只就这一点本领而论，已不是寻常人所谓英雄豪杰所能做到的了。”这夜已过，次早王义、赵老平取了三十串钱，同送刘百川到关帝庙来。

刘百川从此就跟着杨登云做记名徒弟了。杨登云也不对他谈起武艺的话，每日天还没亮，就提起一根装有铁锹的禅杖和一个斗大的竹篮，上小荡山去寻药。刘百川跟在背后，在山上走来走去，遇了可用的药草，即用铁锹铲了起来，放在竹篮里面。有时遇了显露出来的枯骨，随即教刘百川收集一处，用铁锹掘一个深坑，将枯骨掩埋了。刘百川是这般跟着跑了半年，杨登云才渐渐将所寻药草的名目用途说给刘百川听。又过了半年，药草也认识得不少了。

这日杨登云忽问刘百川道：“你从前所练的拳棒还记得么?”刘百川道：“记是记得的，不过练不好罢了。”杨登云道：“不管好不好，且练一趟给我看看。”刘百川就在关帝庙的大殿上，扎起辫子，捋起袖，聚精会神地走了一趟拳。杨登云看了点头道："拳法确是不差，不过有许多地方被你打走样了。我也懒得重新教你，只就你的原架子改改便行了。不问什么技艺，最要紧的是自己下苦功夫，不下苦功，听凭什么明师傅授的武艺，也不中用。你跟我跑了一年，寻常应用的药草，已认识不少了。此后不必每日跟我出去，只在这庙里练拳就是了。"刘百川唯有诺诺连声地应是，杨登云当将刘百川练错了的所在更改了。刘百川从此便不跟着出庙。

杨登云有时朝出晚归，有时一去数日才回，采了几个月的药草，采足了一料，就有多少时闭门不出，专一守着火炉炼丹。炼完了丹，又出外采药。无论在家与出外，每夜亥子相交的时候，必盘膝在空中坐一个时辰。腾空时的情形，并不是和会纵跳的一样，突然一跃而上。先盘膝在地下坐好，用两手扳住两脚尖，冉冉腾空而上，腾到离地十来丈高下，便不动了。

刘百川心里十二分地羡慕这种本领，只是不敢要求杨登云传授，整整地在关帝庙练了一年拳脚。为练踢腿的方法，每日提起腿向那树兜踢去，踢到一年之后，那株数人合抱不交的树，都被踢得枝叶震动起来。早起能将枝叶上的露珠踢下，如雨点一般。

这日杨登云在殿上，看见刘百川一腿踢下几片枯叶，不觉笑问道："你这一腿有多重?"刘百川道："大约也有三四百斤。"杨登云道："这还了得！谁当得起三四百斤一腿来，向我腿上踢一下试试看。"刘百川道："我天大的胆量，也不踢老师。"杨登云道："我教你踢，你有什么不敢？快来踢吧。"刘百川总觉得自己的腿太重，不敢踢师傅，迟疑不肯上前。

杨登云生气地说道："你以为我老了，受不起你一腿吗？好好你就此滚出去吧，我已够不上教你这样的徒弟了。"这几句话说得刘百川害怕起来，连忙走上前说道："既是老师这么说，我踢给老师看就是了。”杨登云这才点了点头道：“你踢了吧！”刘百川还是不敢尽力和向树上踢的一样，只轻轻地对准杨登云大腿上踢了一下。杨登云道：“你为什么不使劲踢，不想练好么？你要知道我身上比这株大树坚牢多了，不是你这种腿子可以打得坏的，尽力踢来看看。”

刘百川心想他既如此逼着我踢，我就踢断了他的大腿，谅他也不能怪我，遂用尽平生气力猛然一腿踢去。这一腿踢去不打紧，那种反震力哪里受得住？踢去的一脚仿佛被人抵住推了一把，只推得左脚站立不牢，仰天往后便倒。殿上阶基有五尺多高，一个倒栽葱翻跌下来，头顶正撞在铁香炉的脚上，竟撞了一个茶杯大小的窟窿，登时鲜血迸流，昏死过去，不省人事。

杨登云将他抱到床上，立时用药收了痛，止了血，半晌才苏醒转来。只见杨登云苦着脸立在旁边说道：“这回苦了你，可恨这近处找不着‘滴水成珠’那味草药，然没有那味药，又救不了你的性命，这却怎么好呢？”刘百川问道：“我此刻并不觉得伤处如何痛苦，大约没要紧。”杨登云摇头道：“此刻不大痛苦也是药力，只是这药仅能止痛，撞开了的脑盖骨，非有‘滴水成珠草’合不起来。再过十二个时辰，就有仙丹也不能止痛了。没奈何我只得去寻觅那味药，看你的缘法何如！”说着抽声叹气地去了。刘百川相随他两年，不曾见他苦过脸，不曾听他叹过气，这回算是第一遭。

杨登云去了不到一个时辰，刘百川渐渐觉得头痛起来了，越痛越厉害，自己知道肿得比斗桶还大，一阵一阵地痛得昏死过去。也不知经过了若干时候，忽觉有东西撬开了自己牙关，有凉水灌进口来了。极力睁开眼看时，见杨登云正立在床边望着，一手端了一个茶杯，一手握着一根筷子。杨登云见他睁眼了，即带着笑容说道：“合该你命里有救，居然寻着‘滴水成珠草’了，那东西真是宝贝。你的头已肿到三倍大了，那药水一洒上去，就和吹起来猪尿泡凿了个窟窿的一般，顷刻之间便收小了。”刘百川也自觉头已消去了大半，欣喜地问道：“‘滴水成珠草’是什么样子，请老师说给我听，下次我也好寻了救人。”

杨登云道：“药草中只有这东西最容易认识，也只有这东西最不容易遇着。这草要石山上才有，根在最高的石岩上面，苗向岩下垂下来。若有石头挡住它下垂的路，它绝不绕弯，无论多大的石头，它能在石上穿一个洞再垂下去。苗长足了，就在苗尖上结一个圆球，最大的有鸡蛋般大，形像仿佛金瓜，那个圆球就叫‘滴水成珠’，是治头伤的圣药。你于今有了这味药，性命是可保无妨了。只是在不曾完全好了以前，不可使头上出汗。”

过了几日，伤处果已结疤了，一点儿不觉着痛苦。心里只是不明白何以那一腿踢去，杨登云动也没动一下，自己倒仰天跌了那么远。问杨登云是什么缘故，杨登云将反动力的道理说出来，并将当时如何迎受那一腿的动作方法，详细演给他看。他看了记在心头，等杨登云出外的时候，就独自照样练习。不提防练得过劳了些，累出一头的大汗。这一来却坏了，伤处所结的疤还不曾长好，被大汗浸透了创疤，连发根浮了起来，里面又有鲜血流出。杨登云回来看了跺脚道：“叫你不要使头上出汗，你不听说；于今非把头发剪掉不能上药。这不是自寻苦吃吗?”刘百川没得话说，只好由杨登云把头发剪了。想不到受伤的地方发根既浮了起来，固是永远长不出头发；就是旁边没有受伤之处，只因伤处流出水来，那水所至之处，即时发烂，一烂就把发根烂掉了。是这般烂了几个月，便烂成了一个瘌痢头。

几个月过后，杨登云取了几十两银子给刘百川道：“我于今有事得往别处去，万不能带你同走，你去自谋生活吧。我们将来有缘，还可以在江南相见。”刘百川见杨登云的神气十分决绝，知道求也无益，并且相随了两年半，饥寒之苦也受够了，情愿自谋生活。遂接了那几十两银子，与杨登云分手了。

据刘百川说，从别时到此刻已有二十多年了，在江南相见的话，还不曾应验，大概是没有再见之缘了。

《红玫瑰》第2卷41、42期　民国十五年（1926）9月11日

平江不肖生年表

徐斯年　向晓光　杨　锐

说明：

1. 本表曾于2010年递交平江不肖生国际学术研讨会交流。2012年11月刊于《西南大学学报（社会科学版）》第38卷第6期。2013年4月又刊于《品报》第22期。杨锐近据新见资料做了补充和订正，现将杨之补充稿与原稿加以合并，以飨同人。

2. 表内所记年月，阳历均用阿拉伯数字记载，阴历及不能确认阴、阳历者均不用阿拉伯数字。年龄均为虚岁。

3. 部分著作尚未查明初版时间，附录于表后备查；其中部分著作未见原书，有待辨别真伪并考证写作、初版时间。

1890年（清光绪十六年庚寅） 1岁

是年赵焕亭约7岁（约生于光绪四年）。

阴历二月十六日戌时，向恺然生于湖南省湘潭县油榨巷向隆泰伞厂。原名泰阶，册名逵，字恺元。原籍湖南省平江县。祖父贵柏，祖母杨氏。父国宾，册名莹，字碧泉，太学生；母王氏。

按：此据民国三十三年（1944）六修《向氏族谱》[1]。向氏1951年所撰《自传》[2]称“六十二年前出生于湖南湘潭油榨巷向隆泰伞店内”。1951年为62岁，是为虚岁。向隆泰伞厂原为黄正兴伞厂，店主黄正兴暮年以占阄方式将伞厂平分，无偿赠予向、王二店员，向姓店员即恺然祖父贵柏。向氏姻亲郭澍霖自幼与黄家为邻，有遗稿述其经过甚详。

1893年（清光绪十九年癸巳）4岁

姚民哀生于是年。

向恺然在湘潭。

1894年（清光绪二十年甲午）5岁

是年8月中日甲午战争爆发。次年4月，日本强迫清廷签订《马关条约》。

向恺然开蒙入学。祖父贵柏公卒。

1897年（清光绪廿三年丁酉）8岁

顾明道生于是年。

向恺然在湘潭。

1900年（清光绪廿六年庚子）11岁

向隆泰伞店歇业，向恺然全家搬回平江。

按：此据《自传》[3]。后迁居长沙东乡，具体时间未详。

1902年（清光绪二十八年壬寅）13岁

还珠楼主李寿民生于是年。

向恺然或已在长沙。

按：黄曾甫谓："他的父亲虽曾在平江县长庚毛瑕置过薄户，但后来迁到长沙县清泰都（今开慧乡）竹衫铺樊家神，置有田租220石和瓦房一栋。"[4]黄与向有"通家之谊"，20世纪30年代曾任《长沙戏报》社长。

1903 年（清光绪廿九年癸卯）14 岁

湖南巡抚赵尔巽奏准成立“省垣实业学堂”，光绪三十四年（1908）更名“湖南省官立高等实业学堂”。

向恺然考入湖南实业学堂。是年秋，识王志群于长沙。王为之谈拳术理法，促深入研究并作撰述。

按：《自传》云：“就在十四岁这年考进了高等实业学堂。但是只读了一年书，便因闹公葬陈天华风潮被开除了学籍……因此只得要求父亲变卖了田产，自费去日本留学。”对照陈天华自尽、公葬时间，考入高等实业学堂时间当在是年年末。凌辉整理之《向恺然简历》[5]谓“考入长沙高等实业学堂学土木建筑”。所记校名与正式校名略有出入，该校初设矿、路两科，“土木建筑”或指路科。

中华书局 1916 年版《拳术》序言：“癸卯秋，识王子志群于长沙，为余竟日谈”拳术理法，并谓：“吾非计夫身后之名也，吾悲夫斯道之将沦胥以亡也。欲求遗真以启后学，若盍成吾志焉！”[6]王志群（1880—1941），号润生，长沙县白沙东毛坡人，著名拳术家，以精于“八拳”及“五阳功”、“五阴功”闻名。

1904 年（清光绪三十年甲辰）15 岁

向恺然在读于湖南实业学堂。

1905 年（清光绪三十一年乙巳）16 岁

12 月 8 日（阴历十一月十二），陈天华在日本东京大森湾蹈海自尽，以死报国。

向恺然在读于湖南实业学堂。

1906年（清光绪三十二年丙午）17岁

5月23日（阴历闰四月初一），陈天华灵柩经黄兴、禹之谟倡议筹办，运回长沙。各界不顾官方阻挠，议决公葬岳麓山，5月29日举行葬仪。

向恺然参与公葬陈天华，因而遭实业学堂挂牌除名。父亲变卖部分田产，筹集赴日留学经费。向恺然从上海乘“大阪丸”海轮，赴日留学。

按：关于首次赴日留学时间，有1905、1906、1907、1909四说。对照陈天华蹈海、公葬时间，1905年说可排除。湖南省文史馆藏《向恺然简历》（凌辉整理件）记为1906年，与向恺然《我失败的经验》中“前清光绪三十二年，我第一次到日本留学”的自述一致。《国技大观·拳术传薪录》说“吾年十七渡日本”，可知他习惯以虚岁记年龄。《留东外史》第一章谓“不肖生自明治四十年即来此地”（明治四十年即1907年），当指定居东京时间。《湖南文史馆馆员简历》所收《向恺然传略》谓“于1909年东渡日本留学”，经查宏文学院结束于1909年，是知“1909”当系“1906”之误。赴日留学经费来源，向一学《回忆父亲一生》云：“这田产的来由，是曾祖父逝世后，祖父将向隆泰伞厂收束，在祖籍平江长庚年毛坡城隍土地买了四十石租和房屋一幢，又在长沙东乡苦竹坳板仓（开慧乡）竹山铺樊家神买下良田二百二十石租和房屋一幢。留日的学费就是从这些田产中，拿出一百二十石租变卖而来。”

1907年（清光绪三十三年丁未）18岁

祖母杨氏太夫人卒于是年。

向恺然当于是年考入宏文学院并加入同盟会，与湘籍武术名家杜心武、王润生（志群）等过从甚密，并从王润生学“八拳”。

按：或谓向氏先入东京华侨中学，后入宏文学院。《简历》称在宏文“学法政”。经日本早稻田大学中村翠女士查实，宏文学院并无法政科。

王志群于光绪三十一年（1905）赴日留学，在宏文学院兼习柔道，并加入同盟会。民国元年（1912）回国，在长沙授拳。次年得黄兴资助再次赴日。民国四年（1915）回国后继续从事拳术传授，后任湖南大学体育教授。向恺然在《国技大观·拳术传薪录》中叙述在日本从王学拳经过颇详。

中村翠2010年11月22日致徐斯年函谓：“弘文学院的校名于1906年改称为‘宏文学院’，因此向恺然就读的是宏文学院。根据现存的史料，该学院好像没有设置‘法政’科（设置普通科、速成普通科、速成师范科、夜学速成理化科、夜学速成警务科、夜学日语科）。该学院于1906年废止‘速成科’。如果向恺然入普通科（三年），他主要学日语，其他科目还有算术、体操、理化、地理历史、世界大势、修身、英语和图画等等。”

1911年（清宣统三年辛亥）22岁

4月27日（阴历三月廿九），黄兴、赵声指挥八百壮士攻入两广总督衙门，与清军激战一昼夜，兵败而退。起义军牺牲百余人，后收敛遗骸72具葬黄花岗，称“黄花岗七十二烈士”。黄兴于29日（阴历四月一日）脱险，返回香港。10月10日，武昌起义爆发，清政府被推翻。

7月，赵焕亭发表小说《胭脂雪》。

是年阴历二月向恺然从日本返湘，于长沙创办“拳术研究所”。三月，与友人程作民往平江高桥看做茶。十一月，借住长沙《大汉报》馆，与同住之新宁刘蜕公相识，常围炉听刘谈鬼说怪。

按：向氏在《我研究拳脚之实地练习》[7]中称：宣统三年“二月，从日本回家”；“三月，我和同练拳脚的程作民到平江县属的高桥地方去看做茶。”程作民即《近代侠义英雄传》第66回所写陈长策之原型。《国技大观·拳术传薪录》：“宣统三年，主办拳术研究所于长沙，遭革命之变，所址侵于兵，遂为无形的破产。”向晓光2010年4月11日致徐斯年函云：“据我伯父的儿子向犹兴回忆，五六年八月从华中工学院因病休学回长沙住在我祖父家南村十号，祖父经常与他聊起祖父以前的经历，谈到一件事，黄花岗七十二烈士、当年祖父也参入（与），要不是跑得快就是七十三烈士了。”向犹兴2010年8月15日所撰《忆我的祖父平江不肖生》谓：“祖父说参加了黄兴率领革命党先锋队百多人在广州举行的起义，从下午激战到深夜，因寡不敌众伤亡惨重。我祖父也身受重伤而未致命才免遭一劫。”此段经历在已掌握的向恺然著述中均未见记载，由于缺乏旁证，暂不载入系年正文。

章士钊《赵伯先事略》云：“议以广东为发难地，分东西两军，取道北伐。西军经广东，入湖南，会师武汉，黄兴主之。东军贯江西，出湖口，直下江南，则伯先为帅也。”后因邓明德被捕，“夙计不得不变”，改分数队分攻各处，“队员皆同人自充之”。“期四月一日一举而取广州，黄兴为总司令，先率同仁入粤。伯先与胡汉民留守香港，至期会合。于是吴、楚、闽、粤、滇、桂、洛、蜀、越、皖、赣十一省才士乐赴国难，无所图利者，相继来集。”以此推测，向恺然若参与其事，或与黄兴有关，当于高桥归后即赴广州。

向恺然《蓝法师捉鬼》：“辛亥年十一月，我住在长沙大汉报馆里，我并没有担任这报馆里何项职务，只因这报馆的经理和我有些儿交情，就留我住在里面。当时和我一般住在里面的人，还有一个新宁的刘蜕公。这位刘蜕公的年龄虽是很轻，学问道德却都不错，他有一种最不可及的本领，就是善于清谈种种的奇闻怪事，也不知他脑海里怎么记忆的那么多。那时天气严寒，我和他既没担任甚么职务，每到夜间同馆的人都各人忙着各人的事，唯我和他两人总是靠近一个火炉，坐着东扯西拉的瞎说。”

1912年（民国元年壬子）23岁

1月1日，中华民国成立，孙中山就任临时大总统。2月12日，清帝退位。4月1日，孙中山解职，让位于袁世凯。8月，同盟会等团体联合改组为中国国民党。

9月（阴历八月），向恺然撰成《拳术》（即《拳术讲义》）一卷，署名“向逵”，刊于《长沙日报》。随即返回日本。

长子振雄生于11月28日，字庾山，号为雨。生母为杨氏夫人。

按：1928年5月1日《电影月报》第2期载宋痴萍《火烧红莲寺之预测》云：“壬子予佐屯艮治《长沙日报》，一夕恺然来访，携所著《拳术讲义》一卷授予曰：‘行且东渡，绌于资，此吾近作，愿易金以壮行色。’”向氏《国技大观·解星科（三）》后记有“壬子年遇曹邑周君子漠于日本”语，是知当年返日。《拳术·叙言》末署“民国元年壬子八月”，是知返日时间或在九月间。

向氏长子振雄，毕业于中央军官学校，抗战期间曾参与长沙、衡阳保卫战等，卒于民国三十五年丙戌六月十八日（1946年7月16日）。母杨氏夫人生于清光绪十五年阴历六月初三，有子二：振雄、振宇。据至亲回忆，还有一子夭折；又有一女，名善初，生卒年均未详，故皆未列入系年。向恺然后来又在上海纳继配夫人孙氏，名克芬，卒于民国十七年。有一领养子，名振熙，8岁夭亡，时在“长沙火灾”前后，亦未列入系年。

1913年（民国二年癸丑）24岁

3月，袁世凯指使凶手暗杀宋教仁，二次革命随后爆发。湖南督军谭延闿在谭人凤、程子楷等推动下宣布独立，7月25日组成湖南讨袁军，程任第一军司令（后任总司令），与湘鄂联军第三军（军长邹永成）同驻岳州。8月初，与拥袁之鄂军在两省边境鏖战，终因兵力不足退守城陵矶。8月13日，谭延闿宣布取消独立，程子楷遭袁世凯通缉，流亡日本。

向恺然任岳阳制革厂书记，并在长沙与王润生共创“国技学会”。曾遇李存义之弟子叶云表、郝海鹏，初识形意拳、八卦拳。湖南独立后，出任讨袁第一军军法官，曾驻岳州所属之云溪。事败，随该军总司令程子楷再赴日本，就读于东京中央大学。

按：向恺然在《回头是岸》中曾说：“民国壬子年，不肖生在岳州干一点小小的差事，那时的中华民国才成立不久，由革命党改组的国民党，在湖南的气焰，正是炙手可热，不肖生虽不是真正的老牌革命党，然因辛亥以前在日本留学，无意中混熟了好几个革命党，想不到革命一成功，我也就跟着那些真正的老牌革命党，得了些好处。得的是甚么好处？第一是得着了出入官衙的资格，可以带护兵马弁，戴墨晶眼镜……”对照相关文献、史实，可知文中“壬子”当系“癸丑”之误——《拳术见闻录·蒋焕棠》亦谓：“癸丑七月，余创办国技学会于长沙，焕棠诺助余教授。今别数载，不知其焉往也。”《猎人偶记》第六章则谓：“民国癸丑年七月，余从讨袁第一军驻岳属之云溪”。“时前线司令为赵恒惕，正与北军剧战于羊楼。余方旁午于后方勤务，无暇事游猎也。迨停战令下，日有余闲，（居停主人）徐乃请余偕猎。”

《湖南省文史馆馆员传略》[8]谓向氏在制革厂所任职务为“书记长”。

“国技学会”即“国技会”，前身为1911年之“拳术研究所”。《国技大观·解星科》：民国二年“复宏”拳术研究所之旧观，“创办国技学会，得湘政府补助金三千元，延纳三湘七泽富于国技知识者近七十人”。遇叶云表、郝海鹏事，见《练太极拳的经验》。

1914年（民国三年甲寅）25岁

4月，《民权素》创刊于上海，编者蒋箸超、刘铁冷。7月，孙中山组成中华革命党，再发起反袁运动。

向恺然在日本撰写长篇小说《留东外史》，始用笔名“平江不肖生”。

是年十月向恺然当已归国，曾由平江至上海小住。

按：《猎人偶记》第一章云：“及余年二十五，曾略习拳棒，相从出猎之念，仍不少衰于时，家父母亦略事宽假，遂得与黄（九如）数数出猎焉”；“十月中旬”，“持购自日本之特制猎枪”，随黄于平江“白石岭”猎麂。所述年龄若为虚岁，则于是年即已归国。

又，《好奇欤好色欤》谓：“甲寅年十月，我到上海来，在卡德路庆安里，租了一所房子住下”就《自传》称1915年（乙卯）归国，疑记忆有误。

1915年（民国四年乙卯）26岁

1月，《小说海》创刊于上海，编者黄山民。12月12日，袁世凯宣布实行帝制，改元“洪宪”。12月25日，蔡锷在云南发动“护国运动”，各省纷纷响应。

向恺然加入中华革命党江西支部，继续从事反袁活动。

7月至12月，所著《拳术（附图）》（无附录）连载于《中华小说界》第2卷第7期至第12期，署“向恺然”。

1916年（民国五年丙辰）27岁

是年初，袁世凯任命之广东都督龙济光先后镇压广州、惠州反袁起义；4月6日，迫于形势，宣布广东“独立”；4月12日，以召开广东独立善后会议为名，诱杀护国军代表汤觉顿、谭学夔等，史称“海珠惨案”。

约于是年初，向恺然受中华革命军江西省司令长官董福开委派，赴韶关游说龙济光属下之南、韶、连镇守使朱福全起义反袁，恰遇海珠之变，身陷险境。当于六月下旬脱险。随后即应友人电召至沪，与王新命（无为）、成舍我赁屋南阳路，专事写作，卖文为生。

3月，《变色谈》发表于《民权素》第16集（未完），署“恺然”。

3至4月，《拳术见闻录》发表于《中华小说界》第3卷第3—4期，署“向恺然”。

5月，《留东外史》正集一至五卷由民权出版部陆续初版发行。

8月，《无来禅师》发表于《小说海》第2卷第8号，署“恺然”。

10月，《朱三公子》发表于《小说海》第2卷第10号，署“恺然”。

11月，《丹墀血》（与半侬合撰）发表于《小说海》第2卷第11号，署“恺然”。

12月，《皖罗》发表于《小说海》第2卷第12号，署“恺然”。

同月，《拳术》由中华书局初版发行（后附《拳术见闻录》），署“平江向逵”。

按：是年6月19日，云南护国军张开儒部攻克韶关，朱福全弃城逃遁，向恺然因而脱险，与《拳术传薪录》谓：“民国五年友人电招返沪”在时间上基本切合。《我个人对于提倡拳术之意见》中亦称：“民国五年，友人电招返沪，复创中华拳术研究会于新闸新康里，未几因有粤东之行，事又中止。”《自传》：“遇海珠事变，几遭龙济光毒手。”或谓即海珠事变后遭朱福全囚禁。

王新命叙与向恺然、成舍我共同“卖文”等事颇详，包括向恺然为稿酬问题与恽铁樵“决裂”，当时与向同居之女友为“章石屏”等[10]。关于与与恽铁樵“决裂”事，经查1916—1918年《小说月报》目录，未见有“向逵”、“恺然”或“不肖生”作品，而署名“无为”者亦仅两篇。

《留东外史》正集卷数据董炳月《“国民作家”的立场：中日现代文学关系研究》；又见范烟桥《最近十五年之小说》。《变色谈》等篇刊载月份均为阴历。按：林鸥自编《旧派小说家作品知见书目》著录有《变色谈》一种，署“向恺然著”，不知出版时间及单位，详情待查。

1917年（民国六年丁巳）28岁

是年沈知方于上海创办世界书局。1月，《寸心杂志》在北京创刊，主编：衡阳何海鸣。

向恺然在沪。

1月，中华书局印行《拳术》第12版。2月，“奇情小说”《寇婚》发表于《寸心杂志》第3期，署“不肖生”。《中华新报》或于是年连载向恺然所撰《技击余闻》。

11月1日，《申报·自由谈》刊载《留东外史》“第四集”出版广告（按：这里的“第四集”当指后来称为“正集”的第四卷，下同）。

是年又曾返乡暇居，一度出任湖南东路清乡军军职，驻长沙东乡。随后当即返沪。

按：《猎人偶记》第三章云：“民国六年里居多暇，辄荷枪入山，为单人之猎”；第六章：“丁巳八月余任湖南东路清乡军，率直隶军一连驻长沙东乡。”返沪时间当在下半年。黄曾甫云：“民国初年军阀混战时期，地方不宁，向恺然曾一度被乡人推任为清泰都保卫团团正（团副为李春琦，石牯牛人）。余幼年读小学时，曾亲见向恺然来我家作客，跨高头骏马，来往于清泰桥、福临铺之间。”王新命《新闻圈里四十年》称向恺然《技击余闻》于《中华新报》刊出后“尤脍炙人口”。据其所述时间，当在民国六年。待核该报。

1918 年（民国七年戊午）29 岁

向恺然在沪。

3 月 1 日，《申报·自由谈》刊载《留东外史》“第五集”（当指正集第五卷）出版广告。

次子振宇生于是年 2 月 25 日，字一学，号为霖。生母为杨氏夫人。

按：《江湖异人传》谓：“戊午年十一月，我从汉口到上海来，寄居在新重庆路一个姓黄的朋友家里。”

向振宇，黄埔军校第 15 期毕业，1937 年入空军官校为第 12 期飞行生。1941 年 11 月赴美受训，次年归国，编入空军第四大队。曾驾机参与鄂西、常德、衡阳等七大战役，先后击落日机两架。1991 年 7 月卒于长沙。

1919 年（民国八年己未）30 岁

是年向恺然曾一度自沪返湘，与王志群创办国技俱乐部于长沙，不久返沪。

2 月，《拳术见闻录》由上海泰东图书局出版单行本，署“向逵恺然”。

4 月 1 日，长篇武侠小说《龙虎春秋》由上海交通图书馆出版，署“向逵恺然”。

按：创办国技俱乐部事，见《我个人对于提倡拳术之意见》等。《龙虎春秋》共 20 回，叙年羹尧及“江南八侠”故事。

1920年（民国九年庚申）31岁

向恺然在沪。《半夜飞头记》或作于是年。

按：《半夜飞头记》第一回述及友人于“四年前”曾读《无来禅师》，问是否知其故事，因而引起作者撰写本书之意向（见时还书局民国十七年第八版）。据此可推知写作时间；初版时间或即在同年，当由上海时还书局印刷发行。学界多将《双雏记》、《艳塔记》与《半夜飞头记》并列为向氏作品，实则《双雏记》为《半夜飞头记》之一续（二集，书名已在《半夜飞头记》结尾作过预告），《艳塔记》为二续（三集），另有《江湖铁血记》为三续（四集），分别出版于民国十五年（1926）10月、十七年（1928）7月、十八年（1929）2月，均由上海时还书局印行。续作者为“泗水渔隐”，即俞印民（1985—1949），浙江上虞人，曾就读于绍兴府中学堂、上海吴淞中国大学；曾任武汉《大汉报》副刊助理编辑，抗战爆发后任国民政府西安行营少将参议，第一、第十战区少将秘书。《艳塔记》自序略谓：“不肖生著《半夜飞头记》，久而未续，时还书局主人访余于吴下，具言不肖生事繁无间，将嘱余以蒇其事。余不治小说久矣，昔年主汉口《大汉报》时，以论政之余，间作杂稿以实篇。旋以主人之请，遂为续《双雏记》以应。兹事距今，忽忽两年矣。”

1921年（民国十年辛酉）32岁

世界书局改为股份公司，先后设编辑所、发行所、印刷厂，并于各大城市设分局达三十余处。

向恺然当在沪。

1922年（民国十一年壬戌）33岁

3月，《星期》周刊创办于上海，编者包天笑。8月11日，《红杂志》周刊创刊于上海，编者严独鹤、施济群。

顾明道《啼鹃录》、姚民哀《山东响马传》分别出版、发表于是年。赵焕亭始撰《奇侠精忠传》。

向恺然在沪。

8月3日，包天笑主编之《星期》周刊第27号始载笔记小说《猎人偶记》第一章，署“向恺然”；9月10日第28号载第二章；9月17日第29号载第三章；9月24日第30号载第四章；10月15日第32号载第五章；10月29日第35号载第六章。同刊10月22日第34号、11月5日第36号连载《蓝法师记》（含《蓝法师捉鬼》《蓝法师打虎》两篇）。

10月1日，《留东外史》续集（六至十集）由上海民权出版部出版发行。

10月8日，《星期》周刊第32号开始连载《留东外史补》，署“不肖生”，“天笑评眉”。

是年，《聪明误用的青年》连载于《快活》杂志第24、26、27期，署“不肖生”。

是年向氏曾为中国晚报社编辑《小晚报》，其间初会刘百川。

按：《留东外史》续集出版时间据董炳月《“国民作家”的立场：中日现代文学关系研究》。向恺然《杨登云》（上）：“记得是壬戌年的冬季。那时在下在中国晚报馆编辑小晚报，有时也做些谈论拳棒的文字，在小晚报上刊载……而刘百川也就在这时候，因汪禹丞君的绍介，与我会面的。”《小晚报》详情待查。

1923年（民国十二年癸亥）34岁

6月，《侦探世界》半月刊创刊于上海，编者先后为程小青、严独鹤、陆澹安。第6期始刊姚民哀《山东响马传》。赵焕亭始撰《奇侠精忠传》。

向恺然在沪。

1月5日，《红杂志》第22期开始连载《江湖奇侠传》。

1月21日，《留东外史补》于《星期》第47号载毕，共计13章。

3月4日，《星期》周刊第50号刊载《我研究拳脚之实地练习》。

3月6日，《红杂志》第34期、第50期分别刊载短篇《岳麓书院之狐疑》《三个猴儿的故事》。

5月11日，《三十年前巴陵之大盗窟》发表于《小说世界》第2卷第6期，署“不肖生”。

6月1日（?）《侦探世界》第1期开始连载《近代侠义英雄传》，署“不肖生”。6月21日（?）第3期、7月5日（?）第4期、7月19日（?）第5期分别刊载短篇小说《好奇欤好色欤》上、下及《半付牙牌》，10月24日第10期、11月8日第11期刊载《纪杨少伯师徒遇剑客事》上、下，十一月朔日第13期、十一月望日第14期刊载《纪林齐青师徒逸事》上、下，均署“向恺然”。

7月6日，《陈雅田》发表于《小说世界》第3卷第1期，署“不肖生”。

9月14日，袁寒云发起“中国文艺协会”，向恺然参会并在同乡张冥飞介绍下与袁寒云相识。

按：《北洋画报》第8卷第355期袁寒云《记不肖生》一文云：“予客海上时，曾因友人张冥飞之介识之；且与倚虹、天笑、南陔、芥尘、大雄、东吴诸子，共创文艺协会。”另据郑逸梅《“皇二子”袁寒云的一生》云：“克文来沪，和文艺界人士，颇多往还。民国十二年他发起中国文艺协会，九月十四日，开成立大会于大世界之寿石山房，到者六十人，均一时名流，推克文为主席。十一月十五日又开会选举，当然克文仍为主席，余大雄、周南陔为书记，审查九人，为包天笑、周瘦鹃、陈栩园、黄叶翁、伊峻斋、陈飞公、王钝根、孙东吴及袁克文。干事二十人，为严独鹤、钱芥尘、丁慕琴、祁甗卿、戈公振、张碧梧、江红蕉、毕倚虹、刘山农、谢介子、张光宇、胡寄尘、张冥飞、余大雄、周南陔、张舍我、赵苕狂、徐卓呆等。但不久，克文北上，会事也就停止，没有什么活动了。”

9月，与姜侠魂、陈铁生等编订《国技大观》，内收向恺然所撰《我个人对于提倡拳术之意见》（见“名论类”）、《拳术传薪录》（见“名著类”）及《述大刀王五》、《解星科》（三篇）、《窑师傅》、《赵玉堂》（见“杂俎类”之“拳师言行录”）。同月，上海振民编辑社出版、交通图书馆印行《拳师言行录》单行本，列入“武备丛书”；署“杨尘因批眉，娄天权评点，向恺然订正，姜侠魂编辑”。严独鹤主编之上海《新闻报》约于是年下半年开始连载《留东新史》。

是年8月，世界书局出版《江湖怪异传》（前有张冥飞序）。

是年，世界书局出版《绘图江湖奇侠传》第一集（1—10回）、第二集（11—20回）及《近代侠义英雄传》第一集（1—10回）、第二集（11—20回）。

是年由合肥黄健六介绍，向恺然在上海居士林皈依“谛老和尚”，听讲《慈悲永谶》。

按：《侦探世界》第1至8期封面、封底均无出版月日，文中所注时间出自推算。叶洪生《近代中国武侠小说名著大系·平江不肖生小传及分卷说明》谓美国斯坦福大学胡佛图书馆藏有民国十二年世界书局原刊本《绘图江湖奇侠传》。国内曾见此版，似用刊物连载之纸型直接付印，分册装订。《国技大观》扉页署“向恺然 陈铁生 唐豪 卢炜昌著”；“名著类”中除《拳术传薪录》外又收“向恺然注释”之《子母三十六棍》，该篇原出《纪效新书》，作者为明代俞庐江（大猷）。

《新闻报》1924年3月19日始载《留东新史》第26章，由此推测初载当在1923年（待核始载之确切时间）。或称不肖生又撰有《留东艳史》，写作、出版时间未详。

皈依“谛老和尚”事据向氏《我投入佛门的经过》。按：“谛老和尚”当即天台宗名僧谛闲法师（1853—1932），俗姓朱，法名古虚，字谛闲。光绪十二年（1886）由上海龙华寺方丈、天台宗四十二代祖师迹瑞法师授为传持天台教观四十三世祖，叶恭绰、蒋维乔、徐蔚如等均为其居士弟子。

《近代侠义英雄传》第一集有沈禹钟序，署“癸亥秋月”。第三至八集初版时间待查。《江湖奇侠传》第三集以后之初版时间有待核查、考证，暂不列入本表系年；参见顾臻《〈江湖奇侠传〉版本研究》[11]。

1924年（民国十三年甲子）35岁

7月18日，《红杂志》出至2卷50期（总100期）停刊；8月2日，《红玫瑰》出版第1卷第1期，编者严独鹤、赵苕狂。

向恺然在沪。

1月，《变色谈》连载于《社会之花》第1—4期，署名“不肖生”。

《侦探世界》续载《近代侠义英雄传》。又，元旦第17期载短篇小说《天宁寺的和尚》，三月朔日第21期载《吴六剃头》，四月朔日第23期载《江阴包师父轶事》，四月望日第24期载《拳术家李存义的死》。四月末，《侦探世界》终刊，共出24期，第24期刊载《近代侠义英雄传》4回，其他各期每期刊出2回，共计50回。

《红杂志》续载《江湖奇侠传》。又，2月29日2卷30期、3月7日31期、3月28日34期、5月16日41期、5月25日42期、6月6日44期、6月13日45期分别刊载短篇小说《熊与虎》《虾蟆妖》《皋兰城上的白猿》《喜鹊曹三》《两矿工》《一个三十年前的死强盗》《无锡老二》。

《红玫瑰》续载《江湖奇侠传》。又，8月9日1卷2号刊短篇小说《名人之子》，9月6日6号刊《李存义殉技讹传》（为《拳术家李存义的死》正讹），10月11日11号、10月18日12号、11月15日16号、11月22日17号、12月6日19号、12月20日21号分别刊载短篇小说《神针》《快婿断指》《孙禄堂》《鬍福生》《没脚和尚》《黑猫与奇案》。

6月26日，《新闻报》连载《留东新史》结束；30日始载《玉玦金环录》。

7月，世界书局出版《留东新史》3册，共36章。

按：《名人之子》为短篇社会小说，正文署“向恺然”，题下有赵苕狂按语云：“向君别署不肖生，素以武侠小说著称于世，兹乃别开生面，以此社会短篇见贶。绘影绘声，惟妙惟肖，绝妙一回官场现形记也。读者幸细一咀嚼之。苕狂附识。”《留东新史》出版时间据董炳月《“国民作家”的立场：中日现代文学关系研究》。

1925年（民国十四年乙丑）36岁

向恺然在沪。

《江湖小侠传》由世界书局出版发行。

《红玫瑰》1月17日1卷25号、2月7日28号、2月28日31号、3月28日35号、4月4日36号、4月11日37号、4月18日38号、5月23日43号、6月6日45号分别刊载短篇小说《恨海沉冤录》、《傅良佐之魔》、《侠盗大肚皮》、《无名之英雄》、《秦鹤岐》、《绿林之雄》（上下）、《三掌皈依记》、《何包子》。

5月1日，《新上海》第1期开始连载《回头是岸》，署“不肖生”，至1926年第3期共载七章半。

5月，陈微明设“致柔拳社”于上海，向恺然从之习练杨氏太极拳数月；适王志群来沪，又从之习吴氏太极拳。

按：《江湖小侠传》有初版广告见《红玫瑰》2卷1期。《练太极拳之经验》：“到乙丑年五月，幸有一位陈微明先生从北京来到上海”，设立致柔拳社教授太极拳，乃得初习数月。而《近代中国武侠小说名著大系》所收《我研究推手的经过》则谓“一九二三年在上海从陈微明先生初学太极拳”，“一九二三”当为“一九二五”之误。陈微明（1881—1958），湖北蕲水人，曾举孝廉，任清史馆编纂。先从孙禄堂习形意拳、八卦掌，后从杨澄甫习太极拳。著有《海云楼文集》《太极拳讲义》等。

1926年（民国十五年丙寅）37岁

是年7月，国民革命军分三路从广东正式开始北伐。9月10日，国民革命军第八军（军长唐生智）所部刘兴第四师占领湖北孝感，廖磊时为该师第三团团长。

向恺然在沪。

6月1日，《江湖奇侠传》第86回在《红玫瑰》2卷32号载完，编者在“编余琐语”中宣告：不肖生之《江湖奇侠传》共86回，本期业已登完。现请其接撰《近代侠义英雄传》，以备本刊第3卷之用。但3卷1号所载为《江湖奇侠传》之87回，仍系向恺然手笔。6月，世界书局印行之《江湖奇侠传》或已出至第九集（79—86回）。

6月6日，《上海画报》第118期发表《郴州老妇》，署“向恺然”。其“后记”为“炯”所撰识语，云：“向恺然先生别署不肖生，技击之术，为小说才名所揜。兹篇（系）愚丐张冥飞先生转求得之者，所述又为武侠佚闻，弥足珍焉。”

同年，上海《新闻报》连载《玉玦金环录》结束（该书连载稿酬为千字4.5元），后由中央书店印行，改名《江湖大侠传》。

《红玫瑰》2月14日2卷17号、3月13日21号、7月7日37号、7月14日38号、7月21日39号、8月5日41号、8月12日42号分别刊载短篇小说《癞福生》、《梁懒禅》、《至人与神蟒》（上下）、《甲鱼顾问》、《杨登云》（上下）。

是年大东书局出版《留东外史补》。

是年撰成《近代侠义英雄传》第51回至第65回。

按：刘兴部占领孝感之后又曾出击广水、武胜关、汀泗桥，占领汉口；10月奉命留两湖整训。

1927年1月之《新闻报》已无《玉玦金环录》，是知连载结束于1926年。稿酬据向晓光所藏新闻报馆民国十五年二月六日致向恺然函原件。

大东书局出版《留东外史补》之时间据董炳月《“国民作家”的立场：中日现代文学关系研究》，待查此版是否初版。

《红玫瑰》所载《江湖奇侠传》回序、回目与后来印行之各种单行本回序、回目不尽相同，参见顾臻《〈江湖奇侠传〉版本研究》。《红玫瑰》3卷1号所载第87回开头有“因此重整精神，拿八十七回以下的《奇侠传》与诸位看官们相见”之语，正文文风亦与前相似，故论者多认为此回与88回仍属向氏手笔。世界书局所印《江湖奇侠传》第十至十一集，版权页所标印行时间与第九集同为是年6月，由于此二集涉及“伪作纠纷”，所署时间是否真实待考。参见顾臻《〈江湖奇侠传〉版本研究》。

《近代侠义英雄传》第51回末陆澹庵评语："著者前撰此书，仅五十回，即已戛然而止，读者每以未睹全豹为憾，今乘暇续成之。"同书第66回开头正文则谓："这部侠义英雄传，在民国十五年的时候，才写到第六十五回。"均指51回至65回写于《侦探世界》终刊之后。

1927年（民国十六年丁卯）38岁

2月3日，唐生智第八军扩编为第四集团军，原第四师扩编为第三十六军，军长刘兴；下辖第一师师长为廖磊。4月12日，上海发生反革命政变，国共、宁汉正式分裂。4月18日，武汉国民政府誓师继续北伐，三十六军挺进豫、皖。8月，唐生智通电讨蒋；9月，三十六军沿长江南岸进至芜湖，进驻东西梁山。10月，南京政府决定讨伐唐生智，唐退守湖南，三十六军失利西撤。11月，唐生智下野，三十六军退守湖南长沙、平江、浏阳、金井一线。

向恺然当于2、3月间离沪，就任三十六军军部中校秘书，随军驻湖北孝感。曾建议第一师师长廖磊在天后宫设立军民俱乐部，开展文体活动，敦进军民情谊。8月以后当随军往返于鄂、皖、湘。

是年二月二日（阳历3月5日），《红玫瑰》第3卷第7号续载《江湖奇侠传》第88回毕。编者在"编余琐话"中宣告："不肖生到湖南做官去了，一时间没有工夫撰稿。《江湖奇侠传》只得暂停数期。"此后该刊续载者当皆系伪作。九月，中央书店印行《玉玦金环录》。

按：向恺然在孝感事迹据《向恺然逸事》[12]，然该文所述时间及部分细节与史实不符。本《年表》所记刘兴部进驻孝感时间、番号变动情况等，均以其他历史文献为依据。又《孝感市志·大事记》：是年5月6日，中共孝感县特别支部发起举行"倒蒋演讲大会"，"国民革命军第四师十七团宣传队"曾与会并发表演讲（按：

"第四师"或指刘兴部队旧番号，时已扩编为三十六军，该师或即指廖磊师）；6月30日，国民党极右分子会同土劣进入县城，勒缴农民自卫军枪支，驻军第三十六军第一师及教导团占领县党部、农协、妇协及总工会驻所，史称"湖北'马日事变'"[13]。可知廖磊部（或包括三十六军其他部队、机构）在此期间确仍驻扎于孝感，撤离时间或在8月。

1928年（民国十七年戊辰）39岁

是年初，刘兴率三十六军撤至溆浦。在李宗仁压力之下，刘兴辞去军职，闲居上海，廖磊接任三十六军军长，部队受桂系节制。4月5日，蒋介石誓师"二次北伐"，白崇禧率三十六军再沿京汉路进军豫、冀，9月10日攻占唐山、开平。11月19日第四集团军缩编，三十六军缩编为第十师，廖磊为师长，仍驻开平。

向恺然随军进驻天津附近之开平。其间或曾挂职于天津特一区区署及市政府。

据《江湖奇侠传》相关内容改编，由张石川执导、明星公司发行之电影《火烧红莲寺》在沪上映；其后连续拍摄至18集，掀起武侠影片摄制热潮及武侠文艺热潮。

7月17日，《红玫瑰画报》第6期（非卖品）刊出《江湖小侠传》《侠义英雄传》《江湖奇侠传》广告。

9月4日，《红玫瑰画报》第8期刊出《留东外史》广告。

按：向氏挂职天津政府机关一事，当与时任天津特别市政府参事之黄一欧（黄兴之子）有关。详见1929年《北洋画报》8月6日所载亦强《不肖生生死问题》及8月8日所载袁寒云《记不肖生》二文。电影《火烧红莲寺》又有第19集，为香港所摄制。

1929 年（民国十八年己巳）40 岁

是年初，廖磊部或已进驻北平。3 月，唐生智与蒋介石合作倒桂，刘兴潜回旧部，逼走白崇禧，率部参与蒋桂战争。

顾明道《荒江女侠》开始连载。

向恺然当于是年初随廖磊部进驻北平，随即辞去军职。8 月间，随黄一欧赴津。同年夏秋间，受聘为沈阳《辽宁新报》特约撰述员，为该报撰长篇武侠小说《新剑侠传》。在北平时，曾从许禹生、刘思绶研习太极推手；又曾会见太极拳发源地河南陈家沟陈氏太极第四代传人陈积甫，考察陈、杨两派拳术异同。

同年，《现代奇人传》一册由世界书局出版发行。

3 月 24 日，《上海画报》第 450 期所载《小报告》（署名“网”）称：“小说名家向恺然先生，近年在湘中任军法官，昨世界书局得讯，先生已归道山矣。”4 月 3 日，上海《晶报》亦刊出不肖生“物故”消息。包天笑化名“曼奴”在该报发表《追忆不肖生》，其他报章亦有追挽文字跟进。7 月 21 日，《晶报》载张冥飞文，称不肖生在津沽。随后《琼报》《滩报》发表谴责赵苕狂冒名续写《江湖奇侠传》之文字，而平、津报章亦因《辽宁新报》预告刊载《新剑侠传》而发生不肖生存殁之争。8 月 3 日、6 日、8 日，《北洋画报》发表亦强《不肖生生死问题》《关于不肖生之又数种消息》及袁寒云《记不肖生》三文，证实向恺然确实曾在天津。

8 月 15 日，《北洋画报》刊出向恺然致该社社长冯武越函及近照一张，谣言遂息。

8 月 18 日，《上海画报》第 498 期，刊出署名“耳食”的《不肖生不死》一文，说“前年盛传向君已作古人，兹据北平友人函称，则向君目前确在北平头发胡同甲一号第十三师办公处，已投笔从戎矣!”同期所载《重理书业之不肖生》（署名“悄然”）则云：“不肖生向恺然君，自游幕湘南后，沪上曾一度传其已死，实则向已随李品仙部至北平，向寓在西城头发胡同甲一号，唯以随军关系，既不大与外间通问，且不愿以真相示人耳。近闻向已辞去军队生活，而重整理笔墨生涯，其第一步即为沈阳《辽宁新报》撰《新剑侠传》。”

另据《平襟亚函聘不肖生》（刊于1929年8月21日《上海画报》第499期，署名“俞俞”）云：“前此途中为匪戕害云云，特东坡海外之谣耳［张其锽（子午）杨毓瓒（瑟君）皆死于匪，向先生被戕之谣，殆即由此传误）。向先生尝致《新闻报》严独鹤先生一书，声明死耗之不确，又询《江湖奇侠传》九集以后之续稿，并谓可以继续为《快活林》撰著，平襟亚先生闻讯，急函约向先生到沪，为中央书店撰小说。每月交□万字（原稿漏字）］，致酬五百金，订约一年，款存银行保证，暂时不得更为它家作何种小说云。”其间还涉及向恺然与世界书局、时还书局的版权纠纷。

父国宾公卒于是年。

按：向恺然在《练太极拳的经验》中曾说：“戊辰七月，我跟着湖南的军队到了北京，当时北京已改名北平。”戊辰七月即1928年8月16日至9月14日，而三十六军9月10日方攻占开平，故文中“戊辰”疑为“己巳”之误，月份是否有误待考。练习、考察太极拳事，见《我研究推手的经过》等文。是年，《红玫瑰》第5卷第20号刊出《江湖奇侠传》十一集本及《现代奇人传》出版广告。《江湖奇侠传》第十集与第十一集均系伪作，涉嫌侵犯向恺然著作权。关于“物故”谣言及上述著作权纠纷，向为霖在《我的父亲平江不肖生》中亦曾叙及。下述资料较清晰地勾勒出了相关细节：

据《世界书局迎向记》（刊于1929年9月12日《上海画报》第506期，署名“耳食”）短讯称：“听说向恺然先生从北平写信到上海世界书局，提出一个小小交涉，就是《江湖奇侠传》要从第十集重新做过，沈老板大为赞成，赶忙托李春荣君亲自赴平，答应向君的要求，并且要请他结束全书。”又，短讯《快活林将刊不肖生著作》（刊于1929年9月27日《上海画报》第511期，署名“重耳”）则谓：“向现仍拟在沪重理笔墨生涯，其开宗明义之第一声，将在《新闻报》上之《快活林》露脸，以《快活林》编者严独鹤君，与向素有交谊，且甚钦佩向君之笔墨也。惟《快活林》之长篇小说，俟《荒江女侠》登完后，尚有徐卓呆和张恨水二君之小说，预计在本年度内，无再登他人小说之可能，故向君现特先撰《学习太极拳之经过》短文一篇，约五六千字，其中关于太极拳之派别及效用，均详述靡遗，极富趣味，不日即将刊载。”11月，《上海画报》第524期（1929年11月6日）所刊《向恺然返湘省亲记》（“振振”自北平寄）称：“其尊人忽抱沉疴，得电忽忽，即行就道。”另，《上海画报》528期（1929年11月18日）所刊《向恺然起诉时还书局》（署名“平平”）称：“世界书局以八千元了结《江湖奇侠传》版权纠纷事宜；向恺然就《半夜飞头记》署名问题起诉时还书局。”起诉时还书局之结果未详。

1930年（民国十九年庚午）41岁

是年3、4月间，电影《火烧红莲寺》第十一集“因取材偶不经心，致召上海市党部电影检查委员会取缔”（明星公司《普告国内外之欢迎〈红莲寺〉者》）。5月14日，“片经特别市检查会检许”，恢复公映。

向恺然约于3、4月间自北平返沪，继续其写作生涯。

3月18日，上海《新闻报》副刊《快活林》始载向恺然《练习太极拳的经验》，4月20日载完。此文主要总结在北平习研太极拳之心得、见闻，后收入陈微明所编《太极正宗》，列为第七章，题目改为《向恺然先生练习太极拳的经验》。

按：据4月24日《上海画报》第579期所刊《不肖生来沪》（记者）称："小说界巨子平江向恺然先生，著作等身，文名藉甚，近已偕其眷属来沪，暂寓爱多亚路普益公报关行，刻方卜居适宜之地。"

又据是年3月28日《新闻报·快活林》刊载陈微明《一封书证明事实·陈微明致向恺然》云："数年未见，每于友人中探兄踪迹，近始知在北平研究太极拳"，"闻兄仍作文字生涯，其境况可知，何不仍南来一游乎？"可知向氏返沪当在3、4月间。

关于《火烧红莲寺》第十一集遭取缔的时间，据明星公司《普告国内外之欢迎〈红莲寺〉者》文（附载于中央大戏院为该片第十二集上映而在是年7月5日《新闻报》上刊发的广告）推定。文中又说："（遭取缔后）嗣经本公司略具呈文，陈明中国影业风雨飘摇之苦况及《红莲寺》关系国片存亡之实情……差幸检会体恤商艰，业已准如所请。"经查，该片第十集上映于同年2月20日前后，第十一集既已于5月14日经"检会"允许公映，可知知遭禁当在3、4月间。

1931年（民国二十年辛未）42岁

7月15日，国民政府"内、教二部电影检查委员会"依据反对"提倡迷信邪说"之宗旨，在第十一次委员会议上又决议禁止播映《火烧红莲寺》，并吊销已换发之该片第十三至十八各集执照。

向恺然当于是年撰成《近代侠义英雄传》第66至84回。

按：《近代侠义英雄传》第66回："这部侠义英雄传，在民国十五年的时候，才写到第六十五回，不肖生便因事离开了上海，不能继续写下去；直到现在整整五年，已打算就此中止了。""不料近五年来，天假其便居然在内地谋了一桩四业不居的差使；可以不做小说也不致挨饿，就乐得将这支不健全的笔搁起来。……想不到竟有许多阅者，直接或间接写信来诘问，并加以劝勉完成这部小说的话。不肖生因这几年在河南直隶各省走动，耳闻目见的又得了些与前八集书中性质相类似的材料；恰好那四业不居的差使又掉了，正用得着重理旧业。”“四业不居的差使”当指所任军职。亦不排除上年业已开始续撰之可能。

关于本年以及1932年、1937年、1938年《火烧红莲寺》禁映或开禁的情况，均据顾倩《国民政府电影管理体制（1927—1937）》一书第十四章第四节。“内、教二部电检会”为中央级的电影管理机构，正式成立于是年3月，由内政部（含警务系统）和教育部联合组成。

1932年（民国二十一年壬申）43岁

2月，湖南省政府主席何键于长沙创办湖南国术训练所，所址设于皇仓湾武圣宫内，首任所长万籁声；5月，万籁声离任，何键亲自兼任所长。10月1日至5日，湖南省第二届国术考试在长沙举行。

7月，天津《天风报》开始连载还珠楼主（李寿民）所撰《蜀山剑侠传》。

8月，明星公司呈文内、教二部“电检会”，列述摄制《火烧红莲寺》本意不在提倡迷信邪说诸情，请求重捡、弛禁。获准，遵命改名《红莲寺》，修改不妥内容，重领执照。然而，随之又接警字137号令，谓据《出版法》，小说《江湖奇侠传》业已查禁，《红莲寺》执照仍应吊销。虽经公司再次力辩该片仅前二集取材于小说，其他各集皆与小说无干云云，陈情仍被驳回。

是年向恺然离沪返湘，居长沙学宫街希圣园，于何键兼任国术训练所所长后出任该所秘书，主管所务。取得友人吴鉴泉、杜心五、王润生、柳惕怡等支持，以顾如章为总教官，刘清武为教务主任，加聘范庆熙、王荣标、范志良、纪授卿、常冬生、白振东等为教官；以李肖聃为国文教员，柳午亭为生理卫生教员。所内南北之争消弭，全所面貌一新。10月派出学员参加省第二届国术考试，取得优异成绩。

是年3月，世界书局出版《近代侠义英雄传》第九至十二集（66—84回）。

按：国术训练所创办时间据《湖南武术史》[14]。向恺然《自传》："民国二十一年回湖南办国术训练所及国术俱乐部，两次参加全国运动会，湖南省皆夺得国术总锦标。"（《长沙文史》第14辑所载肖英杰《湖南省国术馆始末——解放前的湖南武术界》一文谓国术训练所创办于1931年。互联网所载《湖南国术训练所掌故》一文跟帖或谓1929年冬万籁声即应聘入湘就任所长；关于万氏离湘时间，又有1932年7月、1933年7月诸说，似均不确。）湖南省第二次国术考试时间据《湖南武术史》（第一次为1931年9月27—29日）。

岳麓书社版《近代侠义英雄传》之底本即世界书局1932年本，然被删去第15至第19回及第65回、第67、68回共计9回文字，导致文献残缺，殊为可惜。

1933年（民国二十二年癸酉）44岁

10月20日至30日，中央国术馆于南京公共体育场举办全国第二届国术考试。

向恺然在国术训练所任秘书。10月，派出选手多人参加全国国术考试，获得优异成绩。

《湖南省第二届国术考试汇刊》出版，内收向恺然《提倡国术之贡献》《妇女界应积极提倡国术》《写在国术考试以后》《我失败的经验》四文。

是年秋，《金刚钻月刊》第2期以《论单鞭》为题，刊载1924年（甲子）春季陈志进与向恺然来往书信三通。

按：第一次全国国术考试举办于1928年10月。《金刚钻月刊》编者施济群在《论单鞭》之前加有按语云："甲子春，余方为世界书局辑《红杂志》，陈君志进以书抵余，嘱转向君恺然，讨论太极拳中之单鞭一手。盖当是时有某书贾者，发行《国技大观》一书，贸然列向君名，丑诋单鞭无实用，陈君乃作不平鸣。迨鱼雁数往返，始悉《国技大观》一书，非向君所辑，然则向君之受此夹气，非向君始料所及也。岂不冤哉！癸酉仲秋编者识。"文末复按："陈、向二君，素昧平生，因此一度之笔战，乃成莫逆交。语云：'不打不成相识。'信然。今陈、向二君俱在湖南主持国术分馆教授事，倘重读当年讨论单鞭数书，悻悻之色，溢于言表，必哑然自笑也。"

1934年（民国二十三年甲戌）45岁

1月，竺永华出任国术训练所所长，建议何键于长沙又一村成立国术俱乐部。何自任董事长，竺任总干事长，下设总务、宣传、游艺、教务四股。

向恺然兼任国术俱乐部秘书，同时兼任高级班太极拳教员。端午节前，太极名家吴公仪、公藻兄弟应邀抵湘，就任国术俱乐部教员。向恺然主持欢迎仪式，有合影留存，题曰摄于"蒲节前一日"。

是年秋，王志群返湘，向恺然与之相聚三月，晨夕探讨太极拳。

在向恺然主持、筹划下，国术俱乐部之建设以及活动之开展颇见成效，拥有礼堂、演武厅、国术大操场、射箭场、摔跤场、弹子房、民众剧院等设施，组织、推广文体活动，贡献颇多。

是年，向氏撰《赵老同与尤四喇嘛》，连载于《山西国术体育旬刊》第 1 卷第 1、2 期；《三晋武侠传》，连载于同刊第 1 卷第 3、4、5 期（前两期署“肖肖生”，第 5 期署“不肖生”）；《国术名家李富东传》，载于第 1 卷第 7、8 期合刊；《霍元甲传》，连载于第 6 期及 7、8 期合刊。

母王氏太夫人卒于是年阳历 2 月 28 日。

按：与王志群重聚事，见《太极径中径》。《赵老同与尤四喇嘛》等篇多与《近代侠义英雄传》互文。

1935 年（民国二十四年乙亥）46 岁

10 月 10 日至 20 日，第六届全国运动会在上海举行。

向恺然在国术训练所、国术俱乐部任秘书职。以国术训练所学员为主之湖南省国术队女子组荣获全国运动会总分第一名。

6 月，长沙裕伦纸业印刷局印行吴公藻《太极拳讲义》，向恺然为之作序，以答客问方式阐释太极拳精义。

按：《太极拳讲义》序末署“民国二十四年六月平江向恺然序于湖南国术训练所”。

1936 年（民国二十五年丙子）47 岁

何键改湖南省国术训练所为湖南省国术馆。10 月，第六届华中运动会在长沙举行。

向恺然受何键之命，与竺永华专任国术俱乐部事务。湖南省男、女武术队分别荣获第六届华中运动会武术总分第一名。

原配杨氏夫人卒于是年 8 月 25 日。

按：专任国术俱乐部事等据《湖南武术史》。

1937 年（民国二十六年丁丑）48 岁

7 月 7 日卢沟桥事变，抗日战争全面爆发。7 月 18 日，长沙市政府、国术俱乐部等九团体于又一村国术俱乐部召开会议，决定成立“长沙人民抗敌后援会”，24日改称“湖南人民抗敌后援会”，后又改称“湖南人民抗敌总会”。廖磊率部驻皖，9、10月间，以陆军上将衔出任第十一集团军总司令兼第七军团军团长。11月12日，上海沦陷。11月27日，新任湖南省主席张治中宣誓就职，何键调任内政部长。

向恺然任国术俱乐部秘书，积极参与抗敌后援等爱国活动。

电影《火烧红莲寺》在“孤岛时期”之上海经“中央电检会”办事处重检，获通过，但又在工部局电检会受阻。

按：向一学《回忆父亲一生》[9]称：向恺然时曾接待、安排田汉、熊佛西率领之抗日宣传队演出及徐悲鸿绘画展览等活动。

上海沦陷之后，城市中心为公共租界中区、西区和法租界，日军未能进入，因而形成四周都是沦陷区的独立区域，史称“孤岛”。国民政府在“孤岛”仍拥有治权，当时内、教二部电检会已被“中央电检会”取代，该会在沪留有办事处。

1938年（民国二十七年戊寅）49岁

1月23日，张治中改组省国术馆，原副馆长李丽久升任馆长，任郑岳为副馆长。2月，日机开始轰炸长沙等地。5月，湖南各县成立抗日自卫团。6月7日，第五战区司令官兼安徽省主席李宗仁迁省会于大别山区立煌县（今金寨县）。廖磊奉令驻守大别山，以第二十一集团军总司令身份兼任第五战区豫鄂皖边区游击总指挥，9月27日出任安徽省主席，10月8日兼任省保安司令。11月，日军攻长沙，国军撤退时放火烧城。

向恺然当于是年受廖磊之邀，往安徽立煌县出任第二十一集团军总办公厅主任兼省府秘书；同往之武术界人士包括白振东、粟永礼、时潄石、黄楚生、刘杞荣等。不久，嘱侄孙向次平于返湘时接成佩琼到立煌。是年秋，与成佩琼在立煌结婚，婚礼由第二十一集团军政治部主任胡行健操办。

是年中央书局印刷发行《玉玦金环录》之改名本《江湖大侠传》，署“襟霞阁主人精印”“大字足本”，列入“通俗小说文库”，前有范烟桥序及陈子京校勘后序。

上海工部局电检会亦对《火烧红莲寺》开禁，第十八集终于在“孤岛”正式上映。

按：廖磊就任安徽省主席时间据《中华民国史事日志》[15]等，《金寨县志·大事记》作10月24日[16]。向恺然所任职务据《湖南省文史馆馆员传略》，此外又有“顾问”“参议”诸说。成佩琼，婚后改名“仪则”，原籍湖南宁乡，生于民国八年（1919）1月6日。初中毕业后考入国术训练所女子师范班，主学太极拳；毕业后任益阳信义中学体育教师。向斯来2010年12月2日致徐斯年函云：“1937年卢沟桥事变，母亲回到国术训练所。不久，父亲应二十一集团军总司令廖磊的邀请，前往安徽任职总办公厅主任。父亲去安徽时，从国术训练所带了一些男学员随同前往，在廖磊部任职。后来又派他侄孙向次平（曾在行政院任过职）来长沙，说向主任派他来接母亲前往安徽安排工作。当时母亲与父亲只是师生关系，兵荒马乱的年代，工作不好找，有这样的机会，就跟向次平去了。到安徽后，父亲托人向母亲求婚（父亲元配杨氏已于1936年去世），母亲考虑父亲比她大20多岁，开始没有同意。父亲先后派了唐生智内侄凌梦南、参谋长徐启明、副官处长罗敏、政治部主任胡行健等人，轮番给母亲说媒，做工作，母亲终于同意了。1938年秋，由政治部主任胡行健操办婚筵，为我父母举行了结婚仪式。”向一学《回忆父亲一生》称：“因日机轰炸长沙，全家搬回老家东乡苦竹坳樊家神。

父亲在福临铺抗日自卫团当副团长……后来随桂系廖磊去安徽。”黄曾甫《平江不肖生为何许人》称：“1938年长沙大火前，敌机时来侵扰，向恺然携眷下乡，住在长沙县竹衫铺樊家神（在麻分嘴附近）老家。在乡人士组织福临乡自卫团，又推举向恺然任副团长，他招来一批国术训练所的学生，在乡下训练。”经查《湖南抗日战争日志》[17]，“湖南民众抗日自卫总团”由张治中兼任团长，下设区团部，由各区保安司令兼任团长；县设县团部，由县长兼任团长；乡（镇）设大队部，由乡（镇）长任大队长。福临铺为镇，向恺然若任该职，当为福临铺抗日自卫团之副大队长。向斯来2010年12月2日函则云：“母亲回忆，抗战爆发后，父亲即随廖磊去了安徽，并没有在长沙出任过长沙县抗日自卫团副团长，一直从事文字和武术工作。此事母亲记得很清楚，因为卢沟桥事变后，她就从益阳回到了长沙（的）省国术训练所。对父亲行止比较清楚。”上述两说，以向一学、黄曾甫说为是。

1939年（民国二十八年己卯）50岁

10月23日，廖磊因脑溢血逝世，追赠陆军上将，葬立煌县响山寺。

向恺然在立煌。殆于是年（或上年?）访刘百川并初识觉亮和尚（“胖和尚”）于六安，又识画僧懒悟（“懒和尚”）于立煌。

女斯来生于是年12月某日，生母为三配夫人成仪则。

按：向恺然《我投入佛门的经过》：“我学佛得力于一位活菩萨，那位活菩萨是谁？是六安大悲庵的胖老和尚。这和尚在大悲庵住了五六十年，七八十岁的六安人，都说在做小孩的时候便看见这胖老和尚，形貌举动就和现在一样。凡是安徽的佛教徒恐怕没有不知道他的。他的法名叫觉亮，但是少有人知道，他在大悲庵几十年的行持活动，写出来又是一部好神话小说。不过他是一个顶怕麻烦的人，我不敢无故替他惹麻烦。”向氏与此僧交往之确切时间、过程待考。成仪则《忆恺然先生》：“住在六安县的刘百川老师，是全国著名的武术家。此时困住家乡，一筹莫展。恺然先生访知后，和二十一集团军总司令廖磊乘视察军情之机，途经六安，会见了刘百川老师。老友相逢，倍加欢喜。刘百川对恺然先生的事业深表赞同，于是便同来立煌，住在我家。恺然先生向廖磊详细介绍刘的武术及为人，建议安排他的职务。廖磊当时是总司令兼安徽省主席，欣然接受了这一建议，将刘安排在安徽省政府任参议一职。”[18]姑将访刘百川及初会胖和尚均志于本年。朱益华《五档坡的大玩家》：“抗日战争时期懒悟应弘伞法师邀请到金寨（当时叫‘立煌’）小灵山。这时候曾经以写《江湖奇侠传》而轰动一时的向恺然，应安徽省主席的邀请来到金寨。向恺然与懒悟一见如故，并写了一副对联送给懒悟。联文是‘书成焦叶文犹绿，睡起东窗日已红。’懒悟很喜欢，抗战胜利后携回迎江寺，挂在他的画室里。”[19]按：懒悟即懒和尚，河南潢川人，俗姓李。生年未详，卒于1969年。以书画闻名于世，属新安画派，称“汪采石、黄宾虹后第一人”。迎江寺在安庆（当时已沦陷）。向恺然初会懒悟之时间待考，亦姑志于本年。向斯来，谱名振来。

1940年（民国二十九年庚辰）51岁

1月11日，李品仙继任安徽省长。

向恺然在立煌。

1941年（民国三十年辛巳）52岁

向恺然在立煌。

女斯立当生于是年。生母为三配夫人成仪则。

按：向斯立，谱名振立。其身份证生日为1942年2月14日，向晓光谓实际出生时间早于是年。而向斯行身份证上生年亦为1942年，可知斯立当生于1941年。

1942年（民国三十一年壬午）53岁

是年春，经教育部批准，安徽省临时政治学院改建为安徽省师范专科学校。12月底，日军突袭并占领立煌，大肆烧杀，于次年初撤退。

向恺然在立煌。

12月，广益书局出版《龙门鲤大侠》一册，署“向恺然著”。

子斯行生于是年8月21日。生母为成仪则夫人。

按：向斯行，谱名振行，卒于2008年。《龙门鲤大侠》未见原书，书目所录出版时间为“康德八年”即1942年，疑印行于东北沦陷区。

1943年（民国三十二年癸未）54岁

安徽师范专科学校升格为安徽学院。

向恺然以省府秘书兼任安徽学院文科教授当始于是年。

女斯和生于是年12月27日。生母为成仪则夫人。

按：安徽学院后与原安徽大学合并重组，重建安徽大学（时在1949年10月）。向斯来2010年12月2日函称：“父亲在立煌县任二十一集团军总办公厅主任时，兼任安徽大学（按：对照《自传》及相关文献当为安徽学院）教授，教古典文学，每周去授课一天，上午两节课，下午两节课。持续时间大约一年多。”向斯和，谱名振和。

1944 年（民国三十三年甲申）55 岁

向恺然在立煌。奉派以省府秘书身份会同定慧禅师领修被日寇焚毁之响山古寺。《太极径中径》或撰于是年。

按：金寨县政府网 2009 年 4 月 28 日发布《响山寺》简介云："1943 年元旦，日寇犯境，寺被焚毁，荡然无存。1944 年安徽省府为恢复寺庙，派秘书向恺然会同禅师定慧领修，历时 8 个月，于 1945 年建成。"《太极径中径》写作时间据该篇内文推测。此文见于刘杞荣《太空拳》一书（湖南省新华印刷厂 1997 年印行），此前曾否公开发表待查。又，同书另收向恺然《湖南武术代有传人》一文，当作于 1949 之后，未知确切时间。

1945 年（民国三十四年乙酉）56 岁

抗战胜利。安徽省政府由立煌迁至合肥。

向恺然督修之响山寺完工，计重建瓦屋 30 间，分为一宅三院。其左后方为廖公祠、墓（祀廖磊），右为忠烈祠（祀桂系阵亡将士）。

按：响山寺完工资料据金寨县政府网。1947 年 12 月 10 日《纪事报》所载《名小说家平江不肖生匪窟脱险经过》谓：向氏督修之三大工程为"廖公祠、昭忠祠、胜利纪念塔"，而 1947 年 9 月尚"未竣"。《纪事报》所载文当据传闻而写，所叙督修时间及事实或有不确之处。成仪则《忆恺然先生》亦曾说及抗战胜利后督修响山寺及胜利纪念塔，而胜利纪念塔不见载于金寨县志及政府网。

1946 年（民国三十五年丙戌）57 岁

华中军政长官白崇禧在合肥宣布撤销第十战区，于蚌埠设立第八绥靖区，夏威任司令长官。

向恺然应夏威之邀，赴蚌埠佐其戎幕，出任少将参议，主办

《军声报》。2月，安徽省政府教育厅编印之《新学风》创刊号刊载向恺然所撰《宋教仁、杨度同以文字见之于袁世凯——〈革命野史〉材料之一》；该刊第2期列向恺然为特约编撰。是知其时已开始构思、撰写《革命野史》。

6月，上海广益书局出版《太湖女侠传》一册，署“向恺然、许慕羲合作”。

按：任少将参议等事据《湖南省文史馆馆员传略》。《军声报》，民国三十五年（1946）由第八绥靖区政训部创办，社址设于蚌埠华丰街10号，日出对开一大张，次年停办。叶洪生编《近代中国武侠小说名著大系》之《近代侠义英雄传》《江湖奇侠传》卷首《平江不肖生小传及分卷说明》谓：《革命野史》“原称《无名英雄》”，曾以《铁血英雄》之名“发表于上海《明星日报》”。待核实。《太湖女侠传》未见原书。

1947年（民国三十六年丁亥）58岁

9月2日，中国人民解放军晋冀鲁豫野战军（即二野）三纵八旅占领立煌县城。

向恺然时在立煌，因即被俘。审查期间二野民运部长史子云曾建议向恺然赴佳木斯高校任教，向因“家庭观念太重”而未允。解放军遂礼遇而释放之，并开具通行证，乃携眷经六安转赴蚌埠。

按：是年12月间，国民党军与二野二纵在立煌展开拉锯战。次年2月下旬，二野主力转移。直至1949年9月6日，中国人民解放军二十四军七十一师二一三团占领金家寨后，立煌县方正式宣告解放。1947年12月10日《纪事报》所刊《名小说家平江不肖生匪窟脱险经过》谓：向氏于9月3日被俘，在“古碑冲的司令部中”接受审查，“八天”之后获释。所述其他情节与下文所引向氏自述、向斯来函所述基本一致，“史子云”则误作“史子荣”，“民运部长”误作“行政部长”。湖南省文史馆所藏向恺然1953年致“李部长”（当为时任湖南省委宣传部长之李锐）函云：“1947年在安徽遇二野民运部长史子云和八纵队政治部许主任，他们都是读过我所作小说的。他们对我说，我的小说思想与他们接近，一贯的同情无产阶级，不歌颂政府，不歌颂资产阶级，并说希望我到佳木斯去当大学教授。我自恨家庭观念太重，那时已有五个小儿女，离开我便不能生活，不愿接受他的希望，于今再想那样认识我的人便不易得了。”向斯来2010年12月2日函谓：“经我与母亲及妹妹们回忆”，父亲被俘“是1947年秋天的事，刘邓大军进军大别山后发生的。当时父亲被带走了一个星期，回来后告诉我母亲，新四军对他很好。说他很坦白，有什么说什么；思想先进，和共产党能够合拍；又是文化人，共产党队伍里很需要他这样的人，动员他加入共产党，随部队到东北佳木斯去。父亲一生没参加过任何党派，虽然在廖磊部做事，也并没有加入国民党。父亲对新四军说，他可以随部队去东北，但是，家有妻室儿女大小六人，而且子女年龄都很小，要去得带家属一起去。新四军答复说，战争年代，家属不能随军，但是，蚌埠设有留守处，家属可以留在蚌埠。父亲回复说，此前他之所以没有随二十一集团军去蚌埠，留在立煌没走，自己讨点事做（负责建胜利纪念塔），就是因为孩子都小，走不了。如果家属不能随军，他一个人去东北会放心不下。因此只能答应新四军说，他回湖南后，将来贵军解放长沙，他一定出城三十里迎接。1949年，父亲与程潜等国民党高级将领一起，在长沙签名起义，迎接解放军。在审查父亲的那七天时间里，新四军要父亲帮他们做了一些文字工作，比如写小册子、宣传品等。闲聊中，他们问父亲对共产党有什么看法，父亲说，担心他们挺进大别山离后方太远，怕给养供不上。冬天马上来了，天冷了怎么办？通过审查，父亲一无血债，二无劣迹，而且在当地民众中口碑很好，七天后，新四军把父亲放回来了。临回家前，还请父亲吃了餐饭，一位叫‘史团长’的（按：当即向恺然致‘李部长’函中所说之史子云）陪同父亲一起用餐。回家后，父亲继续为部队做了一些文字工作。后来新四军给我们家开了豫、鄂、皖三省通行证（路条），我们就离开了立煌县，到六安去了。我们在六安过完春节就从六安去了蚌埠。淮海战役开始前，形势十分紧张，我们又随父亲从蚌埠撤到南京。1948 年冬天，二哥向一学给全家搞来了免费机票，于是，我们全家和二哥一起，坐免费飞机从南京飞到汉口，再从汉口坐火车回长沙。”按：当时“中国人民解放军”虽已定名，但当地仍习惯使用“新四军”这一称呼；“蚌埠设有留守处”之说或属误记，因为当时该市并未解放。又，向一学在《回忆父亲一生》中称其父被解放军“释放”后暂居于“合肥”的“一个庙里”，《纪事报》所刊文亦称向氏“脱险”后“依于合肥城内东大街皖中唯一古刹的明教寺”。是则赴蚌埠前后曾否逗留于合肥，尚待考证核实。《湖南省文史馆馆员传略》仅云：“一年后辞（参议）职，任蚌埠实验小学校长。”按：向斯来曾向徐斯年口述父亲被俘经过甚详，略谓：解放军进入家中，父亲先交出佩枪，他们接着入室搜查，但对钱物、字画等分毫不动，这一点给我们留下的印象特别深刻。又按，香港《华侨日报》1947 年 10 月 18 日刊有《不肖生突告失踪》特讯，谓“上海息：小说家向恺然（即不肖生），在抗战时，任廿一集团军总部少将机要秘书，胜利后辞退，隐居立煌山中，研讨印度哲学，遥领省府高参名义。讵在前次立煌被匪窜陷后失踪，至今音信杳然，遍觅无着，合肥文化界，对之异常关怀，刻在设法访查中。”

1948 年（民国三十七年戊子）59 岁

12 月，淮海战役接近尾声，蚌埠即将解放。

是年春，向恺然就任蚌埠市中正小学校长。冬，携妻女等赴南京，由次子为霖护送，乘空运署专机飞汉口，再转火车返回长沙，出任程潜主持之湖南省政府参议。

8 月，于佛学刊物《觉有情》月刊第 208 期发表《我投入佛门的经过》。

女斯道生于是年 6 月 6 日。生母为成仪则夫人。

按：中正小学，解放后改名“实验小学”。《上海滩》1996 年第 2 期所载夏侯叙五《平江不肖生身世补缀》：“到了 1947 年的元月份，《军声报》忽然停刊了。不久，夏威受命接任安徽省主席，因为省会在合肥，第八绥靖区机关也随之迁往合肥。可是向恺然却不愿意跟随，似另有所谋。果然他通过新任蚌埠市长李品和（湖南人，李品仙的弟弟）的力荐，出任中正小学校长……向恺然上任后，很少过问校务，把校内大小一切事务全部推给了教导主任，他自己则每日读书写作（《革命野史》即在此时动笔）。”按：此文所述时间较含混，经核《蚌埠市志·蚌埠大事记》，第八绥靖区迁合肥时间为民国三十七年（1948）10 月；李品和原任蚌埠市政筹备处主任，确于 1947 年正式设市后出任市长；向恺然任中正小学校长则在 1948 年春。向为霖《回忆父亲一生》：“大约是淮海战役后，父亲由安徽来到南京”，随后又“回安徽将家小接来南京”，一同返湘。向斯道，谱名振道。

1949 年（己丑）60 岁

向恺然在长沙随程潜、陈明仁将军和平起义。时居长沙南门外青山祠。

1950 年（庚寅）61 岁

自是年 9 月起，向恺然每月受领军政委员会津贴食米一市担。

4 月，上海元昌印书馆出版《侠义英雄》三册，署“向恺然著”。

5 月，所著《革命野史》由岳南铸字印刷厂印行，署“平江不肖生”。因销量过少而未续写。

按：津贴数额后来略有增加，但因子女众多，生活仍颇窘迫。《侠义英雄》未见原书。

1951 年至 1953 年（辛卯至癸巳）62 至 64 岁

向恺然在长沙。

1954 年（甲午）65 岁

2 月，向恺然应湖南省人民政府之聘，任省文史馆馆员，月薪 50 元。

1955 年（乙未）66 岁

向恺然在长沙。

1956 年（丙申）67 岁

11 月，向恺然于北京参加全国第一次武术观摩表演大会，任裁判委员，受到国家体委主任贺龙元帅接见。

1957 年（丁酉）68 岁

7 月 12 日，香港《大公报》刊出《陈公哲返港谈北游，乐道政府重视无数，参观全国武术观摩并游各城市，在长沙与平江不肖生见面欢技》特讯，谓“武术界名宿陈公哲前日自北京返抵港……于长沙又和六十八岁的武侠小说作家不肖生（向恺然）会面，对发展武术方面，交换意见”云云。

是年向恺然撰《丹凤朝阳》，刊于湖南省文联刊物《新苗》第7期。又应贺龙元帅之请，准备撰写百余万字之《中国武术史话》，因“反右运动”开始而未果，并于运动中被划为“右派分子”。同年12月27日逝世。

附：确切写作、出版（刊载）时间未详之作品目录及部分辨疑

《变色谈》（此为林鸥《旧派小说家作品知见书目》手稿所录书目，原书未见，版别未详）；

《乾坤弩》（有大众图书社版，未见原书，出版时间未详）；

《绿林血》（有大众图书社版，未见原书，出版时间未详）；

《烟花女侠》（未见原书，版别未详）；

《铁血大侠》（未见原书，版别未详）；

《荒山游侠传》（有艺光书店版，未见原书，出版时间未详）；

《情恨满天》（有天津古籍出版社1987年重印本上、下二册，署名“不肖生”，收入“近代通俗文学研究资料丛书”），按：该书实为王度庐所撰《鹤惊昆仑》，系托名之伪作；

《玉镯金环镖》（未见原书，版别未详）；

《小侠万人敌》，署名“不肖生”，上海书局出版，二册全，按：疑为冯玉奇同名之作，待核实；

《雍正奇侠血滴子正传》，署名“不肖生”，中中图书出版社版，二册全，按：该书实为陆士谔《七剑三奇》，当系托名伪作；

《贤孝剑侠传》，署名“不肖生”，奉天中央书店康德六年四月一日再版，待考；

《江湖异侠传》，署名“不肖生”，益新书社版，待考；

《神童小剑侠》，署名“平江不肖生”，全三册，上海小说会民国廿二年十月出版，待考；

《风尘三剑客》，署名“平江不肖生”，全三册，民国二十四年五月香港五桂堂书局出版，待考；

《奇人杜心五》（叶洪生称原载沪上《香海画报》，今上海图书馆残存之该画报中未见此篇）；

《武术源流》《太极推手的研究》《我研究推手的经验》（后二文均见录于叶洪生主编之《近代中国武侠名著大系》所收向氏作品卷首，《经验》一文末有“民族形式体育运动”“文化遗产”等语，殆作于解放后）；

《湖南武术代有传人》《太极拳名称的解释》（此二文均作于解放后）。

本年表蒙湖南省文史馆、图书馆及向斯来女士，中村翠女士（日本），张元卿、顾臻、林鸥先生，李文倩、石娟、禹玲博士，毛佳小姐等提供相关资料，特此致谢。

参考文献：

［1］《向氏族谱》，民国三十三年（1944）六修版。

［2］向恺然《自传》，平江不肖生《江湖奇侠传》卷首，岳麓书社，2009，长沙。

［3］向恺然《自传》，湖南省文史馆藏原稿抄件。

［4］黄曾甫《平江不肖生为何许人》，《长沙文史资料》（增

刊)，1990。

[5] 凌辉《向恺然简历》，湖南省文史馆所藏原稿抄件。

[6] 向恺然《拳术》，中华书局，民国五年（1916），上海。

[7] 向恺然《我研究拳脚之实地练习》，《星期周刊》，民国十二年（1923）3月4日第50号。

[8]《湖南省文史馆馆员传略》，湖南师范大学印刷厂，2000，长沙。

[9] 王新命（无生）《新闻圈里四十年》，龙文出版有限公司，1993，台北。

[10] 向一学《回忆父亲一生》，平江不肖生《江湖奇侠传》附录，岳麓书社，2009，长沙。

[11] 顾臻《〈江湖奇侠传〉版本研究》，《2010·中国平江·平江不肖生国际学术研讨会论文集》，2010，平江。

[12] 魏鋆《向恺然逸事》，《平江文史资料》第1辑，平江政协文史资料研究委员会，1988，平江。

[13]《孝感市志》，红旗出版社，1995，北京。

[14] 湖南省体委武术挖整组《湖南武术史》，湖南日报第二印刷厂，1999，长沙。

[15] 郭廷以《中华民国史事日志》，中央研究院近代史研究所，1988，台北。

[16]《金寨县志》，上海人民出版社，1992，上海。

[17] 钟启河、刘松茂《湖南抗日战争日志》，国防科技大学出版社，2005，长沙。

[18] 成仪则《忆恺然先生》，平江不肖生《江湖奇侠传》附录，岳麓书社，2009，长沙。

[19] 朱益华《五档坡的大玩家》，《安徽商报》，2008-07-04。

图书在版编目(CIP)数据

拳术见闻录／平江不肖生著．—北京：中国文史出版社，2020.3

(民国武侠小说典藏文库·平江不肖生卷)

ISBN 978－7－5205－1666－2

Ⅰ．①拳… Ⅱ．①平… Ⅲ．①侠义小说－短篇小说－小说集－中国－现代 Ⅳ．①I246.7

中国版本图书馆CIP数据核字(2019)第262165号

整　　理：杨　锐
责任编辑：薛媛媛

出版发行：中国文史出版社
社　　址：北京市海淀区西八里庄69号院　邮编：100142
电　　话：010－81136606　81136602　81136603（发行部）
传　　真：010－81136655
印　　装：廊坊市海涛印刷有限公司
经　　销：全国新华书店
开　　本：720×1020　1/16
印　　张：19.5　　字数：153千字
版　　次：2020年3月第1版
印　　次：2020年3月第1次印刷
定　　价：65.00元